राष्ट्रपिता महात्मा गांधी

राष्ट्रपिता महात्मा गांधी

महेश शर्मा

प्रतिभा प्रतिष्ठान, नई दिल्ली

प्रकाशक : **प्रतिभा प्रतिष्ठान**
694–बी, (निकट अजय मर्केट), चावड़ी बाजार दिल्ली–110006
 / संस्करण : 2025 / मूल्य : चार सौ पचास रुपए
मुद्रक : यश प्रिंटोग्राफिक्स, नोएडा ISBN 978-93-83111-85-5

RASHTRAPITA MAHATMA GANDHI
biography by Mahesh Sharma ₹ 450.00
Published by **PRATIBHA PRATISHTHAN**
694-B (Near Ajay Market) Chawri Bazar Delhi-110006

दो शब्द

आदमी जन्म से महान् नहीं होता; अपने कर्मों को समय की कसौटी पर निखारकर वह महान् बन सकता है। यह बात हम गांधीजी के जीवन में सत्य घटती देख सकते हैं। पढ़ने-लिखने में साधारण स्तर का एक बालक मैट्रिक पास करके बड़े सपने लिये लंदन में वकालत पढ़ने जाता है कि वापस भारत लौटकर ढेर सारा पैसा कमाएगा। लेकिन बैरिस्टर बनने के बाद जब वह भारत लौटता है तो उसकी वकालत चल नहीं पाती। उसका झेंपू और दब्बू स्वभाव उसकी उम्मीदों पर पानी फेर देता है। केस लड़ते समय उसे पसीना आता है, पैर काँपने लगते हैं और जज तक उसका मजाक उड़ाते हैं। लेकिन जब वही व्यक्ति दक्षिण अफ्रीका में नस्ल-भेद का शिकार होता है तो उसमें न जाने कहाँ से इतनी हिम्मत आ जाती है कि वह अंग्रेज शासन से मुकाबले को उद्यत हो जाता है। इस हिम्मत के चलते वह लाखों स्वदेशियों को वर्षों की यातना से मुक्ति दिलवाता है और वही साधारण व्यक्ति शनैः-शनैः मानव से महात्मा के रूप में बदल जाता है।

गांधीजी ने इसे 'सत्य की ताकत' कहा है। सत्य के आग्रह को कुछ समय के लिए तो दबाया जा सकता है, लेकिन वह शाश्वत होता है; अंत में उसे स्वीकार करना ही होगा। सत्याग्रह की इसी ताकत ने गांधीजी को महात्मा बनाया और उन्होंने देश की आजादी के लिए प्रत्येक देशवासी को एक सिपाही के रूप में तब्दील कर दिया।

सत्य के प्रयोग ने उनमें वह आत्मिक शक्ति भर दी थी कि उनके आह्वान पर लाखों लोग सिर कटाने को तैयार हो जाते थे। अहिंसा उनका वह अचूक अस्त्र था, जो एटम बम से भी कई गुना ताकतवर और अमोघ था। अंग्रेज सरकार उनके सत्याग्रह और अहिंसा से बहुत खौफ खाती थी।

दुःखी मानवता के उद्धार के लिए गांधीजी जीवन भर संघर्षरत रहे। पोरबंदर से आरंभ हुई उनकी यात्रा राजकोट, इंग्लैंड, बंबई, डरबन, पीटरमेरित्जबर्ग, जोहानिसबर्ग, अहमदाबाद और कलकत्ता आदि से गुजरते हुए दिल्ली में समाप्त हुई।

उन्होंने बंजर एवं वीरान स्थानों पर 'फिनिक्स आश्रम', 'टॉल्सटाय फार्म', 'साबरमती आश्रम' और 'सेवाग्राम' जैसे आश्रम बसाकर अपनी सूझ-बूझ, मेहनत, लगन और समर्पण का परिचय दिया। खादी को उन्होंने घर-घर पहुँचाया और कपड़े की कमी को पूरा किया।

स्वयं अछूत लोगों के साथ रहकर उन्होंने उनके दर्द का अनुभव किया और उन्हें समाज में बराबरी का स्थान दिलाने के लिए देश भर में भ्रमण किया।

गांधीजी ने कहा था, "गांधीवाद जैसी कोई चीज नहीं है और मैं अपने पीछे कोई वाद नहीं छोड़ जाना चाहता हूँ।" किंतु सच्चाई तो यह है कि गांधीजी इतना छोड़ गए हैं कि उनके विचार हमें आज भी प्रेरणा देते हैं। उनके विचारों की सबसे बड़ी विशेषता उनका गतिशील होना है। सत्य और अहिंसा पर आधारित उनके चिंतन ने समाज को एक नई दिशा दी है।

अपने जीवनकाल में गांधीजी ने 2,388 दिन जेल में बिताए और सामान्य भारतीय जैसा जीवन जीते हुए अंत तक देश-निर्माण, सांप्रदायिक सौहार्द, एकता, अखंडता और धर्मनिरपेक्षता आदि के लिए कार्य करते रहे। ऐसे महान् व्यक्ति के अंतहीन कार्यों को शब्दों द्वारा व्यक्त करना सर्वथा कठिन है; क्योंकि जो कार्य उन्होंने आरंभ किए थे, वे आज भी जारी हैं और जब तक मानवता रहेगी, उनकी अनवरतता, अनंतता, सार्थकता और सार्वभौमिकता अक्षुण्ण बनी रहेगी।

—महेश शर्मा

अनुक्रमणिका

1

गांधीजी की जीवन-यात्रा

> *''मैं सत्य का विनम्र सेवक हूँ। मैं आत्मज्ञान प्राप्त करने को अधीर हूँ। मैं इसी जीवन में मोक्ष प्राप्त करना चाहता हूँ। मेरी राष्ट्र-सेवा मेरी आध्यात्मिक साधना है, जिसके द्वारा मैं अपनी आत्मा को शरीर के बंधन से मुक्त करना चाहता हूँ। विश्व के नश्वर राज्य की मुझे कामना नहीं है। मैं तो उस स्वर्गिक राज्य के लिए साधना में लीन हूँ, जिसे 'मुक्ति' कहते हैं। अपने ध्येय की प्राप्ति के लिए गुफा-सेवन की मुझे आवश्यकता नहीं दिखती। गुफा तो मेरे भीतर भी मौजूद है, यदि उसे मैं जान पाऊँ।''*
>
> **—महात्मा गांधी**

2 अक्तूबर, 1869—30 जनवरी, 1948

2 अक्तूबर, 1869: भारत में काठियावाड़ के पोरबंदर नामक स्थान पर जन्म, करमचंद और पुतलीबाई के पुत्र।

सन् 1883 : कस्तूरबा से विवाह।

सन् 1888 : कानून की पढ़ाई के लिए जलयान द्वारा बंबई से इंग्लैंड रवाना।

सन् 1891 : बैरिस्टर बनकर भारत वापसी; बंबई एवं राजकोट में वक़ालत शुरू की।

अप्रैल 1893 : एक भारतीय फर्म का वकील बनने के लिए दक्षिण अफ्रीका रवाना। स्वयं को रंगभेद का शिकार पाना।

15 जुलाई, 1894 : नाटाल भारतीय कांग्रेस का गठन।

सन् 1899 : बोअर युद्ध में ब्रिटेन के लिए भारतीय एंबुलेंस कोर का गठन।

सन् 1901 : परिवार के साथ भारत के लिए रवाना।

सन् 1901-02 : भारत में व्यापक रूप से यात्रा। कलकत्ता में हुई भारतीय राष्ट्रीय कांग्रेस की बैठक में उपस्थिति और बंबई में 'लॉ आफिस' खोलना।

सन् 1902 : भारतीय समुदाय के अनुरोध पर फिर से दक्षिण अफ्रीका प्रवास।

सन् 1904 : साप्ताहिक पत्र 'इंडियन ओपिनियन' की स्थापना।

	डरबन के निकट 'फिनिक्स आश्रम' की शुरुआत।
सितंबर 1906	: ट्रांसवाल में भारतीय प्रवासियों के विरुद्ध प्रस्तावित एशियाटिक अध्यादेश के विरुद्ध सत्याग्रह अभियान।
जून 1907	: एशियावासियों के लिए अनिवार्य पंजीकरण (द ब्लैक ऐक्ट) के विरोध में सत्याग्रह।
जनवरी 1908	: सत्याग्रह भड़काने के लिए मुकदमा चला और जोहानिसबर्ग में दो महीने जेल की सजा दी गई। (यह उनकी प्रथम जेल-यात्रा थी) प्रिटोरिया में जनरल स्मट्स ने विचार-विमर्श के लिए बुलाया। समझौता। जेल से रिहाई।
अगस्त 1908	: स्मट्स ने समझौता तोड़ा। दूसरा सत्याग्रह अभियान पंजीकरण प्रमाणपत्रों की होली जलाकर आरंभ किया।
फरवरी 1909	: तीन महीने की कैद।
जून 1909	: भारतीयों का पक्ष प्रस्तुत करने के लिए इंग्लैंड गए।
मई 1910	: जोहानिसबर्ग के निकट टॉल्सटाय फार्म की स्थापना।
अक्तूबर 1912	: गोखले की दक्षिण अफ्रीका यात्रा। गांधीजी से भेंट।
सितंबर 1913	: ऐसे विवाहों को निष्प्रभावी करने के विरुद्ध अभियान में सहायता, जो ईसाई अनुष्ठानों के अनुसार नहीं किए जाते। तीसरा सत्याग्रह अभियान। न्यू कैसल से चार हजार भारतीय खनिकों के दल को ट्रांसवाल सीमा के पार ले जाने में नेतृत्व।
नवंबर 1913	: चार दिनों में तीसरी बार गिरफ्तारी।
दिसंबर 1913	: समझौते की आशा में बिना शर्त रिहा।
जुलाई 1914	: दक्षिण अफ्रीका को हमेशा के लिए छोड़कर भारत वापसी।
मई 1915	: अहमदाबाद में सत्याग्रह आश्रम की स्थापना।

सन् 1917 : साबरमती नदी के किनारे नए स्थान पर आश्रम ले जाना। चंपारण में नील उगाने वाले किसानों के अधिकारों के लिए सफल सत्याग्रह अभियान का नेतृत्व। अप्रैल में वह क्षेत्र छोड़ देने के आदेश का उल्लंघन, मोतिहारी में गिरफ्तारी और मुकदमा चलाया जाना; लेकिन बाद में मुकदमे को उठा लेना।

सन् 1918 : फरवरी : अहमदाबाद के मिल मजदूरों की हड़ताल का नेतृत्व। उनके तीन दिन के अनशन (भारत में पहला अनशन) के बाद मिल मालिकों द्वारा मध्यस्थता स्वीकार करना।

मार्च 1918 : खेड़ा के किसानों के लिए सत्याग्रह का नेतृत्व।

अप्रैल 1918 : रोलेट बिल के विरुद्ध राष्ट्रव्यापी हड़ताल का गठन। हिंसा के पश्चात्ताप के लिए साबरमती में तीन दिन का अनशन तथा सत्याग्रह अभियान को स्थगित करना, जिसे उन्होंने भयंकर भूल कहा; क्योंकि लोग पर्याप्त रूप से अनुशासित नहीं थे। अंग्रेजी के साप्ताहिक 'यंग इंडिया' और गुजराती 'नवजीवन' के संपादक बने।

अप्रैल 1920 : अखिल भारतीय 'होमरूल लीग' के अध्यक्ष चुने गए। असहयोग के सत्याग्रह अभियान के प्रस्ताव को पास कराने में सफल।

सन् 1921 : घर के सूत का प्रचार करने और जनता के साथ अपनी पहचान को सार्थक बनाने के लिए आजीवन केवल लँगोटी धोती पहनने का दृढ़ निश्चय। व्यापक रूप से सविनय अवज्ञा, हजारों ने जेल-यात्रा की। भारतीय कांग्रेस की ओर से गांधीजी को 'एकमात्र कार्यकारी सत्ता' सौंपा जाना।

सन् 1922 : चौरी-चौरा में हिंसा के कारण असहयोग आंदोलन को स्थगित करना; प्रायश्चित्त के रूप में बारदोली में पाँच दिन का अनशन। 'यंग इंडिया' में छपे लेखों के कारण राजद्रोह के अभियोग पर साबरमती में गिरफ्तारी। अहमदाबाद में न्यायाधीश ब्रूमफील्ड के समक्ष इस महान् मुकदमे (ग्रेट ट्रायल) में अपने विख्यात वक्तव्य में दोष स्वीकार करना। यरवदा जेल में छह वर्ष के लिए कारावास की सजा।

सन् 1929 : कलकत्ता में विदेशी कपड़ों की होली जलाने के लिए

गिरफ्तारी और एक रुपया जुर्माने की सजा।

दिसंबर 1929 : लाहौर के कांग्रेस अधिवेशन में पूर्ण स्वाधीनता और विधानमंडलों के बहिष्कार के प्रस्ताव पास किए गए। 26 जनवरी को राष्ट्रीय स्वाधीनता मनाने का प्रस्ताव। तीसरा अखिल भारतीय सत्याग्रह अभियान।

12 मार्च, 1930 : साबरमती से 79 स्वयंसेवकों के साथ ऐतिहासिक नमक अभियान हेतु 241 मील दूर समुद्र-तट पर दांडी के लिए प्रस्थान।

6 अप्रैल, 1930 : समुद्र-तट पर एक मुट्ठी नमक उठाकर नमक कानून भंग किया। सशस्त्र पुलिस द्वारा कर्दी में गिरफ्तार। बिना मुकदमा चलाए यरवदा जेल में बंदी। 1 लाख व्यक्ति गिरफ्तार किए गए।

जनवरी 1931 : बिना शर्त रिहा।

मार्च 1931 : गांधी-इरविन (वायसराय) समझौते पर हस्ताक्षर, जिसके फलस्वरूप सविनय अवज्ञा की समाप्ति।

अगस्त 1931 : लंदन में दूसरे गोलमेज सम्मेलन में भाग लेने के लिए बंबई से प्रस्थान। दिसंबर में भारत लौटे। सत्याग्रह अभियान आरंभ करने के लिए कांग्रेस द्वारा स्वीकृति।

सन् 1932 : जनवरी : सरदार पटेल के साथ बंबई में गिरफ्तार। बिना मुकदमे यरवदा जेल में बंदी। 20 सितंबर : अछूतों को पृथक् निर्वाचक मंडल प्रदान करने के लिए ब्रिटिश निर्णय के विरुद्ध जेल में ही 'आमरण अनशन' आरंभ। 26 सितंबर : ब्रिटिश सरकार द्वारा 'यरवदा समझौता' स्वीकार कर लेने के बाद रवींद्रनाथ टैगोर की उपस्थिति में अनशन समाप्त।

सन् 1933 : 'यंग इंडिया' के स्थान पर 'हरिजन' नामक साप्ताहिक का प्रकाशन। जुलाई : साबरमती आश्रम को बंद कर देना, जो छुआछूत-निवारण का एक केंद्र बनाया गया। नवंबर : अस्पृश्यता को

समाप्त करने में सहायता देने के लिए दस महीनों की भारत यात्रा आरंभ।

अक्तूबर 1934	:	अखिल भारतीय ग्रामोद्योग संघ का प्रारंभ।
सन् 1935	:	स्वास्थ्य में गिरावट; स्वास्थ्य-लाभ हेतु बंबई प्रवास।
सन् 1936	:	वर्धा के पास से गाँव में आश्रम बनाया। बाद में यह स्थान 'सेवाग्राम' के नाम से प्रसिद्ध हुआ।
सन् 1938	:	खान अब्दुल गफ्फार खान के साथ उत्तर-पश्चिमी सीमा प्रांत की यात्रा।
मार्च 1939	:	राजकोट में आमरण अनशन। चार दिन बाद वायसराय द्वारा मध्यस्थ की नियुक्ति के बाद अनशन समाप्त।
अक्तूबर 1940	:	द्वितीय विश्व युद्ध के बारे में भारतीयों को अपनी राय देने की अनुमति से ब्रिटेन द्वारा इनकार करने के विरुद्ध सीमित व्यक्तिगत सविनय अवज्ञा अभियान आरंभ। एक वर्ष के भीतर 23,000 लोगों को जेल की सजा।
मार्च 1942	:	नई दिल्ली में सर स्टेफोर्ड क्रिप्स से भेंट, किंतु उनके प्रस्तावों को 'भावी तिथि के चेक' (पोस्ट डेटेड चेक) कहना। यह प्रस्ताव अंततः कांग्रेस द्वारा अस्वीकृत।
अगस्त 1942	:	कांग्रेस ने 'भारत छोड़ो' प्रस्ताव पास किया। गांधीजी के नेतृत्व में अंतिम राष्ट्रव्यापी आंदोलन का आह्वान।
अगस्त, 1942	:	कस्तूरबा तथा अन्य कांग्रेसी नेताओं के साथ गिरफ्तारी और पूना के निकट आगा खाँ महल में बंदी। देश के अनेक भागों में विद्रोह। वायसराय से पत्र-व्यवहार।
15 अगस्त, 1942	:	गांधीजी के सचिव और अंतरंग महादेव देसाई का आगा खाँ महल में आकस्मिक निधन।
10 फरवरी, 1943	:	वायसराय और भारतीय नेताओं के बीच वार्ता में उत्पन्न गतिरोध को समाप्त करने के लिए आगा खाँ महल में 21 दिन का उपवास आरंभ।
22 फरवरी, 1944	:	74 वर्ष की आयु में आगा खाँ महल में बंदी अवस्था में कस्तूरबा गांधी की मृत्यु।
6 मई, 1944	:	स्वास्थ्य गिर जाने के कारण बिना शर्त रिहा। (यह उनकी अंतिम जेल-यात्रा थी। अपने जीवनकाल में

उन्होंने 2,388 दिन जेल में बिताए।)

सितंबर 1944 : हिंदू-मुसलिम एकता पर मुसलिम लीग के नेता जिन्ना से बंबई में महत्त्वपूर्ण वार्ता।

नवंबर 1946 : प्रांतीय सरकारों में मुसलिम प्रतिनिधित्व को लेकर हुए सांप्रदायिक दंगों को दबाने के लिए पूर्वी बंगाल के 49 गाँवों का चार महीने लंबा दौरा आरंभ।

मार्च 1947 : हिंदू-मुसलिम तनाव को कम करने के लिए बिहार का दौरा। नई दिल्ली में लॉर्ड माउंटबेटन और जिन्ना के साथ सम्मेलन।

मई 1947 : देश को भारत तथा पाकिस्तान के रूप में विभाजित करने के निर्णय को कांग्रेस की स्वीकृति का विरोध।

15 अगस्त, 1947 : भारत के विभाजन और स्वाधीनता दिए जाने के बाद कलकत्ता में हुए दंगों को रोकने के लिए अनशन और प्रार्थनाएँ।

सितंबर 1947 : दिल्ली तथा आस-पास के अन्य क्षेत्रों का दंगा रोकने के लिए दौरा तथा शरणार्थी शिविरों को देखने जाना।

सन् 1946 के बाद से गांधीजी का प्रयास हिंदू-मुसलिम एकता कायम करने पर केंद्रित 1946को सीधी काररवाई दिवस (डायरेक्ट ऐक्शन डे) के रूप में मनाने की घोषणा के बाद से पूरे भारत में हिंदू-मुसलिम दंगे भड़कते रहे। यह कभी स्पष्ट नहीं किया गया कि 'सीधी काररवाई' का क्या अर्थ था। लेकिन मुसलमानों ने इस आह्वान का हिंसा के रूप में उत्तर दिया। 16 से 18 अगस्त तक कलकत्ता में हुआ भीषण हत्याकांड 'सीधी काररवाई दिवस' का पहला कड़वा फल था। गांधीजी ने ऐसे बहुत से क्षेत्रों—जैसे नोआखाली—का दौरा सांप्रदायिक सद्भाव पुनः कायम करने के लिए किया।

13 जनवरी, 1948 : सांप्रदायिक एकता कायम करने के लिए पाँच दिन का उपवास रखा। (यह उनके जीवन का अंतिम उपवास था।)

20 जनवरी, 1948 : बिड़ला हाउस, दिल्ली में प्रार्थना के दौरान बम धमाका।

30 जनवरी, 1948 : दिल्ली के बिड़ला हाउस में आयोजित एक प्रार्थना सभा में नाथूराम विनायक गोडसे द्वारा गोली मारकर हत्या। ❑

2 गांधी-घराना

"अवतार का अर्थ है—शरीरधारी विशिष्ट पुरुष। जीवमात्र ईश्वर के अवतार हैं, परंतु लौकिक भाषा में हम सबको अवतार नहीं कहते। जो पुरुष अपने युग में सबसे श्रेष्ठ धर्मवान पुरुष होता है, उसे भविष्य की प्रजा अवतार के रूप में पूजती है। इसमें मुझे कोई दोष नहीं मालूम होता। इससे न तो ईश्वर की महत्ता को लांछन लगता है, न इससे सत्य को ही आघात पहुँचता है।"

—महात्मा गांधी

लगभग पचास वर्ष के कबा गांधी की गोद में एक शिशु बैठा था। उसकी नाक और आँखें बह रही थीं। कबा गांधी के एक किसान मित्र नजदीक ही बैठे थे। उन्होंने व्यंग्य भरे लहजे में पूछा, "यह पुत्र-रत्न किसका है?"

कबा ने बिना किसी लाग-लपेट के गर्वपूर्वक कहा, "एक दिन यही पुत्र-रत्न देश-दुनिया का तारणहार बनेगा।"

पचपन वर्ष बाद उनकी यह बात सत्य सिद्ध हुई। वही बालक 'महात्मा गांधी' के रूप में दुनिया के सामने प्रकट हुआ।

कबा गांधी

महात्मा गांधी के पिता का नाम करमचंद गांधी था। उन्हें बचपन से ही 'कबा गांधी' के नाम से पुकारा जाता था। कबा के पिता का नाम उत्तमचंद गांधी था। वे 'ओता गांधी' के नाम से प्रसिद्ध थे। ओता गांधी ने अपनी प्रतिभा, कार्य-कुशलता और ईमानदारी के बल पर पोरबंदर राज्य का मंत्री पद प्राप्त किया था। कबा को ये संस्कार अपने पिता से विरासत में मिले थे, लेकिन मंत्री पद उन्हें विरासत में नहीं मिला। अपनी प्रतिभा और कर्तव्यनिष्ठा से वे पोरबंदर, राजकोट और बाँकानेर—तीन-तीन राज्यों का

दीवान (मंत्री) रहे।

कबा गांधी के चार विवाह हुए। पहला विवाह 14 वर्ष की आयु में सन् 1836 में हुआ। इस विवाह से उन्हें दो पुत्रियाँ हुईं। पहली पत्नी की मृत्यु के बाद उन्होंने दूसरा विवाह किया, लेकिन वह पत्नी प्रसूति में ही चल बसी। तीसरा विवाह भी सफल नहीं रहा। उनकी तीसरी पत्नी सदा बीमार रहती थी और लगभग अपाहिज-सी हो गई थी।

35 वर्ष की आयु में कबा ने चौथा विवाह किया। उनकी चौथी पत्नी पुतलीबाई की उम्र उस समय 14 वर्ष थी। इस घटनाक्रम के पीछे विधि का सशक्त हाथ ही कहा जाएगा; क्योंकि इसी विवाह के फलस्वरूप दुनिया ने महात्मा गांधी जैसा एक विश्व पुरुष प्राप्त किया।

कबा के पुतलीबाई से चार संतानें हुईं; तीन पुत्र—लक्ष्मीदास गांधी, करसन गांधी और महात्मा गांधी (मोहनदास गांधी) तथा एक पुत्री रलियातबेन (गोकी बेन)। इनमें मोहनदास सबसे छोटे थे। उनका जन्म विक्रमी संवत् 1925 भाद्रपद के कृष्णपक्ष की द्वादशी तिथि तदनुसार ईसवी सन् 1869 के 2 अक्तूबर के दिन पोरबंदर (गुजरात) में हुआ था। उस समय उनके पिता कबा गांधी 47 वर्ष के थे।

पुतलीबाई

महात्मा गांधी की माता पुतलीबाई का जन्म सन् 1843 में जूनागढ़ के पास दात्राला गाँव में हुआ था। उनके परिवार के बारे में ज्यादा जानकारी उपलब्ध नहीं है, लेकिन कहा जाता है कि वे एक निर्धन परिवार से संबंधित थीं।

कबा और पुतलीबाई की आयु में दुगुने से भी अधिक का अंतर था, लेकिन जल्दी ही उन्होंने घर की पूरी जिम्मेदारी सँभाल ली। कबा का परिवार बहुत बड़ा था। दीवान होने के कारण उनके घर मेहमानों और रिश्तेदारों का आना-जाना लगा ही रहता था। घर में हर शाम 40-50 लोगों का भोजन बनता था। पुतलीबाई घर की अन्य महिलाओं के साथ स्वयं रसोई का काम सँभालती थीं।

पुतलीबाई ने सौतेली संतानों से कभी भेदभाव नहीं किया। वास्तव में उनकी सौतेली संतानें उम्र में उनसे बड़ी थीं, जिनके साथ उन्होंने सद्भावपूर्ण व्यवहार किया, उनकी सुख-सुविधाओं का बेहतर खयाल रखा। बड़े सवेरे उठकर नित्य कर्मों से निवृत्त होकर वे पूजा-आराधना करतीं, फिर रसोई के कार्य में जुट जातीं।

उनकी सादगी और निस्स्वार्थ सेवा की लोग प्रशंसा करते थे। कहते थे कि दीवान की पत्नी होकर भी उनमें लेशमात्र गर्व नहीं है।

ऐसी पत्नी को पाकर कबा गर्व से फूले नहीं समाते थे।

जैसा कि पहले बताया गया है—पुतलीबाई के तीन पुत्र थे। सबसे बड़े लक्ष्मीदास उर्फ कालदास सन् 1961 में पैदा हुए। उनके बाद सन् 1962 में एक पुत्री रलियातबेन उर्फ गोकीबेन पैदा हुईं। सन् 1866 में करसनदास (कृष्णदास) और 1869 में मोहनदास का जन्म हुआ।

सबसे छोटा मोहनदास सभी का लाड़ला था। पुतलीबाई भी उनसे बहुत लाड़ करती थीं। अपने सारे संस्कारों, अभिलाषाओं और भावनाओं का सिंचन उन्होंने मोहनदास में ही किया था। वस्तुतः गांधीजी का भक्तिभाव, नम्रता, मेहनत, सेवा-परायणता और अखंड धर्मनिष्ठा उनकी माँ की ही देन थे।

❑

3

मोहनदास का बचपन

"अहिंसा एक ऐसी शक्ति है, जिसका सहारा बालक, युवा, वृद्ध, स्त्री, पुरुष सब ले सकते हैं; बशर्ते कि प्रेम-रूपी ईश्वर में तथा मनुष्य-मात्र में उनकी सजीव श्रद्धा हो। जब हम अहिंसा को अपना जीवन सिद्धांत बना लें, तो यह हमारे संपूर्ण जीवन में व्याप्त होना चाहिए। यों कभी-कभी छुट-पुट मामलों में उसका पालन करने से लाभ नहीं हो सकता।"

—महात्मा गांधी

मोहनदास का बचपन बहुत लाड़-प्यार में बीता। संयुक्त परिवार था। घर में 15-20 औरतें थीं। नौकर-चाकरों की भी कमी नहीं थी, इसलिए मोहनदास किसी की गोद में, किसी के कंधों पर और किसी की कमर में लटका रहता था। उसे लेने के लिए लोग आतुर रहते थे।

इतने लाड़-प्यार में भी मोहन बिगड़ा नहीं था। वह एक शांत और प्रसन्नचित्त लड़का था। पिता अकसर राज-काज में व्यस्त रहते थे, शायद इसी वजह से वह कुछ भीरु भी हो गया था। उसे अँधेरे से भी डर लगता था।

दाई रंभा का प्रभाव

मोहनदास को अपनी दाई रंभा से बहुत स्नेह था। रंभा अनपढ़ व गँवार थी, लेकिन ईश्वर की परम भक्त थी। उसी ने मोहनदास को 'राम' नाम का महामंत्र दिया। उसने कहा कि 'राम' का नाम जपने से सारे संकट दूर हो जाते हैं। मोहनदास को भी यह महामंत्र बहुत भाया और अंत तक उनकी जिह्वा पर बना रहा।

हरिश्चंद्र नाटक

उन्हीं दिनों मोहनदास को हरिश्चंद्र नाटक देखने का अवसर मिला। उसमें सत्य के लिए हरिश्चंद्र के उत्कट बलिदान का उसके कोमल मानस पर

गहरा प्रभाव पड़ा। वह नाटक उसने बार-बार देखा और निश्चय कर लिया कि सत्य के लिए वह भी हरिश्चंद्र के समान सबकुछ न्योछावर कर देगा।

श्रवणकुमार की मातृ-पितृभक्ति

कुछ दिनों बाद मोहनदास को श्रवण की मातृ-पितृभक्ति की कथा सुनने का अवसर मिला। तभी से माता-पिता के प्रति उसका सेवाभाव और गहरा हो गया।

ईश्वर-भक्ति, सत्यनिष्ठा, सेवाभाव और स्नेह के यही बीज कालांतर में वृक्ष बने, जिन्होंने आगे चलकर मोहनदास को महात्मा बनाया।

सत्य के प्रति उनकी वचनबद्धता का प्रमाण स्कूल में घटी एक घटना से मिलता है।

एक बार विद्यालय निरीक्षक स्कूल में आए। मोहनदास एक शब्द गलत लिख रहा था। स्कूल के मास्टर ने इशारा किया कि साथवाले छात्र की नकल करके शब्द ठीक कर ले, लेकिन मोहनदास ने वैसा नहीं किया। इस कारण उसने मास्टर की डाँट भी खाई और अन्य सहपाठियों के सामने लज्जित भी हुआ; लेकिन चोरी नहीं की।

सत्य के प्रयोग का यह आरंभ था।

बचपन की बुरी आदतें

लोगों को बीड़ी-सिगरेट पीते देख करसनदास को बड़ा रोमांच होता था। वह भी बचे-खुचे बीड़ी के ठूँठों को धौंकने लगा। उसने मोहनदास को भी धुआँ उड़ाने का खेल सिखा दिया। कभी-कभी नौकरों की जेब से बीड़ी या पैसे चुराकर यह शौक पूरा किया जाने लगा। किंतु माँ-बाप से चोरी-छिपे यह काम करना मोहन को नहीं सुहाता था, अतः जल्दी ही यह आदत छूट गई।

करसनदास ने गलत काम में पड़कर एक बार पच्चीस रुपए की उधारी अपने सिर चढ़ा ली। यह बात जब मोहनदास को पता चली तो उन्होंने अपने सोने के कड़े से थोड़ा सा टुकड़ा काटकर बेचा और उधारी

चुकता की। माता-पिता से की गई इस चोरी ने बालक मोहनदास को बहुत व्यथित किया। अंततः उसने पिता को पत्र लिखकर इस चोरी के लिए क्षमा-याचना की।

मोहनदास के उस पत्र को पढ़कर कबा गांधी बहुत देर तक रोते रहे। उन्होंने उसे सजा देने के बजाय स्वयं को ही सजा दे डाली। सोचा, पुत्र पर समुचित ध्यान न देने के कारण यह सब हुआ। मोहनदास के लिए वही सजा और प्रायश्चित्त हो गए। जीवन में अहिंसा का यह पहला पाठ था।

उन्हीं दिनों मोहनदास की दोस्ती 'खान' नामक एक मुसलमान बालक से हुई। उसने मोहनदास को प्रेरित किया कि मांस खाने से शक्ति मिलती है और शक्तिशाली होकर वे देश के शत्रुओं का डटकर मुकाबला कर सकते हैं। इस भावना ने मोहन को भी उत्प्रेरित किया और वह भी चोरी-छिपे मांस खाने लगा। लेकिन यह बात भी घर से अधिक दिनों तक छिपी नहीं रह सकी और जल्दी ही उसे अपनी वह आदत छोड़ देनी पड़ी।

इस प्रकार पारिवारिक संस्कारों ने मोहनदास की पग-पग पर रक्षा की और उसे बुराई के दलदल में फँसने से बचाया।

पिता की बीमारी

सन् 1822 में जनमे कबा 12-13 वर्ष की उम्र से ही रियासती कामकाज में ऐसे उलझे कि उन्हें 60 वर्ष की आयु तक साँस लेने की फुरसत नहीं मिली। सन् 1882 के अंत तक उन्हें भगंदर के रोग ने आ घेरा। इस व्याधि के दौरान मोहन ने उनकी जी-जान से सेवा की। उनके भगंदर के फोड़े को साफ करना, मरहम-पट्टी करना और समय-समय पर दवाई देना—ये सभी कार्य मोहनदास ही करता था।

बीमारी की स्थिति में भी कबा गांधी राजकोट की दीवानी करते रहे। लेकिन भगंदर का रोग बढ़ता ही जा रहा था।

इसी बीच सन् 1883 में कस्तूरबाई के साथ मोहनदास का विवाह कर दिया गया। अभी वह मैट्रिक भी उत्तीर्ण नहीं कर सका था। विवाह के कारण उसका एक वर्ष बेकार चला गया।

इधर पिता का स्वास्थ्य दिन-पर-दिन गिरता जा रहा था। वैद्य, हकीम, मौलवी, फकीर, सूफी-संत सभी ने उपचार किया; लेकिन कोई लाभ नहीं हुआ। बंबई ले जाकर आधुनिक उपचार का आश्रय भी लिया गया; लेकिन

परिणाम शून्य रहा। अब उनकी जिजीविषा भी चुक गई थी। दो वर्ष से वे इस कष्टदायी बीमारी को झेल रहे थे।

मृत्यु ने दरवाजे पर दस्तक दे दी थी। मृत्यु की रात्रि को मोहन देर तक पिता की सेवा करता रहा। आधी रात के आसपास उसके चाचा ने उसे सोने के लिए भेज दिया और स्वयं कबा की सेवा में बैठ गए। अभी मोहन गया ही था कि कुछ समय बाद उसके कमरे की कुंडी खड़की। खबर ने उसे झकझोरकर रख दिया। पिता सारे बंधन तोड़कर जा चुके थे।

"आह, मैं कुछ देर और क्यों नहीं रुका?" मोहनदास के मुँह से निकला। दिन-रात पिता की सेवा में रत रहने के बाद भी 1885 में उनकी मृत्यु के समय वह उनके पास नहीं था। यह ग्लानि उन्हें आजीवन कचोटती रही। इस चूक के लिए गांधीजी सदैव स्वयं को कोसते रहे।

कबा गांधी की मृत्यु के कुछ दिनों बाद ही कस्तूरबाई ने एक पुत्र को जन्म दिया, लेकिन वह दो-तीन दिनों में ही चल बसा। मोहन को लगा कि यह पिता के प्रति चूक की सजा है।

पिता की मृत्यु के बाद पुत्र की मृत्यु ने मोहन को व्यथित करके रख दिया था, लेकिन वक्त के साथ ये घाव भरने लगे। जीवन फिर समय के साथ आगे सरकने लगा। मोहन ने फिर से अपनी पढ़ाई की ओर ध्यान दिया और सन् 1887 में मैट्रिक उत्तीर्ण करके भावनगर के एक विद्यालय में प्रवेश ले लिया। लेकिन मोहन का मन विद्यालय में नहीं लगा। छह महीने बाद वह वापस राजकोट आ गया। 'आगे क्या किया जाए', इस पर सोच-विचार होने लगा।

बैरिस्टर बनने का सुझाव

कबा के एक मित्र थे—भावजी भाई दवे। उन्होंने सुझाव दिया कि मोहन विलायत जाकर बैरिस्टरी की पढ़ाई करे। यह सुझाव मोहन को एकदम पसंद आ गया। लेकिन इसके लिए 5 हजार रुपए कहाँ से आएँगे? मोहनदास ने चाचा तुलसीदास से सहायता माँगी, जो उन दिनों पोरबंदर के दीवान थे। कबा की सिफारिश से ही उन्हें वहाँ की दीवानी मिली थी। लेकिन तुलसीदास ने सारे अहसानों को धता बताते हुए अपने हाथ खड़े कर दिए।

कस्तूरबाई ने जब विलायत जाने के लिए पति की छटपटाहट देखी तो स्वयं को रोक नहीं सकीं। अपने गहनों की पेटी पति को देकर बोलीं, "इन्हें बेचकर पैसों का इंतजाम कर लीजिए।"

कृतज्ञ भाव से मोहनदास ने वह पेटी स्वीकारी। उससे 3 हजार रुपयों की व्यवस्था हुई। शेष 2 हजार रुपए मित्रों से उधार लिये गए।

माँ पुतलीबाई बड़े धर्म-संकट में थीं। उनकी आँखों का तारा मोहन अकेला सात समंदर पार विलायत पढ़ने जा रहा है। उसे कैसे आज्ञा दें? वहाँ वह वैष्णव धर्म का पालन कर पाएगा कि नहीं? घर को भूल तो नहीं जाएगा? आदि अनेक प्रश्न उन्हें आशंकित कर रहे थे।

अंत में जब मोहन ने अनुमति माँगी तो उन्होंने उससे तीन वचन लिये—

1. वह मांस नहीं खाएगा,
2. वह मदिरा नहीं पिएगा,
3. वह परस्त्री-संग नहीं करेगा।

ये केवल शब्द ही नहीं थे, एक माँ की श्रद्धा, भक्ति और आस्था के अमृत-बिंदु थे। उस माँ को पूर्ण विश्वास था कि उनका पुत्र उनके विश्वास को कभी खंडित नहीं करेगा—और वही हुआ भी। मोहनदास ने माता को दिए वचनों को कभी भंग नहीं किया।

❑

4

विलायत में वकालत

''मेरा प्रयत्न स्वेच्छापूर्ण सादगी, गरीबी और धीमी गति में सौंदर्य-दर्शन का है। आवश्यकताएँ बढ़ाने का मुझे कोई मोह नहीं। वे तो हमारे आंतरिक जीवन को तेजहीन करके विनष्ट ही कर देती हैं।''

—महात्मा गांधी

मोहनदास की विदेश-यात्रा की तैयारी चल रही थी। इसी बीच, विदेश जाने से दो महीने पूर्व, कस्तूरबाई ने एक पुत्र को जन्म दिया, जिसका नाम 'हरिलाल' रखा गया।

अंततोगत्वा चिर प्रतीक्षित दिन आ पहुँचा। मोहनदास पत्नी, पुत्र, माँ तथा अन्य सगे-संबंधियों से विदा लेकर बंबई पहुँचे और विलायत जाने के लिए जहाज में सवार हो गए।

वह 4 सितंबर, 1888 का दिन था।

जहाजी यात्रा (जल मार्ग से) लंबी और बोरियत भरी होती है। उस पर मोहन जैसे शरमीले के लिए वह यात्रा और कष्टदायक हो गई। उन्हें अंग्रेजी लिखना-पढ़ना आता था, लेकिन बोलने और समझने में काफी कठिनाई होती थी। इसलिए जहाज में अधिकतर समय वे अपने केबिन में ही पड़े रहते थे। वहाँ का उबला भोजन भी उन्हें नहीं भाता था, तिस पर छुरी-काँटों से खाना, तौबा-तौबा। मोहन की तो मानो जान पर ही बन आई थी। वे अपने साथ ले गए सूखे नाश्ते पर ही जीवित थे। एक भले अंग्रेज ने उनकी यह हालत देखी तो उनसे मांस खाने का प्रस्ताव किया; लेकिन माता को दिया वचन उन्हें याद था, इसलिए मांस-मदिरा की ओर उन्होंने देखा तक नहीं।

विलायत में

इक्कीस दिनों की समुद्री यात्रा के बाद जहाज साउथेंप्टन के किनारे लगा। वहाँ से सड़क मार्ग से मोहन लंदन पहुँचे।

वहाँ नए प्राकृतिक परिवेश, नए लोग, भिन्न खान-पान से मोहनदास परेशान हो उठे। माँ की याद भी उन्हें व्यथित कर रही थी। कई बार एकांत पाकर उन्होंने आँसू भी बहाए थे; लेकिन पढ़-लिखकर कुछ बनने की उनकी इच्छा पूर्ववत् दृढ़ थी।

यहाँ कई नए दोस्त बने। उन्होंने मोहन को मांस व मदिरा के प्रति आकर्षित किया, उनका उपहास उड़ाया, तर्क-वितर्क किए, उन्हें 'पिछड़ा' कहकर जलील किया; लेकिन वे अपने वचन से नहीं डिगे। इंग्लैंड की सर्दी से बचने के लिए कुछ दोस्तों ने सुझाव दिया कि मांस नहीं तो अंडे ही खा लिया करें। लेकिन वैष्णव धर्मी के लिए अंडा भी मांसाहार ही था। इस रूप में भी दूर समुद्र पार बैठी अपनी माँ को वे पीड़ा नहीं पहुँचाना चाहते थे।

शुरू में मित्रों की देखा-देखी वे आधुनिकता के रंग में रँगते चले गए, लेकिन जल्दी ही उन्हें लगा कि यह दिखावा व्यर्थ है। उन्होंने हिसाब किया तो पाया कि उनकी गाढ़ी मेहनत की कमाई का बड़ा हिस्सा देखा-देखी में ही खर्च होता जा रहा है, इसलिए अमीरों का साथ छोड़कर वे एक कमरे के साधारण से घर में आकर रहने लगे। अपना खाना भी स्वयं बनाने लगे। कॉलेज और अन्य कार्य घर से पैदल जाकर निबटाने लगे। इस प्रकार प्रतिदिन वे 15 से 20 कि.मी. पैदल चलते और गाड़ी-रिक्शा आदि का भाड़ा बचा लेते थे। यहीं से उन्हें एक-एक पाई बचाने और उसका हिसाब रखने की आदत पड़ी।

मोहनदास विलायती समाज और स्थानीय संस्कृति को निकट से देखना चाहते थे, अत: हर दो-तीन महीने में मोहल्ला बदल लेते थे और सस्ते-से-सस्ता मकान लेते थे। इस प्रकार सख्ती से उन्होंने अपने खर्च पर अंकुश रखा।

बैरिस्टरी की पढ़ाई उन्होंने पूरी ईमानदारी और श्रद्धा से की। कुंजियों और गाइडों का सहारा लेना भी उन्हें धोखा देने के समान लगता था। इसलिए उन्होंने कानून की मोटी-मोटी विख्यात पुस्तकों का सांगोपांग अध्ययन किया।

आखिरकार मोहनदास की मेहनत रंग लाई। 10 जून, 1891 को उन्होंने बैरिस्टरी की परीक्षा उत्तीर्ण की। उसके अगले ही दिन उन्होंने इंग्लैंड के उच्च न्यायालय में अपना वकालतनामा दर्ज करवाया और 12 जून, 1891 को स्वदेश रवाना हो गए।

मन में उमंगें थीं, नई आशाएँ हिलोरें ले रही थीं। भविष्य उज्ज्वल दिखाई दे रहा था। स्टीमर मंथर गति से आगे बढ़ रहा था, लेकिन मोहनदास के विचार बिजली की चपलता से स्वदेश में, अपने घर में पहुँच जाना चाहते थे। माँ आज उन्हें बहुत याद आ रही थीं। उनके वचनों की आधारशिला पर ही उनके सुखद

भविष्य की इमारत खड़ी हुई थी। सबसे पहले वे अपनी डिग्री उनके चरणों में रखकर उनसे आशीर्वाद लेंगे। बंबई का समुद्र-तट नजर आने लगा था। मोहनदास डैक पर खड़े होकर आगंतुकों के स्वागत में खड़ी भीड़ के बीच कोई परिचित चेहरा तलाश रहे थे।

बड़े भाई लक्ष्मीदास गांधी उन्हें लेने आए थे। छलछलाती आँखों से मोहनदास ने उनके चरण-स्पर्श किए। लक्ष्मीदासजी ने उठाकर उन्हें बाँहों में भर लिया। रास्ते में जब रहा नहीं गया तो वह भाई से पूछ ही बैठे, ''माँ कैसी हैं? मुझे याद करती हैं या नहीं?''

लक्ष्मीदास के चेहरे पर पीड़ा की एक तीव्र लहर दौड़ गई। करुण स्वर में बोले, ''माँ अब इस दुनिया में नहीं हैं। एक महीने पहले ही चल बसीं।''

मोहनदास के हृदय पर मानो वज्राघात हुआ। कुछ पल के लिए वे आवाक् रह गए। विधि का बड़ा भीषण आघात था। यह कैसी सजा मिली थी उन्हें! सचमुच पत्थर में बदल गए थे मोहनदास। आँसुओं से भारी पलकों को छलकने नहीं दिया। सारे आँसू जज्ब कर लिये। महात्मा बनने का यह पहला सोपान था।

माँ की मृत्यु की खबर को उनसे छिपा लिया गया था, ताकि विदेश में वे विचलित न हो जाएँ।

जब से मोहनदास विदेश गए थे, पुतलीबाई का मन उचाट रहने लगा था। अचानक ही उन्हें लगने लगा कि वे बहुत बूढ़ी हो गई हैं। उन्हें कुछ बीमारियाँ भी लग गई थीं। मन को लगाने के लिए वे भजन-कीर्तन, कथा-सत्संग भी करतीं; लेकिन अंतर्मन हमेशा पुत्र मोहन के पास ही रहता। वे मोहन के लौटने का एक-एक दिन गिनती रही थीं। फिर उनके बैरिस्टर होने का समाचार भी मिला। तब वे आश्वस्त हो गई थीं कि बेटा जल्दी ही लौटेगा। किंतु समुद्री यात्रा इक्कीस दिन लंबी थी। शरीर साथ छोड़ता जा रहा था। आखिर बेटे को देखने की आशा सँजोए ही वे इस दुनिया को छोड़कर चली गईं।

यह पुतलीबाई की संस्कारी शिक्षा, धार्मिक आस्था, सत्यनिष्ठा, कर्मठता, समर्पण, सेवा-भावना, त्याग एवं बलिदान आदि गुणों का ही प्रभाव था कि मोहनदास एक महान् व्यक्ति बने और 'महात्मा गांधी' के रूप में संपूर्ण विश्व में ख्यात हुए। ❑

5 वकालती कटु अनुभव

> *''जीवन का ध्येय बेशक स्वयं अपने को—आत्मा को—पहचानना है। जब तक हम प्राणिमात्र के साथ एकता महसूस करना न सीख लें तब तक आत्मा को पहचान नहीं सकते। ऐसे जीवन का समग्र योग ही ईश्वर है। इसलिए हमें सब में रहनेवाले ईश्वर को जानना जरूरी है। ऐसा ज्ञान असीम और निस्स्वार्थ सेवा से ही मिल सकता है।''*
>
> **—महात्मा गांधी**

माता की मृत्यु के दु:ख ने हालाँकि मोहन को तोड़कर रख दिया था, लेकिन फिर भी वे स्वयं को सामान्य बनाए रखने की भरसक कोशिश कर रहे थे। बैरिस्टर बन गए थे, अत: जीवन की दिशा को अब उसी ओर मोड़ना था। बड़े भाई लक्ष्मीदास गांधी ने उनसे बहुत उम्मीदें लगा रखी थीं। राजकोट में उनके बहुत से वकील दोस्त थे। उन्हें आशा थी कि मित्रों की सहायता से मोहन की वकालत भी चल निकलेगी।

लेकिन परिणाम विपरीत निकला।

राजकोट में वकालत

बैरिस्टर की डिग्री लेकर भी मोहन अभी तक संकोची और भीरु स्वभाव के थे। उन्हें बातें बनाना नहीं आता था। साथ ही वकालत से संबद्ध काम से भी वे अनजान थे। उन्होंने राजकोट में प्रैक्टिस शुरू की तो उन्हें नया अनुभव हुआ। नए वकीलों को केस पाने के लिए पुराने और अनुभवी वकीलों को रिश्वत देनी पड़ती थी। लेकिन मोहनदास ठहरे सत्यप्रिय। यह सब उनसे नहीं हुआ। फलत: शुरुआत से ही वकालत नहीं चली।

घर में कलह बढ़ गया। एक पुत्र हरिलाल तो पहले ही थे, दूसरे मणिलाल (28 अक्तूबर, 1892) का भी जन्म हो चुका था। मोहनदास घर-खर्च भी नहीं निकाल पा रहे थे। लक्ष्मीदास उनकी साफगोई को इसका कारण मानते थे।

जब राजकोट में बात नहीं बनी तो मोहनदास ने बंबई महानगर में हाथ आजमाने की सोची। परिवार में सलाह की तो बड़े भाई लक्ष्मीदास ने उन्हें

अनुमति दे दी। वे सोच रहे थे, किसी भी तरह मोहनदास की वकालत जम जाए, जिससे परिवार की आर्थिक स्थिति सुदृढ़ हो सके।

बंबई में भी असफलता

मोहनदास राजकोट से बंबई आ गए। बंबई के उपनगर गिरगाँव में किराए का एक मकान लिया और हाई कोर्ट जाने लगे। लेकिन यहाँ भी उनकी भीरुता और संकोची स्वभाव आड़े आ गए। यों तो केस मिलते ही नहीं थे और ले-देकर एक मिला भी तो जज के सामने उनके पैर काँपने लगे और लाख चाहकर भी गले से आवाज नहीं निकल सकी। उनकी यह दशा देखकर जज सहित सभी लोग हँसने लगे। मोहन और घबरा गए। एडवांस ली हुई फीस वापस कर दी और घर लौट आए।

अब उन्होंने निश्चय किया कि जब तक ठीक से मुकदमा लड़ना नहीं आएगा, वे कचहरी नहीं जाएँगे। उनकी लिखाई-पढ़ाई अच्छी थी, अत: मसविदे लिखने का कुछ काम मिला। उसे वे घर बैठकर ही करने लगे। यहाँ उन्हें भारतीय कानून की विख्यात पुस्तकें पढ़ने का भी अवसर मिला। वे रोज घर से हाई कोर्ट तक पैदल आते-जाते थे। इससे बस का भाड़ा बचता था और मौसम-बेमौसम पैदल चलने की आदत पड़ गई थी।

आखिर वे बंबई से भी ऊब गए। यहाँ खर्च निकालना भारी पड़ने लगा था। अब उन्हें वापस राजकोट जाना ही उचित लगा।

भारी मन से वे राजकोट पहुँचे। निराशा ने गहरे तक घर कर लिया था। यहाँ भी केस लड़ने में उनकी रुचि नहीं थी, क्योंकि वे जानते थे कि अभी उनमें इतनी हिम्मत नहीं आई थी कि वे जज का सामना कर पाते। इसलिए अर्जी लिखने और मसविदे तैयार करने का काम करने लगे। कानून की पुस्तकों का गहन अध्ययन यहाँ काम आया। इस काम से ढाई-तीन सौ रुपए मासिक आमदनी होने लगी। इससे परिवार का पालन-पोषण ठीक से हो जाता था। लेकिन उनका अंतर्मन छटपटाता रहता था। यह उनके ज्ञान का सही उपयोग नहीं था।

इन्हीं दिनों घटी एक और घटना ने उन्हें बुरी तरह तोड़कर रख दिया।

अंग्रेज अधिकारी द्वारा अपमानित

मोहनदास जब विलायत में पढ़ रहे थे तब उनकी मुलाकात एक अंग्रेज अधिकारी से हुई थी। वही अधिकारी इन दिनों राजकोट में पोलिटिकल एजेंट था। किसी बात पर वह लक्ष्मीदास से नाराज था। लक्ष्मीदास चाहते थे कि मोहनदास उस अधिकारी को अपने पुराने संबंधों का हवाला देकर उनके बीच सुलह करा दे। मोहन को ऐसी सिफारिशों से चिढ़ थी। लेकिन जब लक्ष्मीदास उन्हें उलाहना देने लगे तो मोहन बेमन से उस अंग्रेज अफसर से मिले। लेकिन लक्ष्मीदास का नाम सुनते ही उसने बिना कोई बात सुने उन्हें अपने बँगले से बाहर करवा दिया। किसी अंग्रेज अधिकारी द्वारा यह उनका पहला अपमान था। अपमान और ग्लानि की आग से उनका रोम-रोम सुलग रहा था।

उन्होंने उस अंग्रेज अधिकारी को पत्र लिखा कि वह उनके इस अपमान के लिए माफी माँगे, अन्यथा वे अदालत में मानहानि का मुकदमा दायर कर देंगे। उस अफसर

ने भी लौटती डाक से जवाब दिया कि उनसे जो बन पड़े, वे कर लें।

उन्होंने अपने कई वकील मित्रों से बात की। सबने एक स्वर में कहा कि गुलाम देश में ऐसा अपमान तो आम बात है। उस अफसर के विरुद्ध बहुत चाहकर भी वे कुछ नहीं कर पाएँगे, उलटे लेने के देने और पड़ जाएँगे।

ऐसी बातें सुनकर मोहनदास बुरी तरह हतोत्साहित हो गए। उन्होंने संकल्प किया कि भविष्य में वे ऐसे पचड़ों में कभी नहीं पड़ेंगे।

इस घटना ने उनके रहे-सहे वकीली-उत्साह को भी ठंडा करके रख दिया। अब मसविदे लिखने के काम में भी उनका मन नहीं लगता था। आमदनी का यह एकमात्र स्रोत भी बंद हो गया। ऐसे में परिवार में खटपट होना स्वाभाविक था। घर-परिवार और सहकर्मियों के व्यंग्य-बाणों की बौछार से भी वे आहत थे।

ऐसे में एक प्रस्ताव आशा की किरण बनकर आया।

कबा गांधी के एक मित्र थे अब्दुल्ला सेठ। उन्हें 'दादा अब्दुल्ला' भी कहा जाता था। अफ्रीका में उनका व्यापार था। कचहरी में कुछ केस भी चल रहे थे। उन्होंने अपने मुकदमे की पैरवी के सिलसिले में मोहनदास के सामने एक वर्ष के लिए दक्षिण अफ्रीका जाने का प्रस्ताव रखा।

गुलाम देश के अराजक वातावरण, असफलता और गरीबी ने मोहनदास का जीवन नरक बना दिया था। इस वातावरण से वे निकलना चाहते थे। इसलिए इस प्रस्ताव को उन्होंने फौरन स्वीकार कर लिया। वैसे वे समझ रहे थे कि यह प्रस्ताव वकालत का कम और नौकरी का अधिक है; क्योंकि उसमें एक तयशुदा रकम मिलने वाली थी। फिर भी, वर्तमान की कुंठा से उबरने के लिए वह प्रस्ताव तिनके का सहारा बनकर आया था। □

6 दक्षिण अफ्रीका में गांधीभाई

> *''यदि मैं स्त्री के रूप में जनमा होता हो पुरुष के इस दंभ के विरुद्ध कि स्त्री पुरुष के मनोरंजन की वस्तु है, विद्रोह कर देता। मैं तो मानसिक रूप से स्त्री बन गया हूँ, जिससे कि मैं उसके हृदय में प्रवेश कर सकूँ। मैंने अपनी पत्नी का हृदय बदल देने का निश्चय कर लिया है। तो इसके लिए मैंने अपने उन सब तथाकथित अधिकारों को त्याग दिया, जो मुझे पति होने के नाते प्राप्त थे और साथ ही पत्नी को उसके सारे अधिकार लौटा दिए।''*
>
> **—महात्मा गांधी**

अपने घर-परिवार को पीछे राजकोट में ही छोड़कर अप्रैल 1893 में मोहनदास दक्षिण अफ्रीका के लिए रवाना हुए। मई के अंत में वे दक्षिण अफ्रीका के तटवर्ती शहर डरबन पहुँचे। वहाँ उस समय कड़ाके की सर्दी पड़ रही थी। डरबन में अब्दुल्ला सेठ ने उनका स्वागत किया। उनका मुकदमा तैयब सेठ के साथ प्रिटोरिया की एक अदालत में चल रहा था। प्रिटोरिया में ही उनके मुख्य वकील मिस्टर बेकर रहते थे। अत: मोहनदास को भी प्रिटोरिया ही भेजा जाना था।

लगभग एक सप्ताह बाद शाम की ट्रेन से मोहनदास डरबन से प्रिटोरिया की ओर रवाना हुए।

रंगभेद के शिकार बने

इन दिनों दक्षिण अफ्रीका में रंगभेद अपने चरम उत्कर्ष पर था। गोरे लोग साँवले व्यक्तियों पर मनचाहे जुल्म करने के लिए स्वतंत्र थे। वे उनसे गुलामों जैसा व्यवहार करते थे। बहुत सारे भारतीय भी रंगभेद की इस आग में झुलस रहे थे। वे असंगठित थे। उन पर प्रतिदिन तरह-तरह के अन्याय होते थे; लेकिन उस अपमान को सहकर भी वे अपने छोटे-मोटे व्यापार में लगे हुए थे।

मोहनदास को भी ट्रेन की इस यात्रा के दौरान रंगभेद का शिकार होना पड़ा। उनके पास प्रथम श्रेणी का टिकट था, फिर भी उन्हें कुली डिब्बे (तृतीय श्रेणी के डिब्बे) में जाने के लिए कहा गया। उन्होंने उतरने से इनकार किया तो

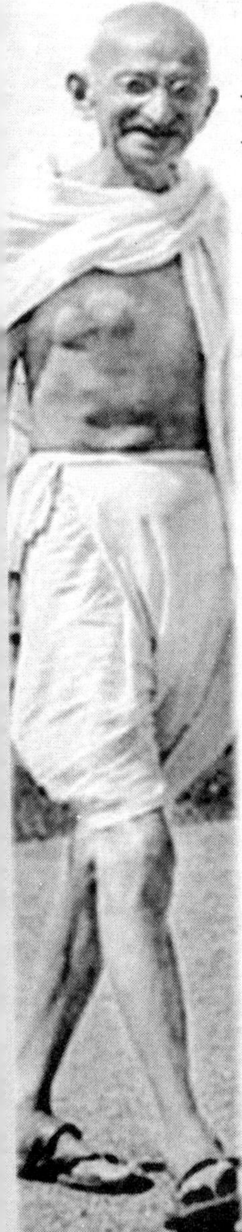

गोरे टिकट निरीक्षक ने उन्हें डिब्बे से धक्का देकर प्लेटफॉर्म पर गिरा दिया और तिरस्कारपूर्वक चलती ट्रेन से उनका सामान नीचे फेंक दिया।

वह सर्द रात मोहनदास ने पीटरमेरित्जबर्ग के छोटे से स्टेशन के एक अँधेरे वेटिंग रूम में गुजारी। सर्दी से बचने के लिए गरम कपड़े भी नहीं निकाले कि कहीं फिर अपमान न हो जाए।

मन में विचारों का तूफान उमड़ता रहा। कैसा असभ्य देश है! इतना अपमान सहकर क्या अब यहाँ रुकना ठीक है? नहीं, अपने कर्तव्य को पूरा करने के लिए एक वर्ष रुकना होगा। इस प्रकार के अपमान का प्रतिकार करना होगा। टुकड़ों में बँटे लोगों को एकजुट करके इसके लिए तैयार करना होगा।

आँखों में दृढ़ निश्चय की चमक और हृदय में प्रतिकार की शक्ति ने मिलकर उन्हें सहारा दिया; लेकिन अभी एक और अपमान बाकी था।

अगले दिन अब्दुल्ला सेठ के कुछ लोग उन्हें ढूँढ़ते हुए वहाँ पहुँचे और गार्ड की सहायता से उनके लिए एक आरामदायक स्थान की व्यवस्था करवा दी।

चार्ल्स टाउन से ट्रेन छोड़कर घोड़ागाड़ी से प्रिटोरिया तक की यात्रा करनी थी। गाड़ी के केबिन में कुछ गोरे बैठे थे, अत: वहाँ उन्हें जगह नहीं मिली। समय से प्रिटोरिया पहुँचना था, इसलिए वे कोचवान के साथ बैठ गए। लेकिन थोड़ी देर बाद एक गोरे को सिगरेट पीने की तलब उठी। उसने ताजा हवा में कोचवान के पास बैठने की इच्छा प्रकट की और मोहनदास को गाड़ी के पायदान पर जाने को कहा। अब तो मोहनदास का स्वाभिमान तिलमिला उठा। उन्होंने दृढ़ निश्चय कर लिया कि पायदान पर नहीं बैठेंगे और कोचवान के बगल में लगी पीतल की छड़ को मजबूती से पकड़कर बैठ गए।

जब लाख कहने पर भी वे नहीं उठे तो गोरा अंग्रेज हैवान की तरह उन पर टूट पड़ा। उसने उन्हें मार-मारकर बेहाल कर दिया। साथ में बैठे कुछ गोरों को यह सब अच्छा नहीं लगा तो उन्होंने बीच-बचाव किया। तब जाकर मोहनदास की पिटाई रुकी।

इस प्रकार प्रिटोरिया तक की यात्रा पूरी हुई। इस यात्रा के दौरान हुए कटु अनुभवों से मोहनदास ने काफी कुछ शिक्षा हासिल की। उनके मन में प्रतिकार की ज्वाला प्रज्वलित हुई; रंगभेद की नीति से लड़ने के लिए मानस तैयार हुआ; हर प्रकार के अन्याय का डटकर मुकाबला करना चाहिए, चाहे प्राण चले जाएँ। यही विचार आगे चलकर सत्याग्रह की नींव बने।

सर्वमान्य समझौता

प्रिटोरिया में मोहनदास ने मिस्टर बेकर के साथ अब्दुल्ला सेठ का केस हाथ में ले लिया। खाली समय में उन्होंने अफ्रीकी रेल नियमावली का अध्ययन किया और पत्र-व्यवहार करके रेल-यात्रा के दौरान रंगभेद को समाप्त किए जाने का आग्रह किया। उनका आग्रह मान लिया गया और सिद्धांततया एशियाई लोगों को प्रथम दर्जे में यात्रा का अधिकार मिल गया।

यहीं उन्होंने कुरान, बाइबल, गीता, ज़रतुश्त का 'जेंद-अवेस्ता', आर्नल्ड का 'बुद्धचरित', कार्लाइल का 'विभूति और विभूति पूजा' भी पढ़ा। इस प्रकार विश्व के सभी धर्मों का ज्ञान उन्होंने प्राप्त किया। धर्म-मंथन के साथ-साथ उन्होंने अब्दुल्ला सेठ और तैयब सेठ के केस से संबद्ध दस्तावेज़ों का भी गहन अध्ययन कर लिया था और वे इस निष्कर्ष पर पहुँचे थे कि दोनों के बीच सर्वमान्य समझौता ही उस केस का समुचित हल है।

उन्होंने जब अपनी यह दलील ठोस शब्दों में दोनों के बीच रखी तो दोनों ने ही उसे स्वीकार लिया। इस प्रकार वह केस अदालत के बाहर ही निबट गया। अब्दुल्ला सेठ और तैयब सेठ के बीच का आपसी मनोमालिन्य भी समाप्त हो गया। आपसी समझौते की यही नीति गांधीजी ने आगे अपने जीवन में अपनाई।

अफ्रीका में एक वर्ष पूरा हो चुका था। यहाँ आने का उद्देश्य भी पूर्ण हो गया था। यहाँ रहकर मोहनदास ने एशियाई मूल के लोगों की कठिनाइयों, उनकी समस्याओं का गहराई से अध्ययन किया। गोरे अधिकारियों और सरकार से उनके निवारणार्थ पत्र-व्यवहार किया। उन्होंने हिंदुस्तानियों की एक आमसभा का आयोजन कर उसमें अपने जीवन का पहला भाषण भी दिया।

अपने भाषण में मोहनदास ने व्यापार में ईमानदारी और सच्चाई का समावेश करने का आह्वान किया। उन्होंने कहा कि वे अपने देश के प्रतिनिधि हैं, अतः इस प्रकार का व्यवहार न करें जिससे देश को लज्जित होना पड़े। उन्होंने सफाई की ओर विशेष ध्यान आकृष्ट किया। मोहनदास ने लोगों को हिंदू, मुसलिम, ईसाई, पारसी, मराठी, गुजराती, बिहारी, सिंधी एवं पंजाबी आदि का भेदभाव भुलाकर एक होकर रहने के लिए प्रेरित किया।

इस एक वर्ष के दौरान लोग उन्हें 'गांधीभाई' कहने लगे थे। उनकी छवि एक सच्चे समाज-सेवक की बन गई थी।

□

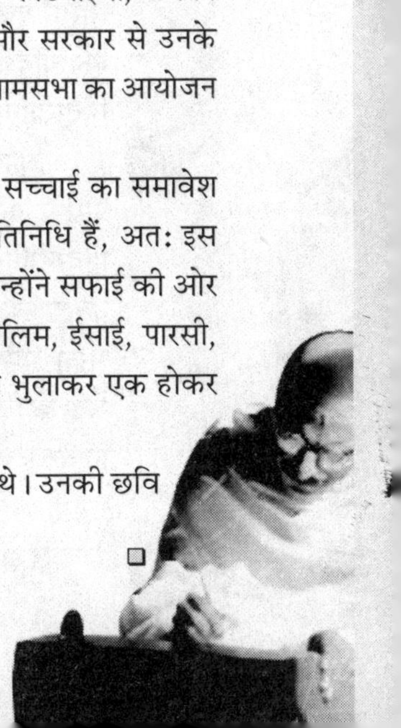

7

नाटाल इंडियन कांग्रेस

''हर मनुष्य का पहला कर्तव्य अपने पड़ोसियों के प्रति है। यदि पड़ोसी के प्रति सब कोई अपना धर्म ठीक–ठाक निभा सकें तो दुनिया में मदद के अभाव में कोई भी दु:खी न हो। इसलिए यह कहा जा सकता है कि मनुष्य पड़ोसी की सेवा करके सारी दुनिया की सेवा करता है।''

—महात्मा गांधी

अब्दुल्ला सेठ का मुकदमा समाप्त हो गया था। गांधीभाई वापस भारत लौटने की तैयारी कर रहे थे। इस अवसर पर अब्दुल्ला ने एक विदाई समारोह आयोजित किया, जिसमें हिंदी कौम के लगभग सभी प्रमुख लोगों को आमंत्रित किया गया था। बातचीत के दौरान गांधीभाई अखबार पलट रहे थे, तभी 'नाटाल मर्क्यूरी' में उन्हें एक समाचार नजर आया कि 'अफ्रीका में रहने वाले हिंदी (हिंदुस्तानी) मतदान नहीं करते हैं। उन्हें इसका महत्त्व भी मालूम नहीं है, इसलिए उन्हें मताधिकार की जरूरत नहीं है। इसी विषय से संबंधित एक विधेयक नाटाल की विधानसभा में विचाराधीन है।'

यह समाचार पढ़कर गांधीभाई चौंक पड़े। उन्होंने लोगों से इसके बारे में पूछा तो सभी ने अनभिज्ञता प्रकट की। गांधीभाई ने उन्हें समझाया कि यदि इस आशय का विधेयक विधानसभा में पारित हो गया तो हिंदुस्तानियों का यहाँ अस्तित्व ही समाप्त हो जाएगा।

काफी मंत्रणा के बाद वहाँ उपस्थित प्रबुद्ध वर्ग ने गांधीभाई से प्रार्थना की कि वे स्वदेश लौटने की बजाय अफ्रीका में ही रहकर हिंदुस्तानियों का मार्गदर्शन करें। यह भी कहा गया कि स्थानीय लोग उनका व्यय वहन करेंगे। कुछ व्यापारियों ने मिलकर वर्ष भर के उनके भरण–पोषण की धनराशि भी पेशगी उन्हें सौंप दी। लेकिन इस समाज-सेवा के लिए उन्होंने नि:शुल्क योगदान देना स्वीकार किया और नाटाल में ही वकालत द्वारा गुजारा करने की बात सोची।

अब गांधीभाई अपने गुजारे के लिए वकालत करने लगे और 'नाटाल इंडियन कांग्रेस' का गठन करके हिंदुस्तानियों की सेवा आरंभ कर

दी। उन्होंने विधानसभा को तार भेजकर हिंदुस्तानियों को मताधिकार से वंचित करनेवाला विधेयक निरस्त करने का अनुरोध किया। इससे विधेयक पर चर्चा दो दिन के लिए स्थगित हो गई। इससे उनका हौसला बढ़ा। उन्होंने अनेक लोगों से अर्जियाँ लिखवाकर विधानसभा, नाटाल सरकार, इंग्लैंड की सरकार और भारत के वायसराय को प्रेषित कीं। अखबारों में इस जन-जागृति की खूब चर्चा हुई। हालाँकि वह विधेयक बाद में पास हुआ और कानून भी बना, लेकिन अपने अधिकारों को लेकर लोगों में सुगबुगाहट शुरू हो गई थी। गांधीभाई के मार्ग-निर्देशन में 10 हजार लोगों के हस्ताक्षर से युक्त एक आवेदन इंग्लैंड में लॉर्ड रिपन को भेजा गया।

नाटाल इंडियन कांग्रेस

इसी जन-जागरण के बीच सन् 1894 में नाटाल इंडियन कांग्रेस का जन्म हुआ। हजारों-हजार हिंदू लोग इसके सदस्य बने। गांधीभाई ने स्वदेशी लोगों की दयनीय स्थिति का जगह-जगह घूमकर अवलोकन किया और सत्य आँकड़े एकत्रित करके एक पुस्तिका तैयार की—'एन अपील टु एवरी ब्रिटिश इन साउथ अफ्रीका' ('दक्षिण अफ्रीका में बसे प्रत्येक गोरे से अनुरोध')।

इस पुस्तिका से हिंदी लोगों को देश-दुनिया की सहानुभूति मिली। गोरों की भी आँखें खुलीं। उनका नजरिया बदलने लगा।

अब गांधीभाई नाटाल हाई कोर्ट में वकालत करने लगे थे। जहाँ गोरे वकील 500 पौंड तक फीस वसूलते थे, वहीं गांधीभाई मात्र 20 पौंड लेते थे। और जब उनके पास केसों की संख्या हजारों में हो गई तो उन्होंने अपनी फीस घटाकर 2 पौंड कर दी। वकालत में भी समाज-सेवा को वे पहले प्रश्रय देते थे, भरण-पोषण को बाद में। उनके इस व्यक्तित्व की समाज पर अच्छी छाप पड़ रही थी। दीन-दुःखियों के लिए वे मसीहा हो गए थे।

गिरमिटियों का उद्धार

अफ्रीकी गन्ने के खेतों में हजारों उत्तर व दक्षिण भारतीय मजदूर काम करते थे। उन्हें प्रलोभन देकर पाँच वर्ष के अनुबंध पर लाया गया, लेकिन फिर

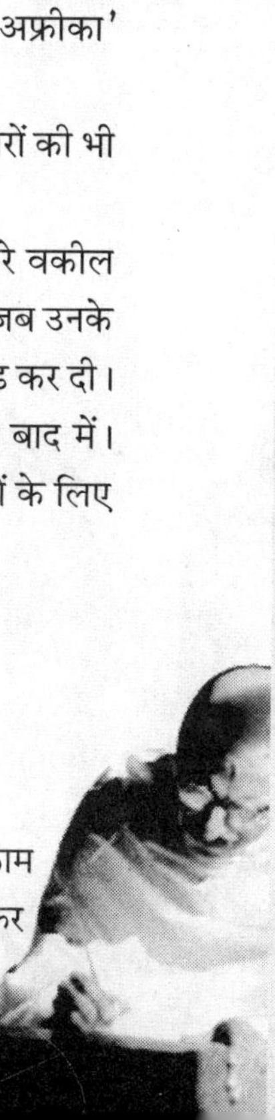

गुलामों की तरह वहीं रख लिया गया। उन्हें 'गिरमिटिया' कहते थे। उनकी स्थिति जानवरों से भी बदतर थी। एक दिन एक मद्रासी गिरमिटिया मुँह से खून उगलता हुआ गांधीभाई के सामने आया। गांधीभाई के एक सहायक मद्रासी ने उन्हें बताया कि उसके गोरे मालिक ने उसे बहुत मारा है और उसके दो दाँत भी तोड़ डाले हैं। उस गिरमिटिया का नाम बालसुंदरम् था।

गांधीभाई ने तत्काल बालसुंदरम् की चिकित्सा जाँच करवाई और उसका लिखित हलफनामा अदालत में पेश किया। जज ने उसके गोरे मालिक को अदालत में तलब किया। गांधीभाई की पैरवी से बालसुंदरम् को उसके गोरे मालिक से मुक्ति मिल गई। गांधीभाई ने उसे दूसरी नौकरी दिलवा दी।

इस घटना से पूरे शहर में तहलका मच गया। फिर तो गांधीभाई के घर के आगे गिरमिटियों का ताँता लग गया। पाँच वर्ष का अनुबंध पूरा होने के बाद हर गिरमिटिया स्वतंत्र होना चाहता था। इस अवधि में वह इतनी बचत कर लेता था कि दो-चार एकड़ भूमि खरीद सके।

गांधीभाई ने जी-जान से इन गिरमिटियों के लिए कार्य किया। लेकिन स्थानीय सरकार को यह सब नागवार गुजरा। इस पर अंकुश लगाने के लिए उसने गिरमिटिया मजदूरों और उनके परिजनों पर अन्यायपूर्ण कर थोप दिया।

गांधीभाई के सुझाव पर नाटाल इंडियन कांग्रेस ने इसका घोर विरोध शुरू कर दिया। गिरमिटियों पर अत्याचार रोकने में नाटाल इंडियन कांग्रेस को वर्षों लगे। गांधी की स्वराज्य और सत्याग्रह की लड़ाई का सूत्रपात यहीं से हुआ।

❑

8

हिंदी के हमदर्द

''हम कितनी ही भलाई क्यों न करें, हमें उसका गुमान नहीं करना चाहिए और न उसकी कीमत आँकनी चाहिए; बल्कि निरंतर यह इच्छा करते रहना चाहिए कि हम और अधिक अच्छे बनें, और अधिक भलाई करें। ऐसी इच्छाओं की पूर्ति के लिए किए गए आचरण एवं व्यवहार का नाम ही सच्ची नीति है।''

—महात्मा गांधी

गांधीभाई एक वर्ष के लिए अफ्रीका आए थे, लेकिन स्वदेशी भाइयों के कामों में ऐसे रमे कि तीन साल कब गुजर गए, पता ही नहीं चला। लोग उनसे आग्रह करने लगे थे कि देश जाने का मोह छोड़ें और पत्नी व बच्चों को भी वहीं बुला लें। अंततः उन्हें लोगों की बात माननी ही पड़ी। वे भारत आए, नाते-रिश्तेदारों से मिले। स्थानीय नेताओं से मिलकर अफ्रीका में हिंदुस्तानियों की दयनीय दशा का वर्णन किया। कुछ अखबारों ने इस विषय पर संपादकीय भी लिखे। यह खबर इंग्लैंड होते हुए अफ्रीका तक पहुँच गई। अफ्रीका में इस खबर को तोड़-मरोड़कर गलत ढंग से पेश किया गया। गोरे लोग भड़क उठे कि गांधी दुनिया में उनकी छवि खराब कर रहा है।

सपरिवार अफ्रीका रवानगी

इन सब बातों से बेखबर गांधी वापस अफ्रीका लौटने की तैयारी कर रहे थे। अब्दुल्ला सेठ ने तार दिया था कि 'जल्दी आएँ, दक्षिण अफ्रीका की संसद् का अधिवेशन होने जा रहा है, जिसमें हिंदियों के मताधिकार से संबंधित कानून पारित किया जाएगा।'

30 नवंबर, 1896 को गांधीभाई सपरिवार दक्षिण अफ्रीका की यात्रा पर चल पड़े। अठारह दिनों की यात्रा के बाद जहाज डरबन बंदरगाह पहुँचा। लेकिन गांधी की ख्याति उनसे पहले वहाँ पहुँच चुकी थी। स्थानीय गोरे लोगों ने जहाज को घेर लिया और गांधी को उनके हवाले करने की माँग करने लगे। साथ आए हुए अन्य हिंदुस्तानियों को देखकर भी लोग भड़के हुए थे कि यह गांधी हमारे देश को काले लोगों से भर देगा।

अधिकारियों के समझाने-बुझाने पर भीड़ शांत हुई। जैसे-तैसे बाकी सभी यात्रियों को उतारा गया और गांधीभाई को सलाह दी गई कि वे रात्रि के अँधेरे में वहाँ से निकलें। पत्नी और बच्चों को बंद गाड़ी से पारसी रुस्तमजी के घर भिजवा दिया गया।

गांधी व उनके कुछ मित्रों को यह बात नहीं जँची कि वे चोरों या कायरों की तरह शहर में दाखिल हों। अंत में निर्णय हुआ कि जो भी हो, वे भी दिन के उजाले में ही शहर में दाखिल होंगे।

और वही किया गया।

अंडों, टमाटरों से स्वागत

गांधीजी पैदल ही शहर की ओर चल पड़े। कुछ लोगों ने उन्हें पहचान लिया और कंकड़, टमाटर एवं अंडों की बौछार शुरू कर दी। लोग उन पर लात और घूँसे भी बरसाने लगे। इतने में खबर पाकर पुलिस वहाँ आ पहुँची। उसने किसी तरह गांधीजी को बचाया और पारसी रुस्तमजी के घर पहुँचाया। वहाँ डॉक्टर ने उनकी चिकित्सा आदि की। लेकिन मुसीबत अभी टली नहीं थी। गोरे लोगों ने पारसी रुस्तमजी के घर को घेर लिया और नारे लगाने लगे कि गांधी को बाहर निकालो, वरना हम घर जला देंगे।

पुलिस अधीक्षक अलेक्जेंडर ने सूझ-बूझ से काम लेते हुए गांधीजी को पुलिस की वरदी पहनाई और अपने आदमियों के साथ बाहर निकाला। अब तक बेकाबू हो चुकी भीड़ ने पूरे घर की तलाशी ली, लेकिन गांधी नहीं मिले तो लोग तितर-बितर हो गए।

कुछ दिनों बाद मामला शांत हो गया तो गांधीजी घर लौट आए। इस दुर्घटना का एक लाभ यह हुआ कि 'गांधी' नाम डरबन के घर-घर में जाना जाने लगा।

पुलिस और सरकार ने गांधीजी से आग्रह किया कि वे अपने पर हमला करनेवालों के विरुद्ध केस दर्ज करवाएँ; लेकिन गांधीजी ने उदारतापूर्वक उन्हें क्षमा कर दिया। इस बात से भी गोरे लोगों के दिलों में उनके लिए जगह बनी। अनेक गोरे लोग उनके मित्र बने। यह मित्रता धीरे-धीरे पारिवारिक मैत्री में बदल गई।

दिन गुजरते रहे; गांधीजी की वकालत परवान चढ़ती गई। उनके संचालन में नाटाल कांग्रेस का अपना कार्यालय भवन बन गया और उसकी आर्थिक स्थिति सुदृढ़ हो गई।

गांधीजी का परिवार भी बढ़ गया था। इस बार अफ्रीका आते समय वे अपनी विधवा बहन रलियातबेन के दस वर्षीय पुत्र गोकलदास को भी साथ ले आए थे। डरबन में ही 4 मई, 1898 को उनके तीसरे पुत्र रामदास का और 20 मई, 1900 को चौथे पुत्र देवदास का जन्म हुआ।

सात सदस्यों के इस परिवार के अलावा उनके घर में दस-बारह व्यक्ति हमेशा परिवार की तरह रहते थे। उनका भोजन और शयन भी वहीं होता था। उनमें कुछ अंग्रेज और निम्न जाति के लोग भी शामिल होते थे। गांधीजी के यहाँ जाति-धर्म, ऊँच-नीच जैसे भेदभाव का सवाल ही नहीं था। उनकी सभी सुख-सुविधाओं का ध्यान गांधी दंपती स्वयं रखते थे। उनके जूठे बरतन ही नहीं, मल-मूत्र के पात्रों को भी वे स्वयं ही साफ करते थे। कई बार कस्तूरबा को यह सब बहुत बुरा लगता था; लेकिन

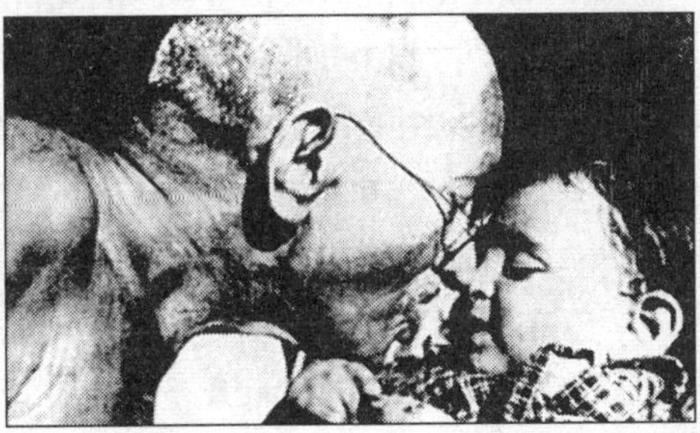

गांधीजी का गुस्सा बहुत उग्र था। वे कहते थे कि काम कैसा भी हो, करना ही चाहिए और खुशी-खुशी करना चाहिए। इस विषय में कई बार पति-पत्नी के बीच खटपट भी हुई, किंतु कस्तूरबा की सहिष्णुता से बात आगे नहीं बढ़ती थी।

बच्चे बड़े हो रहे थे। परंतु डरबन में हिंदी बच्चों की शिक्षा का समुचित प्रबंध नहीं था। धनी लोगों के लिए हालाँकि अंग्रेजी स्कूल थे, लेकिन वे अपने बच्चों को वैसे स्कूलों में शिक्षा नहीं दिलाना चाहते थे, जहाँ कौम के अन्य बच्चे जाने से वंचित रहें। फिर उनकी धारणा थी कि ईसाई मिशनरी स्कूलों में पढ़कर बच्चे राष्ट्र-प्रेम और समाज-सेवा की भावना से कट सकते हैं। इसलिए घर पर ही उनकी पढ़ाई की व्यवस्था की गई।

इस प्रकार उन्हें समुचित शिक्षा कभी नहीं मिल पाई। इस बात का मलाल उनके चारों बच्चों को हमेशा रहा। घर में बोलचाल में गुजराती भाषा का प्रयोग था। बच्चों ने वहाँ से गुजराती सीखी। पास-पड़ोस में बच्चे अंग्रेजी बोलते थे। खेल-खेल में बच्चों ने वहाँ से अंग्रेजी सीख ली। लेकिन कभी-कभी उन्हें

लगता था कि यदि उन्हें भी अन्य बच्चों की तरह नियमित शिक्षा मिली होती तो उनका विकास भी अधिक समृद्ध होता।

सबके अपने-अपने मत थे; लेकिन गांधीजी सत्य के साधक थे, सादगीप्रिय थे। वे बच्चों को सादा जीवन और उच्च विचार के पथ पर अग्रसर करना चाहते। पत्नी कस्तूरबा से भी वे अपेक्षा करते थे कि वह बनाव-शृंगार से दूर रहें और जीवन में त्याग तथा बलिदान की भावना का अनुसरण करें।

अस्पताल में नर्सिंग

गांधीजी का जन्म ही दीन-दु:खियों की सेवा के लिए हुआ था। लेकिन इधर नाटाल इंडियन कांग्रेस एक राजनीतिक गठबंधन था, जिसका काम राजनीति से लड़ना भर था। वकालत से आर्थिक भंडार भरे जा सकते थे। फिर दीन-दु:खियों की सेवा कैसे हो?

इसके लिए भी गांधीजी ने एक रास्ता निकाल लिया। वे प्रतिदिन दो घंटे एक धर्मार्थ अस्पताल में जाकर दीन-दु:खियों की सेवा करने लगे। वहाँ अधिकतर गरीब गिरमिटिया मजदूर आते थे। उन्होंने मरहम-पट्टी करना, रोगों की औषधियों के नाम, दी जानेवाली औषधि की मात्रा इत्यादि के बारे में बहुत कुछ सीख लिया और एक सिद्धहस्त कंपाउंडर बन गए।

बोअर युद्ध

इसी बीच सन् 1899 में अफ्रीका में बोअर युद्ध आरंभ हो गया। दक्षिण अफ्रीका में नाटाल इलाके पर अंग्रेजों का नियंत्रण था और ट्रांसवाल पर डच लोगों का। डच लोगों को 'बोअर' कहा जाता था।

इस युद्ध में गांधीजी की कंपाउंडरी काम आई। उन्होंने अन्य हिंदी स्वयंसेवकों के साथ मिलकर युद्ध में घायलों की मरहम-पट्टी की। हिंदी व्यापारियों से चंदा एकत्रित करके युद्ध सहायता कोष में जमा करवाया। इस प्रकार गोरों व कालों के एक साथ काम करने से रंगभेद का असर कम

हुआ। सरकार और गोरे समझ गए कि हिंदी कौम अधिकार और न्याय माँगती है तो राज्य के प्रति वफादारी भी रखती है।

स्वदेश वापसी

बोअर युद्ध के बाद स्थानीय हिंदियों में नया आत्मविश्वास पनपा था। रंगभेद दम तोड़ रहा था। गांधीजी ने हर हिंदी घर में एक गांधी पैदा कर दिया था। लेकिन उन्हें अब यहाँ भी ऊब होने लगी थी। वकालत से पैसा कमाना ही तो उनका जीवन-ध्येय नहीं था। भारत से भी फिरोजशाह मेहता, दिनशावाछा, गोखले आदि स्वदेश लौटने को लिखते रहते थे। वे समझते थे, स्वदेश में भी गुलामी है, वहाँ उनकी जरूरत अधिक है।

अत: एक दिन गांधीजी ने भारत लौटने का फैसला कर लिया।

उनका निर्णय सुनकर नाटाल इंडियन कांग्रेस के मित्रों में मायूसी फैल गई। गांधीजी भी उनका दिल नहीं तोड़ना चाहते थे। आखिर यहीं, इन्हीं लोगों के बीच उन्हें मान-सम्मान, पैसा और कार्य करने की प्रेरणा मिली थी। उन्हें इस प्रकार छोड़ना आसान भी नहीं था। जैसे-तैसे गांधीजी ने उन्हें समझाया और वचन दिया कि यदि एक वर्ष में उन्हें यहाँ उनकी मदद की आवश्यकता हुई तो वे फौरन लौट आएँगे। इस वचन की डोर से बँधकर वे स्वदेश लौटने की तैयारी करने लगे।

अक्तूबर 1901 तक उन्होंने सारे केस निबटाए और अपनी वकालत समेट ली। भारतीयों की ओर से उन्हें शानदार विदाई समारोह दिया गया। इस अवसर पर उन्हें सोने-चाँदी के सैकड़ों कीमती उपहार मिले। घर में रखने को जगह कम पड़ गई।

इस सहृदयता को देखकर बा और गांधी की आँखें नम हो गईं। सिद्धांतों के धनी गांधी ने उपहारों को देखकर बा से कहा, ''इन उपहारों को हमें लौटा देना चाहिए। वास्तविक संपत्ति तो प्रेम ही है।''

''लेकिन इससे लोगों के दिलों को ठेस नहीं लगेगी?'' बा ने प्रतिरोध किया।

गांधीजी रात भर जागकर उपहारों के बारे में ही सोचते रहे। उन्हें छोड़ना मुश्किल था और रखना उससे भी मुश्किल। आखिर यह निर्णय हुआ कि उन उपहारों को बैंक में रख दिया जाए और एक ट्रस्ट बनाकर उनका इस्तेमाल सार्वजनिक कार्यों के लिए किया जाए।

यह सुनकर कस्तूरबाई उठीं। उन्होंने उपहारों में से गहनों का एक डिब्बा

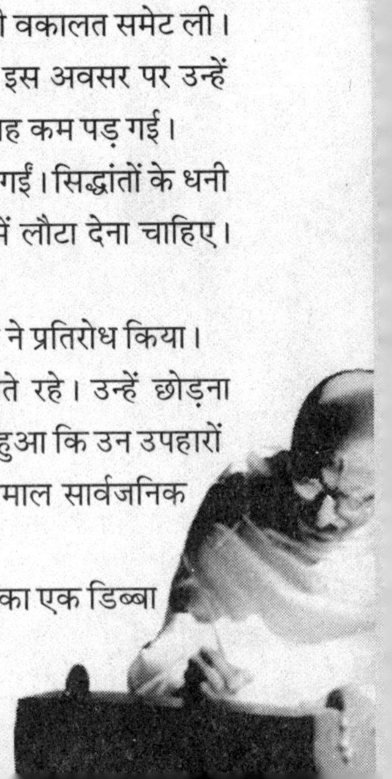

निकालकर अलग कर लिया और बोलीं, ''ट्रस्ट तुम्हीं बनाओ। मैं अपनी वस्तु नहीं दूँगी।''

''नहीं।'' गांधीजी ने दृढ़ शब्दों में कहा, ''इन वस्तुओं पर किसी का भी अधिकार नहीं है—न मेरा, न तुम्हारा।''

''मुझे कब गहनों की चाह है; लेकिन बहुओं के शरीर पर तो कुछ होना चाहिए।''

''बहुओं की इच्छा होगी तो उनके लिए गहने बनवा दिए जाएँगे। तुम्हारी भी इच्छा मैं पूरी करूँगा। लेकिन यह दूसरों की संपत्ति है। इस पर हम अधिकार नहीं जता सकते। यह नियम के विरुद्ध है।''

फिर वही हुआ जैसी गांधीजी की इच्छा थी। पारसी रुस्तमजी को गहनों वगैरह का ट्रस्टी बनाकर उन्हें सार्वजनिक कार्यों के लिए अर्पित कर दिया गया। गांधीजी का विचार था कि सार्वजनिक सेवक को निजी उपहार नहीं लेने चाहिए। नवंबर 1901 में गांधीजी सपरिवार भरत लौट आए।

❑

9 देश की अंतरात्मा की खोज

''प्रेम विश्व की सर्वोच्च शक्ति है और सबसे विनम्र भी।''

—महात्मा गांधी

दिसंबर 1901 में कलकत्ता में कांग्रेस महासभा का अधिवेशन चल रहा था, इसलिए परिवार को राजकोट में छोड़कर गांधीजी कलकत्ता चले गए। उस समय कांग्रेस खेमे में छुआछूत, ऊँच-नीच और गंदगी महामारी के समान फैले हुए थे। यह सब देखकर गांधीजी दु:ख और अचरज से भर उठे। यहाँ वे चुपचाप साफ-सफाई के काम में जुट गए। पाखानों को साफ करना, झाड़ू लगाना और बाबूगिरी करने में उन्हें जरा भी संकोच नहीं होता था। कुछ अनजान नेताओं ने तो उनसे जूते के फीते बँधवाने, कोट में बटन टँकवाने और बैरे-बटलर तक के काम करवा लिये।

गोखले के साथ

गोपालकृष्ण गोखले भी अधिवेशन में आए हुए थे। वे केंद्रीय विधानसभा के सदस्य थे, इसलिए कलकत्ता में उनके रहने की अलग सुंदर व्यवस्था थी। गांधीजी उन्हें अपना राजनीतिक गुरु मानते थे। अधिवेशन की समाप्ति पर एक महीने वे उन्हीं के साथ रहे। यहाँ उन्हें कई हस्तियों से मुलाकात और पहचान का अवसर मिला। कलकत्ता में वे बेलूर मठ गए। कालीघाट में पशुबलि ने उनका दिल दहला दिया। इस प्रकार कलकत्ता में जगह-जगह पैदल घूमकर वे अपने देश की अंतरात्मा को निकट से पहचानने और खोजने का प्रयास करते रहे।

एनी बेसेंट से भेंट

कलकत्ता से वे वाराणसी में बाबा विश्वनाथ के दर्शन को गए। वहीं उनकी मुलाकात श्रीमती एनी बेसेंट से हुई। वहाँ से वापस रेल के तीसरे दर्जे के डिब्बे में सवार होकर बंबई होते हुए राजकोट पहुँचे।

राजकोट में गांधी एक बार फिर वकालत से जुड़ गए। इस बार वकालत अच्छी चली। मान-सम्मान और पैसा आने लगा। लेकिन गोखले और कुछ अन्य मित्र उन पर दबाव डाल रहे थे कि वे बंबई आकर प्रैक्टिस करें, ताकि वकालत के साथ-साथ देश-सेवा भी हो सके। आखिर गांधीजी ने पुनः बंबई जाकर वकालत शुरू कर दी। वहाँ भी उनके पैर जम गए।

पुनः अफ्रीका बुलावा

लेकिन होनी को कुछ और ही स्वीकार था।

बंबई में परिवार ठीक से जम गया था। गृहस्थी की गाड़ी पटरी पर आ गई थी। पत्नी और बच्चे खुश थे। लेकिन एक वर्ष भी नहीं बीता था कि डरबन से तार आ गया—'फौरन आएँ। मिस्टर चैंबरलेन इंग्लैंड से आ रहे हैं। आपकी उपस्थिति अनिवार्य है।'

पत्नी और बच्चे मायूस हो गए। कुछ पल के लिए गांधीजी भी हिचकिचाए कि जाएँ या न जाएँ। लेकिन फिर अपने वचन को याद करके पुनः अफ्रीका जाने की तैयारी में जुट गए।

❑

10 जोहानिसबर्ग में वकालत

''मनुष्य केवल शरीर नहीं है, केवल बुद्धि नहीं है, केवल हृदय अथवा आत्मा नहीं है। तीनों के समान विकास से मनुष्य का मनुष्यत्व सधता है।''

—महात्मा गांधी

अफ्रीका की यह तीसरी यात्रा थी। गांधीजी ने सोचा, एक-दो महीने में काम निबटाकर लौट आऊँगा। अत: पत्नी और बच्चों को बड़े भाई के संरक्षण में छोड़कर अकेले ही डरबन आ गए।

चैंबरलेन से भेंट

यहाँ बहुत काम था। जोसेफ चैंबरलेन अफ्रीका पहुँचने वाले थे। गांधीजी ने हिंदी कौम की ओर से एक अर्जी तैयार की। प्रतिनिधिमंडल का गठन किया और नियत समय पर चैंबरलेन से मिले। लेकिन इस मुलाकात का परिणाम शून्य रहा। चैंबरलेन ने हिंदी लोगों की माँगों को कोई महत्त्व नहीं दिया।

गांधी ने उनसे पुन: मिलने की चेष्टा की तो कुछ भारतीय अधिकारियों ने ही उनके मार्ग में रोड़े बिछा दिए और दूसरी मुलाकात नहीं हो सकी। ट्रांसवाल में एक एशियाटिक दफ्तर खोला गया था। उसमें तैनात कुछ हिंदी और श्रीलंकाई अधिकारी प्रवेश परमिट जारी करने के लिए मोटी घूस माँगते थे। गांधीजी को भी ऐसी समस्या का सामना करना पड़ा था। इसलिए उन्होंने ट्रांसवाल की राजधानी जोहानिसबर्ग में रहकर ही इस भ्रष्ट तंत्र से लड़ने और वकालत करने का प्रण किया। उनके प्रयास से अनेक भ्रष्ट अधिकारी बेनकाब हुए।

थियोसोफिस्टों से परिचय

जोहानिसबर्ग में शीघ्र ही उनकी वकालत अच्छी चल पड़ी। काम का

बोझ बढ़ा तो कुछ सहायक भी रखे। उनमें कुछ लोग थियोसोफिक सोसाइटी से संबद्ध थे। उनके सान्निध्य में गांधी को थियोसोफिस्ट लोगों को निकट से देखने-समझने का अवसर मिला।

पत्नी और बच्चे अफ्रीका में

अभी वापस हिंदुस्तान जाने का कोई इरादा नहीं था, अत: पत्नी और बच्चों को भी उन्होंने अफ्रीका ही बुलवा लिया। पढ़ाई के कारण बड़ा बेटा हरिलाल हिंदुस्तान में अपने ताऊ के पास ही रहा और बाकी तीन बेटे कस्तूरबा के साथ अफ्रीका आ गए।

सन् 1904 चल रहा था। यहाँ कस्तूरबा की गृहस्थी अच्छी जम गई। वे बँगलेनुमा एक घर में रहते थे। घर खूब हवादार, खुला और दोमंजिला था।

इस घर में गांधीजी, बा और उनके तीन पुत्र मणिलाल (11 वर्ष), रामदास (9 वर्ष) और देवदास (6 वर्ष) रहते थे।

इनके अलावा श्री और श्रीमती पोलाक, एक अंग्रेज युवक, गांधीजी का एक स्वदेशी रिश्तेदार आदि भी उनके साथ रहते थे।

खाने के लिए अनाज घर में ही पीसा जाता था। सभी पुरुष सुबह छह बजे चक्की चलाकर आटा तैयार करते थे। इस प्रकार सबका व्यायाम भी हो जाता था।

बापू को मेहमाननवाजी का बहुत शौक था। इसलिए प्रतिदिन दस से पंद्रह लोग खाने की मेज पर उनके पास होते थे।

रसोई का अधिकतर काम बा करती थीं। भोजन में दो-तीन सब्जियाँ, दाल, कढ़ी, चपाती और चटनी आदि होते थे।

खाने की सारी चीजें एक साथ मेज पर रख ली जाती थीं, जिससे कि बार-बार उठने की जरूरत न पड़े और न ही परोसने के लिए किसी सेवक की आवश्यकता हो। भोजन की मेज पर गपशप, चुटकुले और हँसी के फव्वारे उठना आम बात थी।

बाद में बापू ने इस पृष्ठभूमि का वर्णन अपनी आत्मकथा में करते हुए लिखा—''बैरिस्टर के घर में जितनी सादगी रखी जा सकती थी उतनी

तो रखनी शुरू की ही। फिर भी कुछ सामान ऐसा था, जिसके बिना काम चलाना मुश्किल था। सच्ची सादगी तो मन से बढ़ी। हर एक काम अपने हाथों करने का शौक बढ़ा और उसमें बालकों को भी तैयार करना शुरू किया।

''बाजार की रोटी लाने के बदले घर पर ही बिना खमीर की रोटी हाथ से बनाना शुरू किया। इसमें पनचक्की का आटा काम नहीं देता। साथ ही, यह भी खयाल था कि पनचक्की के पिसे आटे का इस्तेमाल करने की बजाय हाथ के पिसे आटे का इस्तेमाल करने में सादगी, आरोग्य और धन की अधिक रक्षा होती है। इसलिए 7 पौंड खर्च करके हाथ की एक चक्की खरीदी। इस चक्की का पाट वजनदार था। दो आदमी उसे आसानी से चला लेते थे; अकेले को तकलीफ होती थी। इस चक्की को चलाने में पोलाक, मैं और बच्चे खासतौर पर शामिल होते थे। कभी-कभी कस्तूरबाई भी आतीं; हालाँकि उनका वह समय रसोई बनाने में खर्च होता था।

''घर साफ करने के लिए एक नौकर था। वह कुटुंबी बनकर रहता था और बालक उसके काम में पूरा हाथ बँटाते थे। पाखाना साफ करने के लिए कमेटी का नौकर आता था; लेकिन वह काम हम खुद करते थे।''

अनन्य मित्र केलनबेक

जोहानिसबर्ग प्रवास के दौरान हरमन केलनबेक नामक एक जर्मन से गांधीजी का परिचय हुआ। केलनबेक पेशे से वास्तुविद् थे और अपनी इस प्रतिभा से देखते-ही-देखते गरीब से लखपति बन गए थे। गांधीजी का परिचय शीघ्र ही प्रगाढ़ दोस्ती और फिर पारिवारिक संबंधों में बदल गया। रामदास गांधी को तो वे अपना दत्तक पुत्र मानने लगे थे। यह एक अजीब विडंबना ही थी कि फकीर गांधी की दोस्ती रईस और शौकीन केलनबेक से हुई। लेकिन यह दोस्ती खूब चली। केलनबेक ने अपने शौकों को कभी दोस्ती के आड़े नहीं आने दिया, बल्कि धीरे-धीरे वे भी गांधीजी के रंग में रँगते चले गए और उन्हीं की भाँति सादगी को जीवन में अपना लिया। दीन-दु:खियों की सेवा के लिए जब भी गांधीजी को आवश्यकता हुई, उन्होंने बिना माँगे आर्थिक मदद की। उन्होंने गांधीजी द्वारा स्थापित टॉल्सटाय फार्म के लिए जोहानिसबर्ग के निकट 1,100 एकड़ का एक प्लॉट खरीदकर गांधीजी को दिया और जीवन के अंत तक गांधीवादी बने रहे।

इंडियन ओपिनियन

दक्षिण अफ्रीका में डेढ़ लाख से अधिक हिंदी लोग रहते थे। उनकी आवाज को सरकार तक पहुँचाने के लिए गांधीजी ने अपने खर्चे पर 'इंडियन ओपिनियन' नामक साप्ताहिक अखबार का प्रकाशन आरंभ किया। यह अंग्रेजी और गुजराती भाषा में छपता था। इसमें गांधीजी गहराई से अध्ययन के बाद कौम की समस्याओं पर लेख लिखते थे।

यहीं से गांधीजी को समाचार-पत्र चलाने का अनुभव हुआ, जो आगे चलकर उनके जीवन में बहुत काम आया।

प्लेग का खतरा

दक्षिण अफ्रीका में ज्यादातर हिंदी लोग सोने, हीरे और लोहे की खदानों में काम करते थे। कुछ लोग गन्ने के खेतों में मजदूरी करते थे, जो 'गिरमिट' कहलाते थे। ऐसे अधिकतर लोगों की हालत बहुत दयनीय थी। उनके रहने की बस्ती को कुली बस्ती कहा जाता था। गोरे लोग अपने संबोधन में हिंदुस्तानियों को कुली डॉक्टर, कुली बैरिस्टर, कुली व्यापारी आदि कहकर अपमानित करते थे।

गुलामी में रहने के कारण अधिकतर हिंदी लोग बहुत गंदगीपूर्ण ढंग से रहते थे। ऐसे में अतिवृष्टि की वजह से इन बस्तियों में प्लेग फैल गया। परिस्थिति की गंभीरता को भाँपते हुए गांधीजी फौरन कुली बस्ती में पहुँचे और वहाँ से तेईस रोगियों को छाँटकर पास के एक खाली गोदाम में उपचार के लिए ले गए, ताकि रोग अन्य लोगों में न फैल जाए। लेकिन सुबह तक बीस रोगी चल बसे। बाद में एक और रोगी प्लेग की भेंट चढ़ गया।

सप्ताह भर में हालाँकि प्लेग के प्रकोप पर नियंत्रण कर लिया गया; लेकिन स्थानीय नगर पालिका चाहती थी कि प्लेग को जड़ से मिटाने के लिए कुली बस्ती को जलाना आवश्यक है। गांधीजी को भी यह बात जँच गई। उनके समझाने पर स्थानीय हिंदी लोग वहाँ से जाने को सहमत हो गए। उनकी जमा-पूँजी वहीं उनके झोंपड़ों के नीचे दबी

थी। उसे निकालकर उन्होंने गांधीजी के पास जमा करवा दिया। जब हिसाब किया गया तो वह पूँजी 60,000 पौंड से अधिक निकली। उसे गांधीजी ने बैंक में जमा करवा दिया और हिंदियों की मदद की।

इन गिरमिटियों को गांधीजी के प्रयास से पहली बार स्थानांतरण के लिए हरजाना और सप्ताह-भर का राशन भी मुफ्त प्राप्त हुआ। इस प्रकार गांधीजी गिरमिटियों के मसीहा बन गए।

फिनिक्स आश्रम

डरबन से निकलनेवाले 'इंडियन ओपिनियन' अखबार को सँभालने में काफी परेशानी आ रही थी। दूरी के कारण गांधीजी उसके आर्थिक पक्ष पर अधिक ध्यान भी नहीं दे पा रहे थे, इस कारण उसे काफी घाटा भी सहना पड़ा था। गांधीजी ने अपने मित्र अल्बर्ट वेस्ट और पादरी डोक से इस बारे में चर्चा की। काफी विचार-विमर्श के बाद डरबन से 15 मील दूर जंगल में 100 एकड़ भूमि खरीदी गई। वहाँ लकड़ी के फट्टों से 75 फीट लंबा एक प्रेस हॉल बनाया गया। कुछ झोंपड़े बनाए गए और 'इंटरनेशनल प्रेस' वहाँ लगा दिया गया, जहाँ से 'इंडियन ओपिनियन' निकलता था।

उस जगह का नाम 'फिनिक्स आश्रम' रखा गया, जो सन् 1904 में अस्तित्व में आया। यहाँ गांधीजी का परिवार, अल्बर्ट वेस्ट, पोलाक दंपती, प्रेस की मशीनें चलानेवालों के परिवार और गांधीजी के कुछ रिश्तेदार रहते थे। यहाँ सभी लोग अपना काम स्वयं करते थे। यहीं उद्यम, सादगी, मर्यादा और सत्याग्रह के प्रथम प्रयोग हुए। यहाँ जंगल में मंगल था।

इसी दौरान गांधीजी ने रस्किन द्वारा लिखी पुस्तक 'अनटु दिस लास्ट' पढ़ी। उसका गांधीजी पर इतना गहरा प्रभाव पड़ा कि उन्होंने उनके विचारों को अपने जीवन में प्रत्यक्ष उतारने की ठान ली। वे विचार थे—

1. सभी लोगों के हित में ही व्यक्ति की भलाई है।
2. सभी प्रकार के कामों का महत्त्व एक समान ही होता है और
3. श्रममय जीवन ही जीने योग्य है।

जुलू विद्रोह

इसी बीच नाटाल प्रांत से खबर आई कि वहाँ के स्थानीय जुलू लोगों ने विद्रोह कर दिया है। दरअसल गोरे लोग उनकी जमीन पर कब्जा करना चाहते थे। वह जमीन हीरे-मोती-पन्नों से भरी पड़ी थी। गोरी सरकार ने लाखों जुलू लोगों को दूर जंगलों में खदेड़ दिया था और उनकी जमीनों का उत्खनन करके करोड़ों के हीरे-जवाहरात निकाल लिये थे। लेकिन लालच अंधा होता है, वह अभी भी वेगवान् था। जुलूओं पर अत्याचार जारी थे। इससे क्षुब्ध होकर उन्होंने कुछ गोरों को मार डाला था। इसी बहाने की आड़ में सरकार ने इसे 'जुलू विद्रोह' का नाम देकर उनका दमन आरंभ कर दिया था।

गांधीजी काफी समय तक नाटाल प्रांत में रहे थे। यह खबर सुनकर वे स्वयं को नहीं रोक सके। वे भी 25 स्वयंसेवकों के साथ विद्रोह में घायलों की मदद को पहुँच गए। वहाँ जाकर उन्हें वस्तुस्थिति ज्ञात हुई। घायलों में अधिक संख्या जुलू लोगों की ही थी। गोरे डॉक्टर और नर्स उन्हें हाथ लगाने को भी तैयार नहीं थे। उनके घाव सड़ने लगे थे। गांधीजी व उनके साथियों ने उनकी तन-मन-धन से सेवा की। विद्रोह की समाप्ति पर इस विद्रोह में प्रशंसनीय योगदान के लिए अफ्रीका सरकार ने गांधीजी को 'विक्टोरिया क्रॉस' से भी सम्मानित किया।

ब्रह्मचर्य व्रत

दीन-दुखियों की सेवा और समाज कार्य से जुड़े व्यक्तियों को

परिवार, पत्नी और बच्चों के आकर्षण से बचना चाहिए क्योंकि इससे काफी समय और शक्ति पारिवारिक दायित्व के वहन में ही खप जाती है। यह सोचकर गांधीजी ने ब्रह्मचर्य का पालन करने का निश्चय किया। उन्हीं के शब्दों में, ''ब्रह्मचर्य का गुण मेरी अपेक्षा बा के लिए अधिक स्वाभाविक सिद्ध हुआ। शुरू में बा को इसका ज्ञान भी न था। मैंने विचार किया और बा ने उसे उठाकर अपना बना लिया। परिणामस्वरूप हमारा संबंध सच्चे मित्र का बना। मेरे साथ रहने में बा के लिए सन् 1906से, असल में सन् 1901 से, मेरे काम में शामिल हो जाने के सिवा या उसके भिन्न और कुछ रह ही न गया था।''

□

11 दक्षिण अफ्रीका में सत्याग्रह

"विकारी विचार भी बीमारी की निशानी है। इसलिए हम सब विकार से बचते रहें।"

—महात्मा गांधी

जुलू विद्रोह समाप्त भी नहीं हुआ था कि ट्रांसवाल में एक काले कानून ने हिंदी लोगों का जीना मुश्किल कर दिया। प्रांतीय सरकार ने जनरल स्मट्स की अध्यक्षता में एशियाटिक संशोधन ऐक्ट पास किया। उसके अनुसार, यहाँ रहनेवाले हिंदी स्त्री, पुरुष और बच्चों का एशिया दफ्तर में पंजीकरण करवाना अनिवार्य कर दिया गया। पंजीकरण न करवाने पर राज्य में रहने का अधिकार समाप्त हो जाएगा और ऐसे पास को पुलिस या अन्य अफसर कभी भी घर में घुसकर देख सकते हैं—इत्यादि शर्तें इसके साथ जुड़ी हुई थीं।

'इंडियन ओपिनियन' के माध्यम से इस संभावित कानून के बारे में लोगों को विस्तार से जानकारी मिल गई थी। इस कानून की आड़ में सरकार किसी भी हिंदुस्तानी को क्षण भर में बेइज्जत कर सकती थी। सभी हिंदी लोग इसके विरुद्ध एकजुट थे। इसके विरोध में हिंदी लोगों ने एक विशाल जनसभा का आयोजन किया, जिसमें 3,000 से अधिक पुरुष शामिल हुए।

गांधीजी के नेतृत्व में प्रस्ताव पास हुआ कि लोग जेल जाएँगे, सत्याग्रह करेंगे, किंतु इस कानून को नहीं मानेंगे। सरकार का भी गरीब हिंदियों की इस अहिंसक एकजुटता की आशा थी। लेकिन इस पर भी वह नहीं चेती।

सरकार को समझाने के इरादे से गांधीजी के नेतृत्व में एक प्रतिनिधिमंडल इंग्लैंड भी गया। वहाँ एक समिति का गठन भी किया गया, जिसने दक्षिण अफ्रीका निवासी हिंदुस्तानियों की समस्याओं को प्रचार माध्यमों से जनता के सामने रखा। इसका एक शुभ परिणाम यह निकला कि ब्रिटिश साम्राज्य के सम्राट् ने इस कानून को अस्वीकृत कर दिया।

लेकिन इसके अगले वर्ष ही रंग और नस्ल भेद में गले तक डूबी गोरी सरकार ने विधानसभा में वह कानून पास करवा लिया।

जुलाई 1907 में सरकार ने आदेश दिया कि हिंदुस्तानियों को एशिया कार्यालय में पंजीकरण करवाकर परवाना ले लेना चाहिए।

गांधीजी को जेल

सरकार के इस आदेश पर किसी ने ध्यान नहीं दिया तो पंजीकरण की तारीख आगे बढ़ा दी गई। लेकिन बार-बार के सरकारी आदेश के बावजूद 95 प्रतिशत से अधिक लोगों ने सरकारी आदेश का बहिष्कार किया। इससे गोरी सरकार विक्षुब्ध हो उठी। उसने कुछ हिंदी नेताओं को कैद कर लिया और कुछ का निष्कासन कर दिया। 10 जनवरी, 1908 को गांधीजी को भी दो महीने की सजा सुना दी गई।

इस क्रम में हजारों लोग जेल गए। उन्हें कड़ी यातनाएँ दी गईं, लेकिन लोग टस से मस नहीं हुए। सरकार की किरकिरी हो रही थी। तब जनरल स्मट्स ने कूटनीति से काम लिया। उसने प्रख्यात पत्रकार कार्टराइट को जेल में गांधीजी से मिलने भेजा। वहाँ से गांधी सीधे जनरल स्मट्स से मिलने गए। सुलह-समझौते पर विस्तार से बातचीत हुई।

निर्णय हुआ कि अगर हिंदुस्तानी स्वेच्छा से परवाना ले लेंगे तो सरकार इस कानून को निरस्त कर देगी। 30 जनवरी को समझौता हुआ। उसके बाद गांधीजी व अन्य सभी कैदियों को छोड़ दिया गया। कुछ लोग इस समझौते के खिलाफ भी थे। उन्हें गोरी सरकार पर भरोसा नहीं था। ऐसे ही एक विरोधी मीर आलम पठान ने गांधीजी पर डंडे से हमला भी किया, जिससे उन्हें गंभीर चोटें आईं और वे मरणासन्न-से हो गए। तब पादरी डोक ने उनकी जान बचाई।

समझौते के बाद गांधी सहित सभी हिंदुस्तानियों ने कानून के अनुसार पंजीकरण करवाकर परवाने निकलवाए। अब सरकार को अपना वचन निभाना था। लेकिन जनरल स्मट्स बड़ा घाघ आदमी था। वह अपने वादे से साफ मुकर गया। उलटे सरकार ने उस कानून को और व्यापक बना दिया।

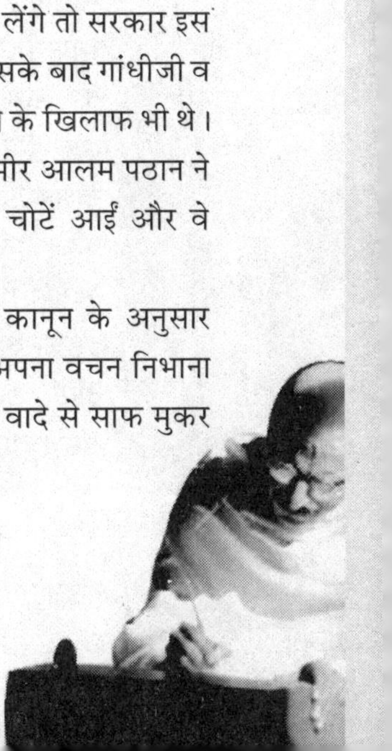

परवानों की होली

सरकार की इस वादाखिलाफी के विरुद्ध पुनः सत्याग्रह का बिगुल बजाया गया और एक विशाल जनसभा की गई, जिसमें 3,000 से अधिक परवानों को सरकार को खुली चुनौती देते हुए जलाया गया।

नाटाल के हिंदी वासियों ने भी इसमें गांधीजी का साथ दिया। अनेक नाटालवासी हिंदी लोगों ने ट्रांसवाल की सीमा में सविनय प्रवेश करके कानून तोड़ा। सरकार ने उन्हें जेलों में डाल दिया। लोग जेल से छूटकर आते और फिर सविनय कानून भंग करके जेल चले जाते। इस क्रम में एक पारसी युवक सोराबजी सात बार जेल गया।

जेलें खचाखच भर गईं और सविनय भंग जारी रहा तो सरकार ने अपना दमन-चक्र तेज कर दिया। गांधीजी को भी दो वर्ष में चार बार जेल हुई।

'हिंद स्वराज' पुस्तक

ट्रांसवाल में सत्याग्रह जारी था। इसी बीच जून 1909 में सत्याग्रहियों का एक शिष्टमंडल भारत गया और दूसरा इंग्लैंड। भारत गए शिष्टमंडल में पोलाक एकमात्र सदस्य थे। भारत में वे गोपालकृष्ण गोखले के साथ देश के प्रमुख शहरों में गए और वहाँ दक्षिण अफ्रीकी हिंदियों की दयनीय स्थिति को लोगों के सामने रखा। इसका व्यापक असर हुआ और उन्हें बड़ा जन-समर्थन प्राप्त हुआ।

दूसरे शिष्टमंडल का नेतृत्व गांधीजी कर रहे थे। लंदन में उन्होंने दक्षिण

अफ्रीकी हिंदियों की समस्याओं को ब्रिटिश सरकार के सामने रखा और उन्हें सकारात्मक उत्तर मिला। यहीं उनकी भेंट श्यामजीकृष्ण वर्मा, लाला हरदयाल, विनायक दामोदर सावरकर जैसे हिंदुस्तानी क्रांतिकारियों से हुई। उनसे भारत के भविष्य को लेकर व्यापक चर्चाएँ हुईं। लेकिन उनके और गांधीजी के मार्ग अलग-अलग थे, भले ही उद्‌देश्य एक ही था।

गांधीजी अहिंसा के पक्षधर थे। वे अहिंसा से स्वराज पाना चाहते थे, जबकि क्रांतिकारी हिंसा के पक्षधर थे। उनमें हुई बातचीत की पृष्ठभूमि में ही लंदन से लौटते समय जहाज की यात्रा के दौरान गांधीजी ने 'हिंद स्वराज' नामक पुस्तक लिखी। इसमें भविष्य के भारत की झाँकी थी और उनके सत्याग्रह का दर्शन।

□

12

टॉल्सटाय फार्म

''व्यवहार में हमें आम के पेड़ के जैसा होना चाहिए, जो फल आने पर झुक जाता है। उसकी शानदार विनम्रता ही उसकी शोभा है।''

—महात्मा गांधी

जून 1910 में गांधीजी के इंग्लैंड से वापस लौटने के बाद भी ट्रांसवाल की स्थिति में सुधार नहीं आया था। अभी भी बहुत से लोग जेलों में बंद थे। पीछे उनके परिवार मारे-मारे फिर रहे थे। गांधीजी ने ऐसे सभी लोगों को ले जाकर टॉल्सटाय फार्म में बसाया। वहाँ की बंजर जमीन को खेती योग्य बनाना बहुत मुश्किल काम था। जल-स्रोत काफी दूर था, लेकिन उन मेहनती लोगों की जीवटता और गांधीजीके अदम्य उत्साह ने यहाँ भी हरियाली ला दी।

बाद में गांधीजी का परिवार तथा कुछ अन्य लोग भी नाटाल में बसे फिनिक्स आश्रम से दूर टॉल्सटाय फार्म में आकर रहने लगे। 40 वर्ष की आयु में गांधीजी ने अच्छे ढंग से चल रहे अपने वकालत के व्यवसाय का परित्याग कर दिया और संन्यासी ब्रह्मचारी बन गए।

टॉल्सटाय फार्म 1,100 एकड़ में फैला था। इसे बसाने में गांधी और केलनबेन ने रात-दिन एक कर दिया। सभी लोग मिलकर लकड़ी चीरते और मकान बनाते। सख्त भूमि को हाथों से जोतकर खेत तैयार किए गए। फलों, फूलों और सब्जियों को बोया गया। कई मील दूर से काँवरों में पानी लाना सबसे दुष्कर कार्य था। इसमें भी गांधीजी और केलनबेक सबसे आगे रहते थे। बाद में पवन चक्की लगने पर यह समस्या दूर हो गई।

यहाँ पर डेढ़ सौ लोगों का जीवन शारीरिक श्रम पर निर्भर था। सभी के काम बँटे हुए थे। पाखानों की सफाई का काम गांधीजी स्वयं करते थे। गांधीजी के तीनों पुत्रों सहित सभी बच्चों को समान रूप से कामों का बँटवारा किया जाता था। गांधीजी भेदभाव के सर्वथा खिलाफ थे। इस फार्म पर सभी लोगों को अपने धर्म का पालन करने की छूट थी। हिंदू, मुसलिम, पारसी, ईसाई—सभी लोग हिल-मिलकर व्रत, त्योहार, उत्सव मनाते थे।

फार्म से जोहानिसबर्ग 21 मील दूर था। फार्मवासी पैदल चलकर वहाँ जाते थे। श्रमशक्ति और सादगी का यह श्रेष्ठ उदाहरण था।

गोखले दक्षिण अफ्रीका में

गोपालकृष्ण गोखले हिंदुस्तान की केंद्रीय विधानसभा के सदस्य थे। सन् 1912 में वे लंदन गए। वहीं से दक्षिण अफ्रीका की पाँच सप्ताह की यात्रा पर वे अक्तूबर 1912 में केपटाउन पहुँचे। दक्षिण अफ्रीकी सरकार ने उन्हें राजकीय अतिथि का दर्जा प्रदान किया। उन्होंने शहरों में घूम-घूमकर हिंदी लोगों की स्थिति का जायजा लिया। गिरमिटिया लोग तो उन्हें अपने बीच देखकर धन्य ही हो गए। गोरों पर भी उनकी प्रभावशाली छवि और विलक्षण बुद्धिमत्ता का गहरा प्रभाव पड़ा।

गिरमिटियों के बीच गोखले अपनी मातृभाषा मराठी में भाषण देते थे, गांधीजी उसका अनुवाद करते चलते थे।

गांधीजी ने हिंदियों की समस्या को संक्षेप में उन्हें समझा दिया था। गोखले ने इस बाबत जनरल स्मट्स और जनरल बोथा से एकांत में बातचीत की और उस समस्या के जल्दी हल के लिए आश्वासन प्राप्त किया।

गोखले ने फिनिक्स आश्रम और टॉल्सटाय फार्म पर भी कुछ दिन बिताए। यहाँ गांधीजी ने स्वयं उनकी सेवा की।

भारत वापस लौटते समय उन्होंने गांधीजी से विश्वासपूर्वक कहा कि एक वर्ष के भीतर हिंदियों की सब समस्याएँ हल हो जाएँगी। उन्होंने गांधीजी से आग्रहपूर्वक यह भी कहा कि वे अफ्रीका में अपना कार्य समाप्त करके भारत लौटें और उनके साथ कांग्रेस के कामों में हाथ बँटाएँ।

टॉल्सटाय कार्य से वापस फिनिक्स आश्रम

दो वर्ष के अंतराल में बहुत से पुरुष जेलों से छूटकर टॉल्सटाय फार्म से अपने परिवारों को ले गए थे। जब 150 की संख्या घटकर 18-20 रह गई तो गांधीजी शेष सभी को लेकर वापस फिनिक्स आश्रम में जाकर रहने लगे। □

13 गिरमिटियों का मसीहा

''विश्व के तीन–चौथाई भ्रम और दुःख ओझल हो जाएँ, यदि हम अपने विरोधी के विचारों को सही परिप्रेक्ष्य में समझ सकें।''

—महात्मा गांधी

गोखले को ट्रांसवाल की सरकार ने जो आश्वासन दिया था, उनके वहाँ से जाते ही उसने उससे मुँह मोड़ लिया। सरकार ने घोषणा कर दी कि गांधी की माँगों को नहीं माना जाएगा। इसके बाद उसने सत्याग्रहियों पर अत्याचार आरंभ कर दिए। जेलें फिर भरने लगीं। बहुत से लोगों को जबरदस्ती जहाजों में भरकर भारत भेजा जाने लगा। हद तो तब हो गई जब केपटाउन के एक मुसलिम व्यापारी की पत्नी को जहाज से वहाँ उतरने ही नहीं दिया गया। वह हिंदुस्तान से आई थी। उससे निकाह का सबूत माँगा गया। इस प्रकार सरकार ने गैर–पंजीकृत सभी विवाहों को एक प्रकार से अवैध घोषित कर दिया। उसने यह आदेश भी जारी किया कि सभी हिंदियों को पंजीकृत विवाह करना होगा। इस आदेश ने आग में घी का काम किया। अभी तक आंदोलनों से दूर स्त्रियाँ भी इसके विरोध में उठ खड़ी हुईं। इसके विरोध में चौदह स्त्रियों के एक दल ने बिना परमिट ट्रांसवाल से नाटाल प्रांत में प्रवेश किया। लेकिन सरकार ने इन पर हाथ नहीं डाला।

जेल में कस्तूरबा

कस्तूरबा भी इस कानून के विरोध में उठ खड़ी हुईं। गुप्त रूप से सोलह लोगों की एक टोली बनाई गई, जिसमें कस्तूरबा व तीन अन्य स्त्रियाँ तथा 15 वर्षीय रामदास गांधी और ग्यारह पुरुष शामिल थे। गांधीजी को सत्याग्रह की बागडोर सँभालने के लिए बाहर रहना जरूरी था, अतः सभी को उनका नाम तक न लेने की हिदायत दी गई थी।

इस टोली को कैद करके मेरित्जबर्ग की जेल में रखा गया। कस्तूरबा का स्वास्थ्य खराब था, फिर भी अन्य स्त्रियों सहित उनसे कपड़े धोने का काम करवाया जाता था। तीन महीने बाद जब कस्तूरबा को छोड़ा गया तो वह हड्डियों का पिंजर बन गई थीं। उन्हें कपड़े की काँवर में बैठाकर फिनिक्स ले जाया गया।

यह खबर जब हिंदुस्तान पहुँची तो देश भर में तहलका मच गया। गोखले ने देश भर में घूम-घूमकर दक्षिण अफ्रीकी हिंदियों की दुर्दशा से लोगों को अवगत कराया। हिंदुस्तान के तत्कालीन वायसराय लॉर्ड हार्डिंग ने भी दक्षिण अफ्रीका सरकार की कड़ी आलोचना की।

गिरमिटियों की हड़ताल

स्त्रियाँ घूम-घूमकर गिरमिटियों के बीच सत्याग्रह का बिगुल बजा रही थीं। इसका परिणाम यह हुआ कि गिरमिटियों ने खदानों में काम बंद करके हड़ताल शुरू कर दी। इससे गोरे बौखला उठे। उन्होंने मजदूरों को यातनाएँ देनी आरंभ कर दीं। कुछ मजदूरों की मृत्यु भी हो गई। यह सुनकर गांधीजी घटनास्थल न्यूकैसल आ गए। वहाँ वे लाजरस नामक एक ईसाई के घर ठहरे। उन्होंने वकीलोंवाली पोशाक को त्यागकर मजदूरोंवाले सादा कपड़े धारण कर लिये, ताकि मजदूरों के साथ घुल-मिल सकें।

गांधीजी के आने की खबर सुनकर चार हजार से अधिक मजदूर वहाँ एकत्र हो गए। सभी सत्याग्रह के लिए तैयार थे। गांधीजी ने उन्हें सत्याग्रह और जेल के कष्टों के बारे में बताया। सभी ने एक स्वर में कहा कि वे जेल जाने के लिए तैयार हैं।

गांधीजी ने उन्हें वैसे ही छोड़ना उचित नहीं समझा, क्योंकि वे समझते थे कि इससे वे अराजक हो सकते हैं। अतः सभी को कतारबद्ध करके 16 अक्तूबर, 1913 को न्यूकैसल से टॉल्सटाय फार्म की ओर रवाना किया गया। गांधीजी रास्ते में उनके साथ थे। केलनबेक मोटर से वे स्थान-स्थान पर उनके लिए भोजन, पानी, दूध, दवाइयों आदि की व्यवस्था करते रहे।

लेकिन फार्म पर पहुँचने से कुछ पहले ही गांधीजी, केलनबेक और पोलाक को गिरफ्तार कर लिया गया। उन पर मुकदमा चला और एक घंटे में फैसला करके उन्हें नौ महीने के लिए अलग-अलग जेलों में डाल दिया गया।

सभी गिरमिटिया मजदूरों को ट्रकों में भरकर वापस उनकी खदानों

तक पहुँचा दिया गया। लेकिन मजदूरों ने काम करने से इनकार कर दिया। उन्हें यातनाएँ दी गईं। कइयों को गोलियों से भून दिया गया; लेकिन गोरों के आगे उन्होंने हार नहीं मानी। यह खबर आग की तरह अन्य गिरमिटियों के बीच फैली तो वे भी गुस्से से उबल पड़े। वे भी उस हड़ताल में शामिल हो गए।

सोलोमन कमीशन

मजदूरों की इस दृढ़ता ने सरकार को हिलाकर रख दिया। उसने आनन-फानन में एक कमीशन का गठन किया। विलियम सोलोमन उसके अध्यक्ष थे। उनके अलावा वायली और ऐसलिन नामक दो अन्य सदस्य थे, जो हिंदी-विरोधी माने जाते थे।

कमीशन से चर्चा के लिए 19 दिसंबर, 1913 को गांधी, केलनबेक और पोलाक को जेल से छोड़ दिया गया। लेकिन गांधी ने उस कमीशन का बहिष्कार कर दिया, क्योंकि उसमें एक भी भारत-समर्थक को शामिल नहीं किया गया था।

उधर भारत से गोखले ने अपने मित्र पादरी चार्ली एंड्रूज और पियरसन को दक्षिण अफ्रीका की स्थितियों का जायजा लेने के लिए रवाना कर दिया था। वे यहाँ आकर गांधीजी से मिले।

एंड्रूज ने वहाँ कदम-कदम पर हिंदी लोगों का पक्ष लेते हुए सरकार और गांधी के बीच सेतु का काम किया। उन्होंने केपटाउन में गोरों की एक सभा में पहली बार भारत और उसकी संस्कृति के बारे में भावुकतापूर्ण भाषण दिया, जिसे सुनकर बहुत से गोरे द्रवित हो उठे। उनकी इस असाधारण सेवा के कारण लोगों ने उन्हें 'दीनबंधु' उपनाम दे दिया और भारत में वे इसी नाम से लोकप्रिय हो गए।

कमीशन की एकतरफा काररवाई जारी थी। उसके पहले सभी कैदियों को रिहा कर दिया गया। बहिष्कार के कारण रिपोर्ट पंद्रह दिनों में ही तैयार हो गई। किसी ने गवाही नहीं दी, इसलिए वह तटस्थ बन पड़ी और उसी रूप में संसद् में प्रस्तुत होकर पारित हो गई।

ऐतिहासिक समझौता

इसके बाद पहली बार जनरल स्मट्स ने साफगोई से गांधीजी की सभी माँगें स्वीकार कीं। उनमें शामिल थीं—हिंदू, मुसलिम, पारसी विवाह जायज; पढ़े-लिखे हिंदुस्तानी अफ्रीका में आ सकते थे; परवाने/परमिट प्रथा की समाप्ति और भारतीयों पर लगा 3 पौंड का कर समाप्त।

21 जनवरी, 1914 को इस समझौते पर गांधी और स्मट्स के हस्ताक्षर हुए और जून 1914 में संसद् से पास होकर इसने कानूनी जामा पहन लिया। इस प्रकार आठ वर्ष तक चली यह लड़ाई 30 जून, 1914 को समाप्त हुई।

अलविदा अफ्रीका

अब अफ्रीका में गांधीजी का काम समाप्त हो गया था। गोखले शुरू से ही भारत लौटने का आग्रह कर रहे थे, इसलिए उन्होंने भी स्वदेश लौटने का मन बना लिया। इसी दौरान उन्हें एक तार मिला। तार गोखले का था। वे लंदन में थे और गांधीजी से आग्रह किया था कि वे उनसे लंदन में मिलते हुए भारत लौटें।

उनके आग्रह को गांधीजी टाल नहीं सके। वे कस्तूरबा और केलनबेक के साथ 14 जुलाई, 1914 को लंदन की यात्रा पर चल पड़े। अफ्रीका को उन्होंने हमेशा के लिए छोड़ दिया।

अफ्रीका में सत्याग्रह में दो-दो सप्ताह के उपवास, दिन-रात शारीरिक श्रम, एक बार खाने के व्रत, फलाहार और जेल-यातना ने गांधीजी को शारीरिक रूप से निर्बल कर दिया था। दिन भर पैदल चलनेवाला वह योद्धा अब पाँच मिनट चलने में ही हाँफने लगता था। लंदन पहुँचते-पहुँचते कमजोरी के कारण गांधीजी को प्लूरसी (एक प्रकार की टी.बी.) ने आ घेरा। काफी इलाज हुआ।

यहीं गांधीजी की मुलाकात सरोजिनी नायडू से हुई। उन्होंने गांधीजी के विरोध के बावजूद एक बड़े घर में उनके रहने की व्यवस्था कर दी। यहाँ कस्तूरबा और सरोजिनी दोनों ने मिलकर गांधीजी की खूब सेवा की।

इसी बीच 4 अगस्त, 1914 से प्रथम महायुद्ध आरंभ हो गया।

दिन बीतते जा रहे थे और महायुद्ध की विकरालता बढ़ती जा रही थी। इधर गांधीजी भी स्वस्थ नहीं हो पा रहे थे। स्वयं गोखले भी अस्वस्थ थे,

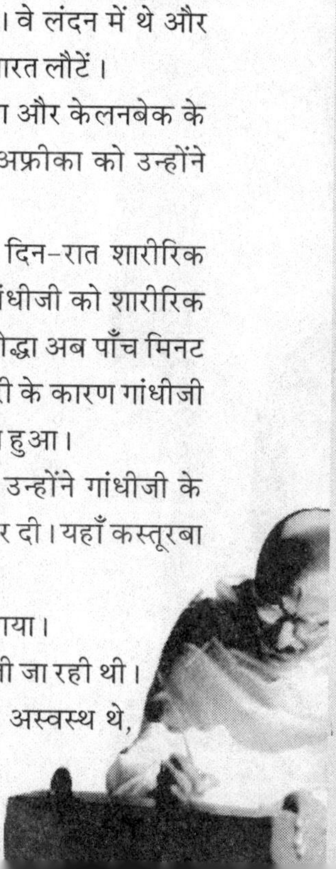

इसलिए अक्तूबर 1914 में वे भारत लौट गए।

दो माह और बीत गए। रोग गांधीजी का पीछा नहीं छोड़ रहा था। अंततोगत्वा उन्होंने भारत लौटने का फैसला कर लिया और 13 जनवरी, 1915 को बंबई पहुँच गए।

केलनबेक जर्मन थे, इसलिए उन्हें भारत जाने का वीजा नहीं दिया गया। अपने प्रिय मित्र से बिछुड़ने का उन्हें बहुत दुःख था। बाद में सन् 1936 में उन्हें भारत आकर गांधीजी से मिलने का अवसर प्राप्त हुआ था।

14 स्वदेश को सर्वस्व अर्पण

''अगर मन विषय–तृप्ति के पीछे पड़ा रहे और शरीर इंद्रिय–निग्रह करे तो इससे प्राण–शक्ति का इतना भयंकर नाश होगा कि शरीर में कुछ सत्त्व बच नहीं रहेगा।''

—महात्मा गांधी

गोखले बहुत बीमार थे, लेकिन पूना से बंबई आए और गांधीजी का स्वागत किया। वे उनके सामीप्य का लोभ संवरण नहीं कर पा रहे थे।

देश की गरम आबोहवा में गांधीजी का स्वास्थ्य भी सुधर गया था। यहाँ उनके स्वागत में कई आयोजन हुए। इसमें गोखले, फिरोजशाह मेहता, जहाँगीर जी पिटिट और मुहम्मद अली जिन्ना ने बढ़–चढ़कर भाग लिया।

बंबई के गवर्नर लॉर्ड विलिंग्डन से भी गांधीजी की भेंट हुई। सद्भावनापूर्ण वातावरण में दोनों के मध्य बातें हुईं। इसके बाद गांधी पूना गए। वहाँ गोखले एक संस्था चलाते थे—'सर्वेंट्स ऑफ इंडिया सोसाइटी'। वे गांधीजी को उसका आजीवन सदस्य बनाना चाहते थे, परंतु संस्था के ही एक धड़े के विरोध के कारण गांधीजी ने स्वयं उसकी सदस्यता लेने से इनकार कर दिया।

यहीं गोखले ने गांधीजी से वचन लिया कि पहले एक वर्ष वे भारत को निकट से देखेंगे। इस दौरान न कोई आंदोलन करेंगे, न भाषण देंगे और न किसी विरोध में हिस्सा लेंगे। गोखले ने उनकी आर्थिक समस्या भी हल करते हुए उन्हें आश्वस्त किया कि वे जहाँ चाहें, आश्रम बनाएँ; उसका सारा खर्च वे उठाएँगे।

इस प्रकार उन्होंने गांधीजी की सभी चिंताएँ दूर कर दीं।

शांतिनिकेतन में

बंबई से गांधीजी राजकोट गए। वहाँ वे अपने बड़े भाई व अन्य परिजनों से मिले। उनके ठंडे तेवरों को देखकर वे समझ गए कि समाज–सेवा में उन्हें कोई रुचि नहीं है। जीवन के अंत तक उनके भतीजे–भतीजी उनसे दूर ही रहे।

यहीं उन्हें खबर मिली कि मगनलाल गांधी के साथ उनके तीनों पुत्र व फिनिक्स आश्रम के अन्य साथी भारत लौटकर शांतिनिकेतन में ठहरे हुए हैं। वे भी कस्तूरबा के साथ शांतिनिकेतन पहुँचे। वहाँ गुरुदेव रवींद्रनाथ टैगोर से उनकी पहले-पहल भेंट हुई और दोनों आजीवन प्रीत की डोर में बँध गए।

यहीं उनका परिचय काका कालेलकर, आचार्य जे.बी. कृपलानी, मामा फड़के, चिंतामणि शास्त्री और आपा पटवर्धन जैसे विद्वानों से हुआ।

एक हफ्ते में ही गांधीजी ने शांतिनिकेतन का कायाकल्प कर दिया। नौकरों पर आश्रित विद्यार्थी और शिक्षकगणों को अपने मंत्र से गांधीजी ने स्वावलंबी बना दिया। गुरुदेव यह कायाकल्प देखकर चमत्कृत हो उठे। उन्होंने गांधीजी से वहीं बस जाने का आग्रह किया। इसी बीच एक दुःखद समाचार मिला। गोपालकृष्ण गोखले का निधन हो गया था।

गांधीजी पर मानो वज्रपात हुआ। उन्हें बड़ी मुश्किल से सँभाला गया। वे फौरन पूना रवाना हुए। वहाँ श्रद्धांजलि और शोकसभा के बाद कुछ दिनों के लिए वे रंगून (यंगून) में अपने परम मित्र प्राणजीवन मेहता के यहाँ रहे; लौटते समय कलकत्ता में चित्तरंजनदास से उनकी मुलाकात हुई, जो मैत्री में बदल गई।

हरिद्वार में

गांधीजी के एक परम भक्त थे महात्मा मुंशीराम, जो बाद में 'स्वामी श्रद्धानंद' के नाम से प्रसिद्ध हुए। वे हरिद्वार के पास कनखल में 'गुरुकुल काँगड़ी' नामक संस्था चलाते थे। नवंबर 1915 में हरिद्वार में पूर्ण कुंभ मेले का आयोजन था। इस अवसर पर भीड़ में

व्यवस्था बनाए रखने के उद्देश्य से स्वामीजी ने गांधीजी व उनके फिनिक्सवासियों को भी मेले में आमंत्रित किया।

मगनलाल गांधी के नेतृत्व में फिनिक्सवासियों ने पाखाना सफाई का कठिन काम अपने जिम्मे ले लिया और पूरे मेले में जिम्मेदारी से अपना काम किया।

यहीं गंगा में डुबकी लगाकर गांधीजी ने अहिंसा, सत्य, अस्तेय, ब्रह्मचर्य और अपरिग्रह के पंच महाव्रत लिये। यहीं यह प्रण भी किया कि दिन भर में वे मात्र पाँच वस्तुएँ खाएँगे और सूर्यास्त के बाद कुछ नहीं खाएँगे।

हरिद्वार प्रवास में गांधीजी ऋषिकेश भी गए। वहाँ स्वर्गाश्रम का भ्रमण किया और साधु-संतों से धर्म-चर्चा की।

कुंभ मेला समाप्त हो गया, तब सभी विचार करने लगे कि आश्रम कहाँ बनाया जाए? अब तो गोखले भी नहीं थे जो आर्थिक मदद देते। सभी कुछ अब अपने बल पर करना था। अंत में निर्णय हुआ और अहमदाबाद को इसके लिए चुना गया। इसी के साथ गांधीजी ने स्वयं को स्वदेश के लिए अर्पित कर दिया।

❑

15

सत्याग्रह आश्रम

''सच्ची शिक्षा वही होती है, जो आध्यात्मिक, बौद्धिक तथा आर्थिक–तीनों शक्तियों का एक साथ विकास करे। स्कूल से निकलनेवाले युवक की–'अब मैं क्या करूँ?'–ऐसी स्थिति नहीं होनी चाहिए। उसकी शिक्षा तो उसकी जीविका का एक प्रकार का बीमा होनी चाहिए।''

–महात्मा गांधी

अहमदाबाद में आश्रम के लिए स्थान ढूँढ़ा जाने लगा। एक बैरिस्टर ने अपना बँगला आश्रम के लिए किराए पर दे दिया। तब 25 मई, 1915 को कोचरब में 'सत्याग्रह आश्रम' की स्थापना हुई। इसमें गांधी, कस्तूरबा, मणिलाल, रामदास और देवदास के अलावा पच्चीस स्त्री–पुरुष थे।

आश्रम में आचरण के नियम–कानून गांधीजी ने स्वयं बनाए थे। सभी लोग उनका पालन करते थे। वे एक संयुक्त परिवार की तरह रहते थे। एक रसोईघर में खाना पकता था। सबके काम बँटे थे। लोग बड़ी तत्परता और निष्ठा से अपने–अपने काम करते थे।

सबके 'बापू'

गांधीजी के पुत्र मणिलाल, रामदास और देवदास उन्हें 'बापू' कहकर संबोधित करते थे। धीरे–धीरे सभी आश्रमवासी, उनके देशी–विदेशी मित्र तथा यहाँ तक कि बा भी गांधीजी को 'बापू' कहने लगीं और उनका यही नाम लोकप्रिय हो गया।

इस आश्रम से गांधीजी छुआछूत के विरुद्ध भी एक माहौल बनाना चाहते थे। वे छुआछूत के कट्टर विरोधी थे। अस्पृश्यता को वे ईश्वर और मानवता के विरुद्ध अपराध समझते थे।

अफ्रीका में निम्न जाति के अनेक लोग उनके मित्र थे, जो उनके साथ बैठकर भोजन करते थे। इधर भारत में भी छुआछूत और ऊँच–नीच

का बहुत बोलबाला था। गांधी इसे समूल रूप से नष्ट करना चाहते थे।

एक दिन ठक्करबापा (अमृतलाल ठक्कर) की सिफारिश पर उन्होंने हरिजन परिवार के दूधाभाई, उनकी पत्नी दानी बहन और उनकी एक पुत्री लक्ष्मी को आश्रम में रहने के लिए बुला लिया। यह देखकर आश्रम में खुसुर-फुसुर होने लगी। गांधीजी के सामने तो सब ठीक रहता, लेकिन उनके पीछे तरह-तरह की बातें होतीं। बाहरी बोलचाल और भाईचारे में तो सबकी निभ जाती थी, लेकिन रसोईघर में उनका आटा गूँधना, रोटी बनाना, बरतन माँजना आदि कोई पसंद नहीं करता था।

इसी विरोध के चलते गांधीजी की बहन रलियात बेन यह कहकर चली गईं कि 'अब तुम लोगों को कभी मुँह नहीं दिखाऊँगी।' और अंतिम समय तक वे वहाँ कभी नहीं आईं।

समाज-सुधार के इस प्रथम प्रयोग में बड़ी अड़चनें आईं। शहरवासियों ने आश्रम को आर्थिक सहायता देना बंद कर दिया, यहाँ तक कि गांधीजी के बहिष्कार तक की बातें होने लगीं। कई आश्रमवासी एक-एक कर उन्हें छोड़ गए। लेकिन गांधीजी निर्विकार बने रहे। उन्हें ईश्वर पर पूरा भरोसा था।

एक समय तो ऐसा आया कि आश्रम का सारा अन्न-धन समाप्त हो गया। तभी एक चमत्कार हुआ। कहते हैं, जिन्हें ईश्वर पर भरोसा होता है, ईश्वर उनकी मदद अवश्य करता है। अंततः वही हुआ। यह गांधीजी की सच्ची ईश्वर-आस्था का सुपरिणाम था। एक समाज-सुधारक सेठ अंबालाल साराभाई उन्हीं दिनों 13 हजार रुपए दान में दे गए। इसके बाद तो उस सेठ का पूरा परिवार ही गांधी-भक्त हो गया।

साबरमती आश्रम

उन 13 हजार रुपयों की मदद से गांधीजी ने चंद्रभागा और साबरमती नदियों के संगम पर आश्रम की अपनी जमीन खरीदी। तब वह जमीन बबूल की कँटीली झाड़ियों से अटी पड़ी थी। गांधीजी ने जो प्रयोग टॉल्सटाय फार्म को बसाने के लिए किया था, वहाँ भी वही प्रयोग अपनाया गया। इसे 'साबरमती आश्रम' कहा जाने लगा। यहाँ आरंभ में तंबू और छप्पर डाले गए। बरसात का मौसम निकट आने पर टीन के टप्पर डाल लिये गए और धीरे-धीरे आश्रम विकसित होता रहा। जो लोग चले गए थे वे धीरे-धीरे वापस आने लगे। दूधाभाई के परिवार को धीरे-धीरे सभी ने अपना लिया। बाद में अपने ही कुछ कारणों के चलते इस दंपती ने आश्रम छोड़

दिया। लेकिन उनकी पुत्री लक्ष्मी को बापू ने गोद ले लिया और उसके पालन-पोषण की जिम्मेदारी बा को सौंपी। बा ने उसे अपनी पुत्री की तरह पाला।

आश्रम की दिनचर्या

आश्रम में प्रतिदिन प्रातः चार बजे प्रार्थना होती थी। प्रार्थना के बाद बापू कुछ समय के लिए सो जाते थे। प्रातः सात बजे के आस-पास वे सुबह की सैर पर जाते थे। लौटकर अन्य लोगों के साथ दैनिक कार्यों में जुट जाते थे। उनकी कुटिया का नाम 'हृदय-कुंज' था। संयुक्त रसोई थी, जिसमें आश्रम में ही उगाई जानेवाली शाक-भाजी पकती थी। बड़े-बड़े टुकड़ों में काटा गया काशीफल रोज पकता था। उसमें नमक, मसाला या तेल आदि नहीं होता था। नमक की जिसको जरूरत हो, वह अलग से ले सकता था।

वहाँ सफाई से लेकर खाना पकाने तक का सारा काम मिल-जुलकर किया जाता था। बा, बापू और उनके तीनों बेटे भी समान रूप से कामों में हाथ बँटाते थे।

आश्रम में एक अस्पताल भी था। उसमें बापू रोगियों का अपने तरीके से इलाज करते थे। जो भी आश्रम में एक बार आता था, वह सदा के लिए वहाँ का होकर रह जाता था। ऐसे लोगों में महादेव देसाई, नरहरि पारीख, स्वामी आनंद, किशोरीलाल, विनोबा भावे, मीराबेन, काका कालेलकर, दुर्गाबेन, गंगाबेन, अवंतिबाई, प्रेमाबाई आदि के नाम उल्लेखनीय हैं।

मिलने आनेवालों में वल्लभभाई पटेल, मौलाना आजाद, जवाहरलाल नेहरू, मोतीलाल नेहरू, डॉ. राजेंद्र प्रसाद, खान अब्दुल गफ्फार खाँ आदि वे लोग थे जो बार-बार यहाँ आना चाहते थे।

'महात्मा' की उपाधि

सन् 1916 में गांधीजी को सौराष्ट्र के एक कॉलेज के दीक्षांत समारोह में आमंत्रित किया गया। वहाँ के प्रधानाचार्य ने पहली बार उन्हें

‘महात्मा’ कहकर संबोधित किया। इसके बाद से गुरुदेव रवींद्रनाथ टैगोर भी उन्हें ‘महात्माजी’ कहने लगे। इस प्रकार यह संबोधन उनके नाम के साथ जुड़ गया। यद्यपि बापू को ‘महात्मा’ शब्द आडंबरपूर्ण लगता था। वे इस संबोधन को नापसंद करते थे, लेकिन जन-मन उन्हें इसी रूप में देखने लगा और यह शब्द विश्व-व्यापी, अलबत्ता ‘गांधी’ शब्द का पर्याय, बन गया। हालाँकि गांधीजी अंत तक इस शब्द से असहमति व्यक्त करते रहे।

□

16 चंपारण से जलियाँवाला बाग तक

> *''शून्यवत् होकर रहने का अर्थ है—अच्छी वस्तु को पाने के लिए सबसे अंत में रहना, सबकी सेवा करना, उपकार के प्रतिफल की आशा नहीं रखना, कष्ट सहन करने में पहल करना। जो व्यक्ति इस तरह शून्यवत् रहता है, वह निश्चय ही अपने कर्तव्य में लीन रहता है।''*
>
> **—महात्मा गांधी**

गांधीजी जहाँ भी जाते थे, उनकी ख्याति पहले वहाँ पहुँच जाती थी। सन् 1916 में लखनऊ में कांग्रेस का अधिवेशन हुआ। गांधीजी भी उसमें शामिल हुए। यहाँ बिहार के कुछ लोग उनसे मिले और चंपारण के किसानों की आपबीती उन्हें सुनाई।

चंपारण में

बिहार के तिरहुत प्रखंड में नील की सबसे अधिक खेती होती थी। नील का पौधा बहुत नाजुक होता है। उसकी काफी देखभाल करनी पड़ती है। यही नील विदेशों में सोने के भाव बिकती थी। गोरों ने ऐसे नील के सैकड़ों खेत हड़प लिये थे और उन पर गरीब किसानों से नील की खेती करवाते थे, फिर उसे विदेशों में मोटे दामों में बेचकर बैठे-बिठाए सोने की फसल काटते थे। कानूनन प्रत्येक किसान को अपनी 20 कट्ठा जमीन में से 3 कट्ठा जमीन पर नील का उत्पादन करना पड़ता था। इस बेगार को 'तिनकठिया' कहा जाता था। कोई किसान आनाकानी करता था तो उस पर तरह-तरह जुल्म ढाए जाते थे। उसके परिवार को यातनाएँ सहनी पड़ती थीं। बहुत विषम स्थिति थी।

गांधीजी ने इस सारी वस्तुस्थिति को जाँचने के लिए चंपारण का दौरा किया। उन्हें गोरों ने धमकाया और वहाँ से चले जाने को कहा, लेकिन

गांधीजी अपने काम में जुटे रहे। वहाँ की गंदगी, अशिक्षा और नारकीय जीवन को निकट से देखकर गांधीजी ने साबरमती आश्रम से कुछ अन्य लोगों को भी वहाँ बुलवा लिया। कस्तूरबा भी आ गईं।

बा अवंतिबाई के साथ मजदूरों की बस्तियों में घूमीं और स्त्रियों की व्यथा को समझने लगीं। वहाँ दरिद्रता का जो भयानक दृश्य उन्होंने देखा, उससे उनकी आँखें छलछला आईं।

मजदूर परिवारों में तीन-तीन, चार-चार स्त्रियों के बीच एक ही धोती हुआ करती थी, वह भी आधी-अधूरी। इसलिए अधिकतर स्त्रियाँ घर के भीतर ही कैद रहती थीं। कोई उनसे मिलने आता था तो वे दरवाजे से मुँह निकालकर बात कर लेती थीं। जब कई बार बा के साथ भी यही हुआ तो एक वृद्धा से उन्हें उनकी दरिद्रता की व्यथा सुनने को मिली।

जब यह बात बापू को ज्ञात हुई तो उन्होंने घर-घर चरखा चलाकर अपने लिए स्वयं ही कपड़ा तैयार करने के लिए लोगों को प्रेरित किया। उनके अथक परिश्रम से खादी का यह मंत्र जल्दी ही देश भर ने अपना लिया।

गांधीजी ने भीतिहरवा नामक गाँव में एक स्कूल खोला और वहाँ बा एवं कुछ सहयोगियों को सेवा के लिए नियुक्त किया। बा वहाँ रहकर आस-पास के गाँवों में घूमकर लोगों को सफाई के प्रति जागरूक करतीं और उनमें छोटे-छोटे रोगों की दवाइयाँ बाँटा करती थीं।

एक बार गांधीजी भीतिहरवा गाँव के निकटवर्ती एक गाँव में पहुँचे तो वहाँ की कुछ महिलाएँ मैले-कुचैले कपड़ों में लिपटी नजर आईं। बापू ने बा से उन्हें सफाई के लिए प्रेरित करने को कहा। बा ने उन महिलाओं से बात की तो एक महिला उन्हें अपने झोंपड़े में लेकर गई और बोली, ''देखिए, यहाँ इस बहन पर लिपटी धोती के सिवा कोई वस्त्र नहीं है। अगर गांधीजी कपड़े दिलवा दें तो हम उनके अनुसार सबकुछ कर सकते हैं।''

देश की यह गरीबी देखकर बापू करुणा-विगलित हो उठे। अभी तक वे मूँगफली और खजूर का आहार लेते थे, वह भी उन्हें ज्यादा लगने लगा। इसलिए बिहार दौरे के दौरान अब वे मुट्ठी भर उबले चावल और नमक-रहित उबला करेला भोजन में लेने लगे।

घूम-घूमकर गांधीजी ने किसानों के शोषण के जो प्रमाण एकत्रित किए उनके आधार पर सरकार के समक्ष अर्जी दाखिल की। सरकार ने सर एडवर्ड गेट की अध्यक्षता में एक जाँच समिति का गठन किया। प्रमाण इतने सटीक थे

कि किसानों और गांधीजी की जीत हुई। एक सदी से जारी तिनकठिया कानून रद्द हो गया। अनेक गोरों द्वारा किसानों को हर्जाना देना पड़ा और इस प्रकार किसानों को न्याय मिला।

वीरमगाम चुंगी प्रकरण

बंबई-राजकोट मार्ग पर वीरमगाम कस्टम चुंगी थी। वहाँ से गुजरनेवाले यात्रियों को कस्टमवाले बेवजह परेशान करते थे। उनका सामान खुलवाकर देखा जाता था। उसे सड़क पर फैला दिया जाता था। इससे वे अपमानित तो होते ही थे, सामान भी बरबाद होता था। कुछ लोगों ने गांधीजी से इस बाबत सहायता माँगी। गांधीजी ने सारे तथ्य एकत्रित करके बंबई के गवर्नर लॉर्ड विलिंग्डन को इस बारे में अवगत कराया। लेकिन यह मामला केंद्रीय सरकार के अधीन था। वहाँ बहुत पत्र-व्यवहार किया गया, लेकिन जवाब आता ही नहीं था। दो वर्ष बाद गांधीजी को वायसराय लॉर्ड चेम्सफोर्ड से मिलने का अवसर मिला। वहाँ उन्होंने वीरमगाम का मामला उठाया तो पता चला कि गांधीजी की अर्जी उन तक पहुँची ही नहीं थी। लॉर्ड चेम्सफोर्ड ने आवश्यक जाँच-पड़ताल की और निष्कर्ष रूप में वीरमगाम का नाका समाप्त कर दिया गया। इस प्रकार यात्रियों के कष्टों का निवारण हुआ। यह भारत में गांधीजी का पहला सत्याग्रह था।

कपड़ा मिल हड़ताल

चंपारण का काम अभी पूरा ही हुआ था कि अहमदाबाद से खबर आई कि कपड़ा मिल मजदूर हड़ताल करने को उतारू हैं।

जुलाई 1917 में अहमदाबाद में प्लेग फैला था। इस दौरान कपड़ा मिल मालिकों ने मजदूरों की सुरक्षा और उन्हें काम पर लगाए रखने के लिए प्लेग बोनस जारी किया था। यह उनके वेतन के लगभग बराबर था। इस प्रकार उन्हें दुगुना वेतन मिलने लगा था। प्लेग की समाप्ति पर मिल मालिक जब इस बोनस को वापस लेने को हुए तो मजदूरों में रोष फैल गया

और वे हड़ताल करने पर उतारू हो गए। मिल मालिकों ने गांधीजी से इस मामले में बीच-बचाव करने की प्रार्थना की।

गांधीजी ने मिल-मालिकों के आय-व्यय के आँकड़े देखे और कहा कि मजदूरों को वेतन की 35 प्रतिशत बढ़ोतरी जारी रखनी चाहिए। लेकिन मिल मालिक 20 प्रतिशत पर अड़ गए। अंतत: मजदूरों ने हड़ताल कर दी। गांधीजी ने भी उपवास किया।

अंत में गांधीजी की माँग मान ली गई। इस हड़ताल की सबसे बड़ी विशेषता यह थी कि 10 हजार मजदूरों ने शांतिपूर्वक हड़ताल की। कहीं से भी हिंसा को बढ़ावा नहीं मिला और न ही नगरीय जन-जीवन को इससे असुविधा का सामना करना पड़ा। सत्याग्रह का यह एक असाधारण उदाहरण था।

खेड़ा सत्याग्रह

मिल हड़ताल की समस्या का समाधान कर गांधीजी वापस चंपारण जाना चाहते थे, ताकि वहाँ के सामाजिक हालात में सुधार ला सकें। लेकिन इसके पहले ही गुजरात के खेड़ा जिले से बुलावा आ गया। यहाँ सरकारी अफसर लोगों के घरों में छापे मारकर जेवर, कीमती सामान, दुधारू पशु आदि जब्त कर रहे थे। यह काररवाई लगान न चुकाने के कारण की जा रही थी। सूखे के कारण गाँववालों की आर्थिक स्थिति वैसे ही खराब थी। फसल नहीं हुई थी। गाँवों में अनाज का अभाव था। ऐसे में लोगों ने सरकार से लगान न लेने की विनती की थी। लेकिन सरकार द्वारा उनकी विनती को अनसुना करके जाब्ते की काररवाई की गई।

गांधीजी ने बंबई के गवर्नर और स्थानीय कलेक्टर से फरियाद की। लेकिन उसने अनसुना करके कुड़की की काररवाई शुरू कर दी। तब गांधीजी ने नड़ियाद के एक अनाथालय में कार्यालय बनाया और सत्याग्रह आरंभ कर दिया। वल्लभभाई पटेल भी अपनी वकालत छोड़कर इस सत्याग्रह में शामिल हो गए। इसमें वे ऐसे रमे कि फिर कभी वकालत नहीं कर पाए।

गांधीजी ने खेड़ा सत्याग्रह के दौरान किसानों के मनों से सरकार और पुलिस का खौफ निकाला। उन्होंने समझाया कि वे जनता के पैसे से पलते हैं, इसलिए जनता के सेवक हैं, न कि मालिक।

उन्होंने सरकार से कहा कि अकाल के कारण इलाके में फसल एक-

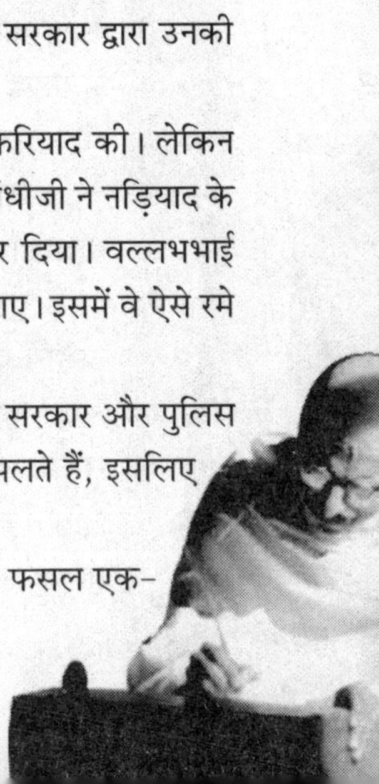

चौथाई से कम हुई है, इसलिए अगले साल तक कोई किसान लगान नहीं देगा। यदि सरकार स्वतः लगान वसूली स्थगित कर देगी तो अच्छी हैसियतवाले किसान स्वयं लगान की दूसरी किस्त अदा कर देंगे; लेकिन जबरदस्ती एक फूटी कौड़ी भी नहीं दी जाएगी।

गांधीजी का यह निर्णय सुनकर कलेक्टर आगबबूला हो उठा। उसने सत्याग्रहियों की खड़ी फसलें जब्त कर लीं। कई लोगों के खेत मिट्टी के मोल नीलाम कर दिए। इस पर भी सत्याग्रहियों का जोश ठंडा नहीं हुआ, बल्कि नए-नए लोग उससे जुड़ते गए। किसान कानून भंग करके जेल जाने लगे। आखिर सरकार को सत्याग्रहियों के आगे झुकना पड़ा। लगान माफी की सार्वजनिक घोषणा के साथ ही यह खेड़ा सत्याग्रह विजय के साथ समाप्त हो गया।

गिरता स्वास्थ्य

सन् 1918 में लॉर्ड चेम्सफोर्ड ने दिल्ली में युद्ध सहायता परिषद् की बैठक की। उसमें गांधीजी से अनुरोध किया गया कि वे लोगों को सेना में भरती होने के लिए प्रेरित करें। गांधीजी ने सरकार को सहायता का आश्वासन दिया और आश्रम लौट आए।

समय मिलने पर वे नड़ियाद गए और गाँव-गाँव में पैदल घूमकर लोगों को सेना में भरती होने के लिए प्रेरित करने लगे। लेकिन खेड़ा सत्याग्रह में जान की बाजी लगा देनेवाली जनता सैन्य भरती के लिए जरा भी उत्सुक नहीं हुई, न ही किसान गांधीजी की मदद को आगे आए।

यहाँ दिन-दिन भर पैदल चलने और गुड़-मूँगफली के भोजन से गांधीजी को दस्त हो गए, लेकिन उन्होंने उस ओर ध्यान नहीं दिया। इससे रोग और बढ़ गया। एक रात उन्हें कई खूनी दस्त हुए। इस पर उन्होंने दवा लेने से इनकार कर दिया। अहमदाबाद खबर पहुँची तो भरती के लिए उन्हें बंबई ले जाया गया। वहाँ डॉ. दलाल ने काफी समझा-बुझाकर उनके इंजेक्शन लगाया और दूध पीने की सलाह दी। लेकिन बापू ने गाय-भैंसों का दूध पीना छोड़ दिया था। एक दिन उन्हें ज्ञात हुआ कि इन निरीह जानवरों से दूध की आखिरी बूँद तक प्राप्त

करने के लिए कलकत्ता में फूँकने की क्रिया की जाती थी। इसमें कभी-कभी दूध के साथ खून भी चू पड़ता था। उसी दिन से उन्होंने दूध को मांस के बराबर मानकर उसका सेवन बंद कर दिया था।

गांधीजी ने डॉक्टर को अपने इस व्रत के बारे में बताया तो पास खड़ी कस्तूरबा बोल उठीं, "तो बकरी का दूध तो पिया जा सकता है। उससे व्रत-भंग नहीं होगा।"

डॉ. दलाल ने भी बा की बात का समर्थन किया। तब गांधीजी मान गए और बकरी का दूध पीना आरंभ कर दिया। इससे उनके स्वास्थ्य में सुधार हुआ। लेकिन पेचिश ने उनकी भीतरी शक्ति को खोखला कर दिया था। अब उनमें मीलों पैदल चलने की ताकत नहीं रही थी। देर तक खड़े रहने पर पैर काँपने लगते थे, इसलिए बैठकर भाषण देना पड़ता था।

रोलेट ऐक्ट

प्रथम महायुद्ध के दौरान ब्रिटिश सरकार ने जस्टिस रोलेट की अध्यक्षता में देशद्रोह से संबद्ध एक कानून बनवाया। केंद्रीय विधानसभा में पारित होकर यह 'रोलेट ऐक्ट' कहलाया। इसके द्वारा सभी प्रकार के हिंसक या अहिंसक आंदोलनों को देशद्रोह करार दे दिया गया था। ऐसे सभी आंदोलनों के मुजरिम को 'नो अपील, नो वकील, नो दलील' की श्रेणी में रख दिया गया था। सरकार को इस कानून ने बहुत बड़ा हथियार दे दिया था। देशद्रोह के नाम पर किसी को भी शहीद किया जा सकता था।

गांधीजी को यह कानून बड़ा नागवार गुजरा। उन्होंने अपनी स्वराज्य सभा के उमर सुभानी, शंकरलाल बैंकर, अब्दुल्ला बरेलवी, अनसूया बहन साराभाई, होर्निमन, महादेव देसाई, स्वामी आनंद, सरोजिनी नायडू आदि सदस्यों को बुलाकर बैठक की। लेकिन कोई निर्णय नहीं हुआ; क्योंकि अब तो सत्याग्रह भी देशद्रोह की श्रेणी में आ गया था।

कुछ दिनों बाद गांधीजी मद्रास जाकर कस्तूरीरंगन और चक्रवर्ती राजगोपालाचारी से मिले। वहीं उन्हें विचार आया कि इस कानून के विरोध में देश भर में हड़ताल की जाए। सबको यह विचार जँच गया और 30 मार्च को आम हड़ताल की तिथि घोषित कर दी गई। सभी जगह सूचना भेज दी गई;

लेकिन फिर कुछ कारणों से इस तिथि को 6 अप्रैल करना पड़ा। लेकिन डाकीय विलंब या मानवीय चूक के कारण दिल्ली में स्वामी श्रद्धानंद के नेतृत्व में 30 मार्च को ही हड़ताल हो गई, जिसमें इस दिन हकीम अजमल खाँ के नेतृत्व में दिल्ली की जामा मसजिद में एक विशाल जनसभा का आयोजन हुआ, जिसमें स्वामी श्रद्धानंद ने ओजस्वी भाषण दिया। यह सभा हिंदू-मुसलिम एकता का असाधारण उदाहरण थी। बाद में सभा एक विशाल जुलूस में बदल गई।

सरकार इस प्रतिकार को बरदाश्त नहीं कर सकी। उसने भीड़ को तितर-बितर करने की कोशिश की। नहीं मानने पर उसने निःशस्त्र भीड़ पर गोलियाँ चलवा दीं, जिससे बहुत से लोग वहीं शहीद हो गए। अनेक लोग घायल हुए। इस दिन लाहौर, अंबाला, अमृतसर, जालंधर सहित समस्त उत्तर भारत में जबरदस्त हड़ताल हुई और पुलिस ने सभी जगह दिल्ली जैसा ही सितम ढाया।

इस घटनाक्रम से गांधीजी बेचैन हो उठे। उन्होंने 6 अप्रैल को बंबई की हड़ताल के बाद दिल्ली जाने का निश्चय किया। इसी बीच पंजाब से सैफुद्दीन किचलू और डॉ. सत्यपाल ने उन्हें वहाँ आने के लिए आमंत्रित किया।

6 अप्रैल को बंबई भर में हड़ताल हो गई। चौपाटी में एक विशाल जनसभा हुई, जिसमें गांधीजी और सरोजिनी नायडू ने भाषण दिए। 7 अप्रैल को गांधीजी पंजाब जाने के लिए रवाना हुए, लेकिन पलवल में उन्हें रोककर वापस बंबई ले आया गया। उन्होंने महादेव देसाई को आगे दिल्ली रवाना किया।

गांधीजी की गिरफ्तारी की खबर सुनकर बंबई में तनाव उत्पन्न हो गया। अहमदाबाद में भी मजदूर उत्तेजित हो गए। उन्होंने एक सिपाही को मार डाला, रेल की पटरियाँ उखाड़ दी गईं। उत्तर भारत से भी हिंसा की खबरें आने लगीं। सरकार ने इन सारी बातों के लिए गांधीजी को जिम्मेदार ठहराया।

गांधीजी भी कभी नहीं चाहते थे कि हड़ताल या किसी आंदोलन में इस प्रकार हिंसा को प्रश्रय दिया जाए। इसकी जिम्मेदारी उन्होंने स्वयं पर लेते हुए रोलेट ऐक्ट के विरुद्ध छेड़े सत्याग्रह को स्थगित कर दिया।

'नवजीवन' और 'यंग इंडिया'

जब सत्याग्रह का हथियार छिन गया तो गांधीजी ने अहमदाबाद से 'नवजीवन' और 'यंग इंडिया' नामक अखबारों का प्रकाशन आरंभ किया। इनके माध्यम से वे नपे-तुले शब्दों में लोगों को कर्तव्यनिष्ठ बनने की प्रेरणा देने लगे। यह उनके आलेखों का चमत्कार ही था कि दो-ढाई सौ की संख्या में छपनेवाले अखबार हजारों की संख्या में छपने लगे।

लेकिन गांधीजी की इस सक्रियता और सत्याग्रह के प्रचार को सरकार सह न सकी। उसने उन्हें गिरफ्तार करके जेल में डाल दिया। इसके बाद भी ये अखबार बंद नहीं हुए। स्वामी आनंद ने उन्हें चलाए रखा। जब उन्हें भी गिरफ्तार कर लिया गया तो गांधीजी के तीसरे पुत्र रामदास गांधी ने उन्हें जीवंत रखा। और इस प्रकार ये अखबार लोगों को निरंतर जागरूक करते रहे।

जलियाँवाला बाग प्रकरण

पंजाब में इन दिनों अंग्रेजी सरकार बहुत जुल्म ढा रही थी। वहाँ फैली अशांति के लिए पंजाब के गवर्नर सर माइकल ओ' डायर ने गांधीजी को जिम्मेदार ठहराया था; जबकि अभी तक वे एक बार भी पंजाब नहीं गए थे। उन्होंने जब भी जाने की कोशिश की, सरकार ने उन्हें रोक दिया।

अंग्रेजी हुकूमत के जुल्मो-सितम को भूलने के लिए आम सभाएँ अच्छा मरहम थीं। अमृतसर में भी जलियाँवाला बाग में एक आम सभा का आयोजन किया गया था।

वह 13 अप्रैल, 1919 का दिन था। बाग में लगभग 6 हजार लोगों की भीड़ थी जिसमें स्त्री, पुरुष, बच्चे, हिंदू, मुसलिम, सिख आदि सभी शामिल थे। तभी सेना के कमांडर-जनरल रेजिनोल्ड डायर ने उस भीड़ पर फायर का आदेश दे दिया। मशीनगनें दस मिनट तक आग उगलती रहीं। बाग की दीवारें ऊँची-ऊँची थीं, निकलने का गेट एक था, जहाँ फौज खड़ी थी, इसलिए लोग एक-दूसरे को रौंदते हुए जान बचाने के लिए इधर-उधर दौड़ रहे थे।

इस सुनियोजित नर-संहार में डेढ़ हजार से अधिक लोग शहीद हुए और 4 हजार से अधिक घायल हुए। शहर में मार्शल लॉ लगा हुआ था, इसलिए कोई घायलों की सहायता को भी नहीं जा सकता था। गांधीजी ने इस घटना की

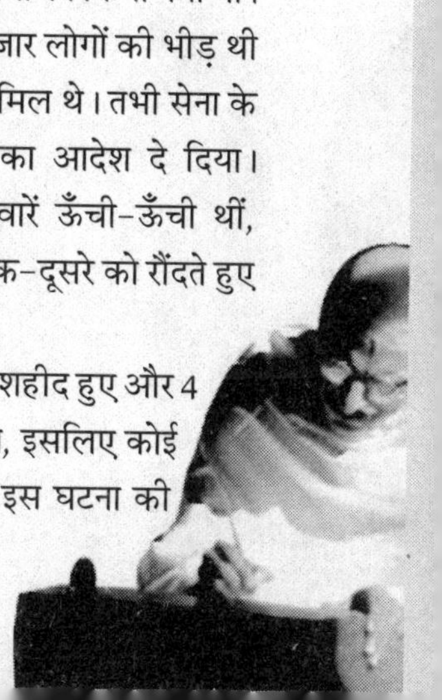

खबर सुनी तो उनके रोंगटे खड़े हो गए। अभी तक वे ब्रिटिश सरकार को कायदे-कानून से चलनेवाली सरकार मानते थे, लेकिन अब वह मान्यता ध्वस्त हो गई। अब उसे जड़ से उखाड़ फेंकने का इरादा दृढ़तर हो गया।

काफी विरोध होने पर इस नर-संहार की जाँच के लिए हंटर कमीशन का गठन किया गया। पंजाब के सभी बड़े नेता पहले ही जेल में थे, अत: देश के अन्य नेताओं ने मदनमोहन मालवीय को इस घटना का परदाफाश करने की जिम्मेदारी सौंपी। सबसे पहले दीनबंधु एंड्रूज अमृतसर पहुँचे। इसी वर्ष अक्तूबर में गांधीजी को भी वहाँ जाने की स्वीकृति मिल गई। उनके दर्शनों को मानो पूरा पंजाब उमड़ पड़ा। यहीं मोतीलाल नेहरू से उनकी पहली भेंट हुई।

देश भर से आए नेतागणों ने पंजाब में घूम-घूमकर ब्रिटिश सरकार की तानाशाही का नंगा नाच देखा। ऐसे में हंटर कमीशन से न्याय की उम्मीद कम ही थी। अत: उसके बहिष्कार का निर्णय लेकर कांग्रेस ने एक गैर-सरकारी समिति का गठन किया, जिसमें पं. मोतीलाल नेहरू, महामना मालवीय, चित्तरंजन दास, अब्बास तैयबजी, जयकर और गांधीजी को सदस्य मनोनीत किया गया।

इस समिति की रिपोर्ट के प्रकाश में कमांडर-जनरल डायर पर लंदन में मुकदमा चला और उसे सरकारी सेवा से बरखास्त कर दिया गया। जलियाँवाला बाग हत्याकांड ने देश भर के लोगों को स्वतंत्रता पाने के लिए एकजुट कर दिया था। इस घटना के विरोधस्वरूप गुरुदेव रवींद्रनाथ टैगोर ने अपनी 'सर' की उपाधि ब्रिटिश सरकार को वापस लौटा दी थी।

❑

17 असहयोग आंदोलन

> *''श्रद्धावान् मनुष्य को भविष्य में आनेवाली कठिनाइयों के भय से अपना वर्तमान कर्तव्य नहीं छोड़ना चाहिए।''*
>
> **—महात्मा गांधी**

दिसंबर 1919 में कांग्रेस का अधिवेशन अमृतसर में हुआ। इसमें पं. मोतीलाल नेहरू को कांग्रेस का अध्यक्ष चुना गया। गांधीजी अभी तक कांग्रेस के प्रेक्षक के रूप में जाने जाते थे, लेकिन अब उन्हें विषय समिति का सदस्य बनाया गया। इसमें लोकमान्य तिलक, देशबंधु चित्तरंजनदास और मोतीलाल नेहरू जैसे अन्य धुरंधर शामिल थे।

कांग्रेस का संविधान

अभी तक कांग्रेस का अपना कोई लिखित संविधान नहीं था। प्रस्ताव पास होते थे, लेकिन उनके पालन की कोई सुचारु व्यवस्था नहीं थी। इसलिए इसके संविधान बनाने की जिम्मेदारी भी गांधीजी पर आ पड़ी। इसमें केलकर और आई.बी. सेन ने भी उनका साथ दिया। उनका बनाया गया संविधान सन् 1920 में कांग्रेस में स्वीकृत हो गया। इस प्रकार अब वे पूरी तरह कांग्रेसमय हो गए थे।

गांधीजी के कांग्रेस में आने के बाद अनेक महत्त्वपूर्ण निर्णय लिये गए। नागपुर के अधिवेशन में अस्पृश्यता-निवारण और खादी को प्रश्रय देने के संबंध में प्रस्ताव पास हुए। इस प्रकार कांग्रेस गरीबों की पार्टी बन गई।

गांधीजी के आग्रह पर ही तिरंगे झंडे को कांग्रेस के प्रतीक रूप में अपनाया गया। इसमें ऊपर हरा रंग, बीच में सफेद रंग—जिस पर चरखा अंकित था और सबसे नीचे केसरिया रंग था। साथ ही कांग्रेस के प्रत्येक अधिवेशन में 'गॉड सेव द किंग' के स्थान पर बंकिमचंद्र चटर्जी रचित 'वंदे मातरम्' का गान होने लगा, जो स्वतंत्रता के पश्चात् भारत का राष्ट्रगीत घोषित हुआ।

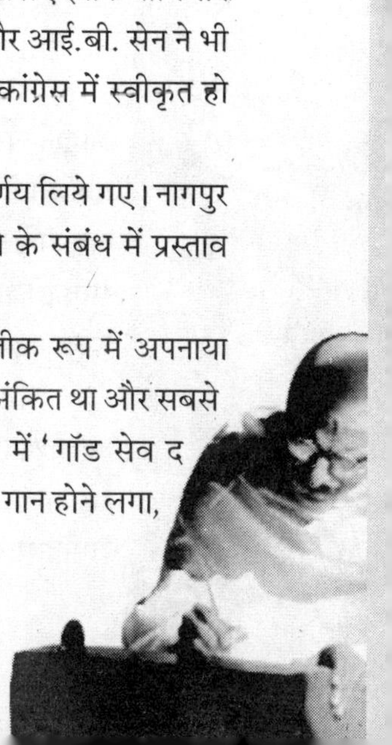

असहयोग आंदोलन

सन् 1920 से देश भर में अंग्रेजों के प्रति आक्रोश बढ़ने लगा था। लोकमान्य तिलक ने पहली बार खुलकर घोषणा की कि "स्वराज्य मेरा जन्मसिद्ध अधिकार है।" लेकिन 1 अगस्त, 1920 को उनका निधन हो गया। इससे देश का एक बड़ा नेता छिन गया। गांधीजी ने गोखले के बाद तिलक को ही अपने सबसे निकट पाया था। हालाँकि कुछ बातों पर उन दोनों में असहमति थी, लेकिन आपसी विश्वास और श्रद्धा कम नहीं थे।

इसी वर्ष गांधीजी ने अहिंसक असहयोग आंदोलन आरंभ किया। इसके लिए लोगों को जागरूक करने के लिए वे गाँव-गाँव घूमे। कार्यक्रम में निम्नलिखित मुद्दे शामिल थे—

1. ब्रिटिश सरकार द्वारा दी गई उपाधियाँ और सम्मान वापस लौटा देना।
2. अदालतों का बहिष्कार।
3. शिक्षा संस्थानों का बहिष्कार।
4. कौंसिल व चुनावों का बहिष्कार।
5. विदेशी कपड़ों का बहिष्कार।
6. सरकारी समारोहों का बहिष्कार।
7. शराब की दुकानों पर धरना देना।
8. सेना में भरती होने से इनकार करना।

शीघ्र ही इस आंदोलन ने राष्ट्रीय स्वरूप ले लिया। गांधीजी के आह्वान पर युवकों ने स्कूल-कॉलेजों की पढ़ाई का बहिष्कार किया, वकीलों ने कोर्ट-कचहरी में जाना छोड़ दिया, सरकारी कर्मचारी भी इसमें कूद पड़े। जगह-जगह विदेशी कपड़ों की होली जलाई जाने लगी। सरकारी शराब की दुकानें बंद करवाने के लिए बड़े-बड़े घरों की महिलाएँ उनके आगे धरने देने लगीं।

बंगाल में देशबंधु चित्तरंजनदास अपनी लाखों की वकालत, आलीशान मकान और संपत्ति को छोड़कर झोंपड़े में रहने लगे। बिहार में डॉ. राजेंद्र प्रसाद और ब्रजकिशोर बाबू ने अपनी सुस्थापित वकालत को, जमींदारी को देशहित के लिए अर्पित कर दिया। पं. मोतीलाल नेहरू भी

अपने राजसी ठाट-बाट को त्यागकर पत्नी के साथ एक साधारण आंदोलनकर्ता बन गए। पंजाब में लाला लाजपत राय लाखों की जायदाद को देशहित पर न्योछावर करके सत्याग्रही बन गए। मद्रास में चक्रवर्ती राजगोपालाचारी भी वकालत के अपने व्यवसाय को ठोकर मारकर गांधीजी के कंधे से कंधा मिलाने लगे। बंबई में विट्ठलभाई, जमनालाल बजाज इत्यादि रईस मिजाज लोगों ने देशहित में सादगी को अपना लिया। इस प्रकार पूरे देश में बलिदानों की होड़-सी लग गई थी।

सरकार भी हाथ-पर-हाथ धरे नहीं बैठी रह सकती थी। उसने देश के सभी बड़े नेताओं को जेल में डाल दिया था। आम लोग भी हँसते-हँसते जेल जा रहे थे। 20 हजार से अधिक लोग इस दौरान जेल गए।

इस प्रकार, इस असहयोग से सरकार घबरा गई थी। लोगों की एकजुटता को देखकर उसका हौसला पस्त हुआ जा रहा था। इसी दौरान एक दुःखद घटना घट गई, जिसने इस आंदोलन का रुख अन्य दिशा की ओर मोड़ दिया।

उत्तर प्रदेश के गोरखपुर जनपद के एक छोटे से गाँव चौरीचौरा से 4 जनवरी, 1922 को असहयोग आंदोलनकारियों का एक अहिंसक जुलूस निकल रहा था। कुछ पुलिसकर्मियों ने इस पर छींटाकशी कर दी, जिससे कुछ युवा आंदोलनकारी तैश में आ गए। उन्होंने भी दो की चार सुना दी। इससे बात बढ़ गई और थानेदार ने गोली चलाने का हुक्म दे दिया। फायरिंग में एक आंदोलनकारी वहीं ढेर हो गया। इससे युवा सत्याग्रही उग्र हो उठे। उन्होंने एक पुलिस चौकी में आग लगा दी। इस अग्निकांड में कई पुलिसकर्मी जीवित जल मरे।

इस घटना से गांधीजी बहुत आहत हुए। उनके असहयोग आंदोलन में अहिंसा आत्मा के समान समाई थी। जब आत्मा ही दम तोड़ दे तो सारा शक्तिपुंज ही नष्ट हो जाता है। वे समझते थे कि अंग्रेज सरकार इसी ताक में बैठी थी कि लोग हिंसा करें और वह दमन-चक्र चलाए। उन्हें लगा कि देश अहिंसक आंदोलन चलाने के लिए अभी उतना परिपक्व नहीं हुआ है, अतः उन्होंने असहयोग आंदोलन समाप्त करने की घोषणा कर दी।

गांधीजी ने चौरीचौरा की घटना का दोष अपने सिर ले लिया। 10 मार्च, 1922 को उन्हें गिरफ्तार कर लिया गया और राजद्रोह के जुर्म में उसी दिन छह साल की सजा सुना दी गई।

इस आंदोलन के कारण विद्यार्थियों का हित बाधक न हो, इसे ध्यान में रखकर इसी दौरान देश भर में पाँच शिक्षण संस्थाएँ आरंभ की गईं। अहमदाबाद में विद्यापीठ', पटना में 'राष्ट्रीय विद्यापीठ', वाराणसी में 'काशी विद्यापीठ',

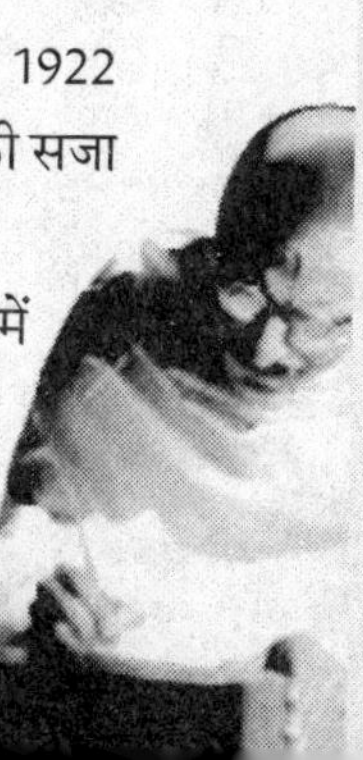

दिल्ली में 'जामिया मिल्लिया' और पूना में 'तिलक विद्यापीठ'। इन शिक्षण संस्थाओं ने देश को अनेक विद्वान्, समाज-सेवी, राजनीतिज्ञ और साहित्यकार आदि महापुरुष प्रदान किए। ये संस्थाएँ आज भी कार्यरत हैं।

यरवदा जेल में

गांधीजी को शुरू में अहमदाबाद की साबरमती जेल में रखा गया फिर कुछ दिनों बाद पूना के पास यरवदा केन्द्रीय जेल में स्थानांतरित कर दिया गया। जेल प्रवास में उन्होंने समय का सदुपयोग करते हुए दक्षिण अफ्रीका का इतिहास लिख डाला और अनेक अंग्रेजी पुस्तकें पढ़ीं, जो समयाभाव के कारण बाहर वे नहीं पढ़ पाते थे। इस पुस्तक प्रेम के कारण वे अपने खान-पान के प्रति भी घोर लापरवाह हो गए। फलतः कब्ज के कारण उनके पेट में फोड़ा हो गया। पूना के एक अस्पताल में उनका ऑपरेशन किया गया, जिससे उनकी जान तो बच गई लेकिन कमजोरी बहुत आ गई थी। अस्पताल में ही 5 फरवरी, 1924 को सरकार ने उन्हें बिना शर्त रिहा कर दिया। यह खबर सुनकर देशभर से लोग उनसे मिलने पूना आए। पंजाब से लाला लाजपतराय दौड़े-दौड़े आए, लेकिन जब उन्होंने गांधीजी की कृषकाय दशा देखी तो उनका पूरा उत्साह ठंडा पड़ गया। उनके आँसू छलछला आए। रंगास्वामी, चितरंजनदास, वासंतीदेवी, मोतीलाल, दीनबंधु इत्यादि सभी लोग सकते की स्थिति में थे।

पूना में हालत में कुछ सुधार आया तो गांधीजी और उनके सहधर्मी मुंबई आ गए। यहाँ जुहू के एक बँगले में ठहरे। आए तो आराम के लिए थे लेकिन दिन-भर मिलने वालों का ताँता लगा रहता था। पुत्र देवदास गांधी और कस्तूरबा भी वहाँ आकर उनकी सेवा में जुट गए।

स्वराज्य पार्टी

इसी बीच सन् 1923 में चितरंजनदास और मोतीलाल नेहरू ने कांग्रेस से अलग होकर स्वराज्य पार्टी बनाई। स्वराज्य पार्टी वालों का विचार कौंसिलों में जाकर अंदर से सरकार को तोड़ने का था।

जातीय दंगे और उपवास

अंग्रेज सरकार ने जब लोगों की बढ़ती एकजुटता देखी तो 'फूट डालो और राज्य करो' का पासा फेंका। उसने हिन्दू-मुस्लिम एकता में दरार डालनी शुरू कर दी। इसके उन्हें सुपरिणाम भी मिलने लगे। उत्तर-पश्चिम प्रांत के कोहाट नगर में जातीय दंगे छिड़ गए। इसका असर पूरे देश में हिन्दू-मुस्लिम दंगों के रूप में दिखाई पड़ने लगा। गांधीजी जो अब तक हिन्दू-मुस्लिम एकता के लिए दोनों कौमों को भाईचारा सिखाते रहे थे, क्षुब्ध हो उठे। इन दिनों वे दिल्ली में। पेट के आपरेशन को भी ज्यादा वक्त नहीं गुजरा था कि इन दंगों की शांति हेतु उन्होंने 17 सितंबर, 1924 को 21 दिन का उपवास आरंभ कर दिया।

उनके इस उपवास से देशभर में शोक की लहर दौड़ गई। मन्दिर, मस्जिद, गुरुद्वारों में उनकी सलामती के लिए दुआएँ माँगी जाने लगी। बापू की जान पर बन आई लेकिन उन्होंने अपना व्रत भंग नहीं किया। इसी उपवास के दौरान बालिका इंदिरा पहली बार बापू से मिलीं।

जैसे-तैसे गाँधीजी का उपवास पूरा हुआ। यह उपवास का ही तेज था कि देश में दंगे शांत पड़ गए और हिन्दू-मुस्लिम एकता पुनः कायम हो गई।

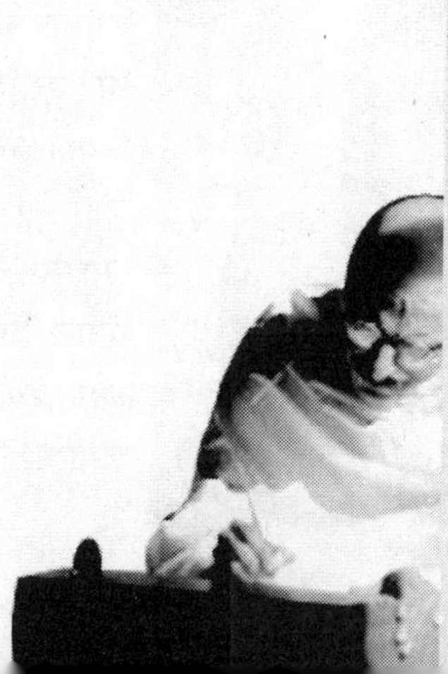

18 साइमन कमीशन और बारदोली सत्याग्रह

> *''यदि मैं दस लाख खोटे सिक्के इकट्ठे करता हूँ तो वे मेरे लिए निरर्थक भार–स्वरूप होंगे। इसके विपरीत, एक असली सिक्के का भी अपना मूल्य है।''*
>
> **—महात्मा गांधी**

बढ़ते सरकारी विरोध के चलते ब्रिटिश सरकार ने पहले सन् 1919 में लॉर्ड मांटेग्यू और लॉर्ड चेम्सफोर्ड के नेतृत्व में एक समिति बनाई, जिसने हिंदुस्तानी प्रजा के हितार्थ शासन में कुछ सुधार सुझाए; लेकिन वे छलावा मात्र सिद्ध हुए। इसके बाद जब देश में उथल–पुथल ज्यादा बढ़ गई तो सन् 1928 में सरकार ने एक संसदीय समिति का गठन किया, जिसका नेतृत्व सर जॉन साइमन को सौंपा गया। इस समिति को देश का दौरा करके प्रजा की कठिनाइयाँ जानना और उनके बारे में सरकार से सिफारिश करना था, जिससे कि उन सिफारिशों के आधार पर कुछ रियायतें दी जा सकें।

साइमन कमीशन वापस जाओ

सात सदस्यीय इस कमीशन में एक भी भारतीय प्रतिनिधि को शामिल नहीं किया गया था, इसी से इसकी उपयोगिता समझी जा सकती थी। इसलिए गांधीजी ने भी इस कमीशन को बिलकुल महत्त्व नहीं दिया। कांग्रेस ने भी इसका बहिष्कार कर दिया। इतना ही नहीं, जहाँ–जहाँ भी यह कमीशन गया वहाँ उसे काले झंडे दिखाए गए और 'साइमन कमीशन वापस जाओ' के नारे लगाए गए। 'साइमन कमीशन वापस जाओ' का नारा उन दिनों इतना प्रसिद्ध हुआ कि निरक्षर लोग और बच्चे भी गाँव–गाँव, गली–गली में जुलूस के दौरान यह नारा लगाया करते थे।

सरकार ने ऐसे जुलूसों को कुचलने के लिए जगह-जगह दमनात्मक कारवाइयाँ कीं। लोगों पर डंडे बरसाए गए, उन्हें जेलों में डाला गया, लेकिन उनके उत्साह में कोई कमी नहीं आई।

लाला लाजपतराय की शहादत

ऐसे ही एक जुलूस का नेतृत्व लाहौर में लाला लाजपतराय कर रहे थे। तब एक गोरे सार्जेंट ने लाठियों से बुरी तरह उनकी पिटाई कर दी। लालाजी उन दिनों वैसे ही बीमारी से कमजोर थे। उन्हें दिल की बीमारी भी थी। ऐसी हालत में भी वे साइमन कमीशन के विरोध में लोगों का नेतृत्व कर रहे थे। उस पिटाई ने उन्हें बुरी तरह तोड़कर रख दिया। उन्हें बहुत चोटें आई थीं। इसके कुछ महीनों बाद ही उनकी मृत्यु हो गई।

उनकी मृत्यु से सारा देश सन्न रह गया। इस अन्याय के विरोध में भगतसिंह और उनके साथियों ने दिल्ली की केंद्रीय विधानसभा में दो बम फेंके। लेकिन इससे किसी को चोट नहीं आई। इसका ऐसा देशव्यापी असर हुआ कि ऐसी घटनाओं का सिलसिला आरंभ हो गया। भगतसिंह और उनके साथी पकड़े गए। उन पर लाहौर षड्यंत्र के अंतर्गत मुकदमा चला और सभी को फाँसी हो गई। उनकी सजा को रुकवाने के लिए गांधीजी ने लंबा पत्र-व्यवहार किया, लेकिन अंग्रेज सरकार ने उस पर ध्यान नहीं दिया।

साइमन कमीशन के विरोध में लखनऊ में भी विरोध-जुलूस निकले। सरकार ने यहाँ निषेधाज्ञा लागू कर दी। जब उसका भी उल्लंघन करके जुलूस निकलने लगे तो सरकार ने कई बार लाठी-चार्ज किया। इससे जुलूस के नेतृत्वकर्ता जवाहरलाल नेहरू गंभीर रूप से घायल हो गए, लेकिन देश-प्रेम के आगे उन्होंने कमीशन का विरोध करना बंद नहीं किया।

इस प्रकार, साइमन कमीशन के विरोध में नरम दल, गरम दल, हिंदुओं, मुसलमानों, सिखों आदि सभी तरह के लोगों ने सामूहिक सहयोग दिया। इस एकता ने सरकार की नींद उड़ा दी थी। साइमन कमीशन को भी काम करने का अवसर नहीं मिला। उसे सभी जगह विरोध का सामना करना पड़ा। अंत में बुरी तरह शिकस्त खाकर वह कमीशन वापस लंदन लौट गया।

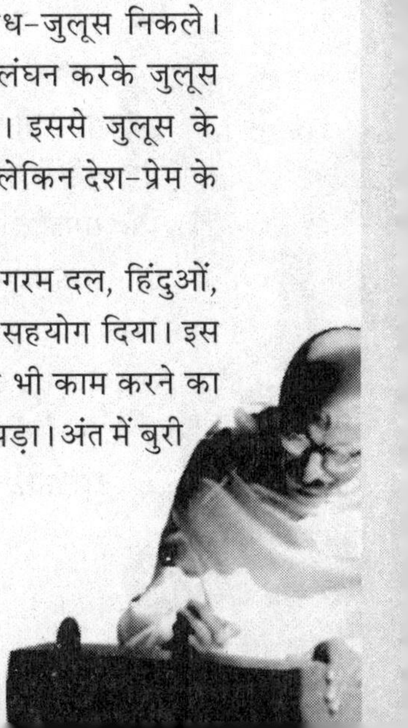

बारदोली सत्याग्रह

1921 में वर्षा के अभाव में गुजरात में अकाल जैसी स्थिति बन गई। बारदोली तहसील के किसान इससे बहुत प्रभावित हुए। इस कारण उस वर्ष उन्होंने लगान नहीं भरा। हाल ही में घटे घटनाक्रम में खेड़ा सत्याग्रह के जख्म ताजा थे, अतः सरकार ने इस ओर ध्यान देकर भी कोई कठोर काररवाई नहीं की। किंतु किसानों का यह दुःसाहस सरकार के सीने में काँटे की तरह चुभता रहा। इसी परिप्रेक्ष्य में सरकार ने सन् 1928 में बिना किसी पूर्व सूचना के बारदोली तहसील का लगान 66 प्रतिशत तक बढ़ा दिया।

यह सूचना पाकर बारदोली के किसान भड़क उठे। उन्हें गांधीजी और सरदार वल्लभभाई पटेल जैसे दो-दो धुरंधर नेताओं का वरदहस्त प्राप्त था। ऐसे में उनके हौसले बढ़े-चढ़े थे। गांधीजी के समर्थन से सरदार पटेल ने बारदोली के किसानों का नेतृत्व किया और सत्याग्रह छेड़ दिया।

सरकार ने हठधर्मिता दिखाते हुए सत्याग्रहियों को जेल में डालना आरंभ कर दिया। जेलें भरने लगीं। लोगों की संपत्तियाँ मकान, पशु आदि जब्त कर लिये गए। स्त्रियों ने भी इस सत्याग्रह में बढ़-चढ़कर भाग लिया।

सत्याग्रह जब अपने चरम उत्कर्ष पर था, तब बंबई के गवर्नर ने सरदार पटेल को गिरफ्तार करने का हुक्म दिया। यह खबर सुनकर गांधीजी भी बारदोली पहुँच गए। अब सरकार को लगने लगा कि ऐसे बड़े नेताओं को गिरफ्तार करने से स्थिति और खराब हो जाएगी, अतः समझौते का मार्ग अपनाया गया और दोनों पक्षों को मान्य लगान की व्यवस्था लागू हुई।

इस प्रकार यह अहिंसक सत्याग्रह छह महीने चला, जिसमें लोगों ने कहीं कानून व्यवस्था को अपने हाथ में नहीं लिया और न ही कहीं से किसी हिंसक घटना की खबर मिली। यह गांधीजी के अहिंसक सत्याग्रह का एक श्रेष्ठ उदाहरण रहा।

❑

19 पूर्ण स्वराज्य की घोषणा

> *''किसी व्यक्ति पर संदेहवश दोषारोपण करना पापपूर्ण और अनुचित भी है। यह तो सर्वथा दुर्बलता का लक्षण है। इस कमजोरी को मन से निकाल फेंकना चाहिए।''*
>
> **—महात्मा गांधी**

सन् 1928 के कलकत्ता कांग्रेस अधिवेशन के बाद पूर्ण स्वराज्य का संकल्प लिया गया। इस चुनौती को पूरा करने का महती कार्य गांधीजी के कंधों पर आ पड़ा। इसके लिए देश की 30–35 करोड़ जनता को जागरूक करना था।

गांधीजी एक वर्ष तक असम से सोमनाथ तक और लाहौर, बर्मा तथा पंजाब से सुदूर कन्याकुमारी तक रेलगाड़ी, मोटरगाड़ी, बैलगाड़ी और पैदल घूमे। उन्होंने पूर्ण स्वराज्य के साथ-साथ सांप्रदायिक एकता, मद्य-निषेध, स्त्री-शक्ति जागरण और छुआछूत निवारण के लिए लोगों को जाग्रत् किया।

इस प्रकार, सन् 1929 का वर्ष साठ वर्षीय गांधी के लिए बहुत व्यस्ततापूर्ण रहा। इस दौरान गांधीजी पूरे दिन में आराम के लिए चार घंटे भी मुश्किल से निकाल पाते थे। इससे उनका रक्तचाप बढ़ गया। बंबई से पूना जाते समय उन्हें दिल का दौरा भी पड़ गया। तब डॉक्टरों ने उन्हें पूर्ण विश्राम की सलाह दी। विश्राम के दौरान भी वे 'नवजीवन' के लिए लेख लिखते रहे और चरखे पर सूत कताई के नित्य नियम को कभी भंग नहीं होने दिया।

पूर्ण स्वराज्य

दिसंबर 1929 में लाहौर में कांग्रेस का अधिवेशन हुआ। सारे प्रतिनिधि चाहते थे कि इसका नेतृत्व गांधीजी करें; लेकिन वे नहीं चाहते थे कि उनके सत्याग्रह का आंदोलन काम के इस अतिरिक्त बोझ के कारण धीमा पड़े, इसलिए उन्होंने जवाहरलाल नेहरू का नाम आगे कर दिया।

इस प्रकार इस अधिवेशन की अध्यक्षता नेहरूजी ने की। 31 दिसंबर को नेहरूजी तिरंगा फहराकर पूर्ण स्वराज्य की घोषणा कर दी। नए वर्ष के पहले दिन अधिवेशन में यह प्रस्ताव मंजूर हो गया। गांधीजी ने पूर्ण स्वराज्य की प्रतिज्ञा लिखी, जिसे सन् 1930 की 26 जनवरी को वसंत पंचमी के दिन प्रात: दस बजे देश भर में एक साथ उठाया जाना था।

नियत तिथि और समय को देश भर में स्वतंत्रता दिवस मनाया गया और सभी ने जिम्मेदारी से प्रतिज्ञा ली—"दासता सहना ईश्वर और देश के प्रति द्रोह है। साम्राज्य के अधीन देश का राजनीतिक-आर्थिक शोषण हुआ है; सामाजिक, नैतिक और आध्यात्मिक पतन हुआ है। इसलिए हम प्रण करते हैं कि जब तक पूर्ण स्वराज्य नहीं मिलेगा तब तक हम इस अधम सत्ता का अहिंसक असहयोग करेंगे और कानून का सविनय भंग करेंगे।"

❑

20

नमक सत्याग्रह और दांडी मार्च

> *''कर्तव्य का बोध सदा दीपक के प्रकाश की भाँति स्पष्ट नहीं होता। सत्य के पुजारी को बहुत बार गोते खाने पड़ते हैं।''*
>
> —**महात्मा गांधी**

देश भर में पूर्ण स्वराज्य पाने की सुगबुगाहट तेज हो गई थी। लेकिन सरकार का प्रतिकार कैसे किया जाए, अभी यह तय नहीं हो पाया था। एक दिन गांधीजी सॉल्ट कमीशन की रिपोर्ट पढ़ रहे थे, तभी नमक कानून पर उनकी दृष्टि पड़ी। सरकार ने मुफ्त में प्राप्त हो सकनेवाले नमक पर कैसा व्यापक कर लगाया था, यह पढ़कर वे हैरान रह गए।

नमक कानून

नमक कानून के अंतर्गत कोई भी भारतीय न तो नमक बना सकता था, न बेच सकता था। गुजरात के तटीय इलाकों में समुद्र का पानी रेत में एकत्र होकर वैसे ही नमक तैयार कर देता था। लेकिन उस नमक को तटवासी मुफ्त में नहीं ले सकते थे, उन्हें उस खनिज के लिए पैसा चुकाना पड़ता था। नमक बेचना और बनाना अपराध था।

गांधीजी के मन में विचार कौंधा कि नमक सबकी जरूरत है। नमक कानून तोड़कर पूर्ण स्वराज्य के लिए प्रत्येक देशवासी की आत्मा को झंकृत किया जा सकता है। तब उन्होंने फैसला किया कि वे स्वयं नमक बनाकर इस सत्याग्रह का आरंभ करेंगे, ताकि वह राष्ट्रव्यापी रूप धारण कर सके। इसके लिए अरब सागर के दक्षिण तटवर्ती छोटे से गाँव दांडी को चुना गया। कार्यक्रम इस प्रकार बनाया गया—गांधीजी के साथ 79 चयनित सहयोगी 12 मार्च, 1930 को साबरमती से दांडी की ओर कूच करेंगे और 6 अप्रैल को गांधीजी नमक कानून तोड़ेंगे। उसी के साथ देश भर में सत्याग्रही इस कानून का उल्लंघन करेंगे।

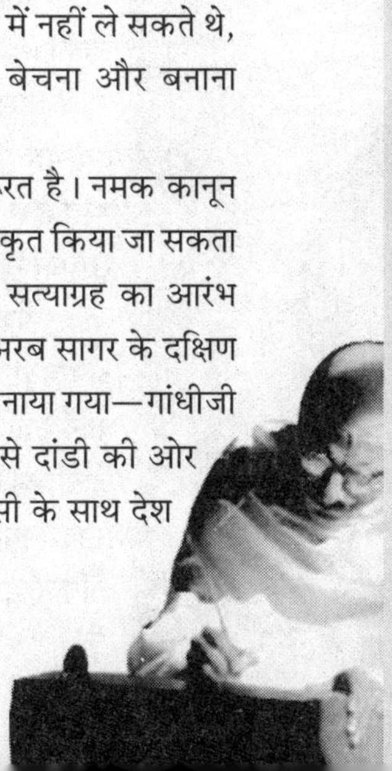

बापू इस कार्य के नेतृत्वकर्ता थे। उनकी गिरफ्तारी की स्थिति में सरोजिनी नायडू कमान सँभालने वाली थीं।

सरदार पटेल और महादेव देसाई को यात्रा का व्यवस्थापक बनाया गया था; लेकिन सरकार इतनी उद्विग्न थी कि उसने सरदार पटेल को 7 मार्च को ही गिरफ्तार करके जेल में डाल दिया।

गांधीजी ने 2 मार्च, 1930 को वायसराय लॉर्ड इरविन को पत्र लिखकर नमक कानून से अपनी असहमति व्यक्त की और उन्हें इस कानून को उठा लेने के लिए 11 मार्च तक का समय दिया। लेकिन जैसा कि पूर्वानुमान था, सरकार की ओर से कोई जवाब नहीं आया। अस्तु, पूर्व निर्धारित कार्यक्रम के अनुसार 12 मार्च, 1930 को दांडी मार्च आरंभ हो गया। यह यात्रा चार जिलों और अड़तालीस गाँवों से होकर गुजरी, जिसमें हजारों लोगों का अभूतपूर्व समर्थन मिला।

यात्रा के दौरान पं. जवाहरलाल नेहरू, मोतीलाल नेहरू तथा अन्य अनेक नेतागण गांधीजी से मिले और पूर्ण स्वराज्य की रणनीति पर विचार किया गया। पच्चीस दिनों में 241 मील की यात्रा के बाद सत्याग्रहियों का यह दल दांडी पहुँचा। अगले दिन 6 अप्रैल, 1930 को गांधीजी ने समुद्र में स्नान किया, ईश्वर की प्रार्थना की और समुद्र-तट से एक मुट्ठी नमक उठाकर नमक कानून को तोड़ा। इसी के साथ देश भर में लाखों लोगों ने भी नमक कानून को सविनय भंग किया।

गांधीजी द्वारा उठाए गए नमक की वह पुड़िया 1,600 रुपए में बिकी।

इस नमक कानून के उल्लंघन ने सारे देश को सरकार के विरुद्ध एकसूत्र में बाँध दिया। अब तक इसे नाटक समझे बैठी अंग्रेज सरकार हरकत में आ गई। दनादन गिरफ्तारियाँ होने लगीं। उसी महीने के अंत तक सरकार ने 60 हजार सत्याग्रहियों को गिरफ्तार करके जेल में डाल दिया।

पेशावर में इस सत्याग्रह की कमान गांधीजी के एक अनन्य अनुयायी खान अब्दुल गफ्फार खाँ के हाथों में थी। उन्होंने अहिंसक कार्यकर्ताओं की एक सेना गठित की थी, जिसे 'खुदाई खिदमतगार' कहा जाता था। इस सेना पर भी फायरिंग की गई, जिसमें सैकड़ों खुदाई खिदमतगार शहीद हुए। पुलिस ने इन पठानों पर तरह-तरह के जुल्म ढाए; लेकिन इन तेज मिजाज पठानों ने हर अन्याय सहकर भी अहिंसक

सत्याग्रह का अभूतपूर्व और अनन्य उदाहरण प्रस्तुत किया। खान अब्दुल गफ्फार खाँ को 23 अप्रैल, 1930 को गिरफ्तार कर लिया गया।

अब तक गांधीजी पर हाथ डालने से बच रही सरकार ने आखिर 5 मई, 1930 को दांडी के निकटवर्ती एक छोटे से गाँव से रात के अँधेरे में उन्हें गिरफ्तार किया और यरवदा जेल में कैद कर दिया।

इस सत्याग्रह में देश के छोटे-बड़े सभी नेता जेल में ठूस दिए गए थे। जगह-जगह जुलूस निकाले जा रहे थे। स्त्री-पुरुष, शिक्षक-विद्यार्थी, मजदूर-व्यापारी, किसान सभी बढ़-चढ़कर आजादी की लड़ाई में योगदान कर रहे थे। विदेशी माल और वस्त्रों का पूर्ण बहिष्कार हो गया था। जेलों में जगह कम पड़ गई तो तंबुओं की जेलें बनाई गईं; क्योंकि ये कैदी स्वेच्छा से कैद होने के लिए आ रहे थे, इसलिए इनके भागने का खतरा भी नहीं था।

ब्रिटिश सरकार ने कांग्रेस को गैर-कानूनी घोषित कर जून 1930 में इसके अध्यक्ष पं. जवाहरलाल नेहरू और बाद में उसके अस्थायी अध्यक्ष बने पं. मोतीलाल नेहरू को भी गिरफ्तार कर इलाहाबाद की नैनी जेल में डाल दिया। बड़े-छोटे सभी नेताओं के जेल में जाने के बाद उनके कामों को महिलाओं ने अपने हाथों में ले लिया। कांग्रेस के अधिकतर दफ्तरों को महिलाओं ने बड़ी खूबी से सँभाला, साथ ही प्रतिदिन होने वाले जुलूसों, धरनों और प्रदर्शनों में बढ़-चढ़कर भागीदारी की।

गांधी-इरविन समझौता

नमक सत्याग्रह से आक्रांत सरकार समझौते की भूमि टटोल रही थी। उसने अपने कुछ प्रतिनिधियों को गांधी और नेहरू से बात करने हेतु भेजा। गांधीजी सुलह-सफाई का कोई भी अवसर चूकना नहीं चाहते थे। उन्होंने अपनी न्यूनतम माँगें लिखकर सरकार तक पहुँचा दीं।

जेल में पं. मोतीलाल नेहरू बहुत बीमार हो गए तो उन्हें छोड़ दिया गया। इसके बाद उनका स्वास्थ्य बराबर गिरता गया। 26 जनवरी, 1931 को जवाहरलाल नेहरू और गांधीजी को भी जेल से रिहा कर दिया गया। बंबई में एक विशाल जनसभा को संबोधित करके वे इलाहाबाद रवाना हो गए। गांधीजी को देखकर बीमार मोतीलाल को बड़ा संबल मिला। कुछ दिन आराम से निकल गए, लेकिन मृत्यु की घड़ी नजदीक थी, जिसे मोतीलालजी ने भाँपकर एक दिन गांधीजी से कहा

था, "मैं तो चला महात्माजी! मैं स्वराज्य नहीं देख पाऊँगा; लेकिन मुझे मालूम है, आपने स्वराज्य जीत लिया है और जल्दी ही आजादी मिलने वाली है।"

6 फरवरी, 1931 को पं. मोतीलाल नेहरू का निधन हो गया।

गांधीजी अभी इलाहाबाद में ही थे, तभी लॉर्ड इरविन ने उन्हें मंत्रणा के लिए न्योता भेजा। दिल्ली में बैठकें हुईं। बैठकों का दौर तीन सप्ताह तक चला। गांधीजी ने कांग्रेस के अन्य नेताओं को भी दिल्ली बुलवा लिया था।

संधि-पत्र तैयार हुआ। कुछ बातें टाली गईं, कुछ माँगें स्वीकृत हुईं और संधि-पत्र पर बापू एवं इरविन ने हस्ताक्षर किए। इस समझौते के बाद नमक सत्याग्रह के सभी कैदियों को रिहा कर दिया गया।

इस समझौते का कुछ लोगों ने विरोध भी किया। सुभाषचंद्र बोस ने भी इससे अपनी असहमति प्रकट की थी; लेकिन कांग्रेस ने उसका अनुमोदन कर दिया था।

❑

21 गोलमेज सम्मेलन और कम्युनल अवार्ड

> *''सत्य और अहिंसा से शरीर, बुद्धि और आत्मा की सब शक्तियों का विकास होता है। अगर हमारी सब शक्तियों का विकास सत्य और अहिंसा द्वारा नहीं होता तो हम ही झूते हैं।''*
>
> **—महात्मा गांधी**

गांधी-इरविन समझौते की वास्तविकता जल्द ही लोगों के सामने प्रकट हो गई। दिखावे का यह समझौता एक छलावा साबित हुआ। वास्तव में सरकार का दमन-चक्र रुका ही नहीं था। बंगाल में अभी भी धर-पकड़ जारी थी। छोटे-छोटे काल्पनिक अपराधों के लिए लोग बरसों से जेलों में सड़ रहे थे। सत्याग्रहियों को आम अपराधियों की तरह बेरहमी से दंडित किया जा रहा था। उत्तर प्रदेश में भी ब्रिटिश सरकार का दमन-चक्र जारी था। बकाया लगान जबरदस्ती वसूला जा रहा था। यह समझौते का सरासर उल्लंघन था। किंतु सरकार को इस पर जरा भी शर्मिंदगी नहीं थी।

इसी बीच लॉर्ड इरविन के स्थान पर लॉर्ड विलिंग्डन भारत के वायसराय बनाए गए, जो पहले बंबई के गवर्नर थे। विलिंग्डन सरकार के अधिक स्वामीभक्त थे। वे गांधीजी को 'खुराफाती जीव' मानते थे और उन्हें 'काला पानी' की सजा देने के पक्षधर थे।

लॉर्ड विलिंग्डन के शासन काल में भारत में सरकारी दमन का चाबुक अधिक तेजी से चलने लगा। ऐसे ही वातावरण में सरकार ने इंग्लैंड में गोलमेज सम्मेलन का आयोजन किया।

गोलमेज सम्मेलन

लंदन में आयोजित होनेवाले इस गोलमेज सम्मेलन में अधिकतर प्रतिनिधि सरकार के चाटुकार थे, जिन्हें गरीब जनता से कोई लेना-देना नहीं था; सिर्फ अपना हित साधना और सरकार को प्रसन्न रखना ही उनका मकसद था। ऐसे में जब कांग्रेस ने उस सम्मेलन के प्रति कोई रुचि प्रकट नहीं की तो वायसराय

गांधीजी को इस हेतु सहमत करने का प्रयास करते रहे।

अंत में कांग्रेस की ओर से महात्मा गांधी को प्रतिनिधि मनोनीत किया गया। सरोजिनी नायडू को भारतीय महिलाओं की प्रतिनिधि के रूप में भेजा गया। स्वतंत्र प्रतिनिधियों के रूप में घनश्याम दास बिड़ला, पं. मदनमोहन मालवीय आदि लोग भी गोलमेज सम्मेलन में शामिल हुए।

सम्मेलन में गांधीजी ने स्पष्ट शब्दों में सरकार को चेताया कि भारत की जनता स्वतंत्रता चाहती है और इसके लिए उसने कमर कस ली है।

सम्मेलन में शामिल डॉ. अंबेडकर, आगा खाँ इत्यादि प्रतिनिधियों ने अपनी-अपनी माँगें रखीं और जैसा कि सरकार चाहती थी, यह सम्मेलन सांप्रदायिक माँगों की सौदेबाजी की भेंट चढ़ गया। गांधीजी की आजादी की माँग पर उन प्रतिनिधियों को न तो एकमत होना था, न वे हुए ही। इस प्रकार यह सम्मेलन बिना किसी नतीजे के समाप्त हो गया।

इस यूरोप प्रवास के दौरान गांधीजी पेरिस गए। वहाँ से स्विट्जरलैंड जाकर वे रोम्याँ रोलाँ से मिले। रोम में पोप से मिले। इटली के तानाशाह मुसोलिनी से भी मिले।

अगस्त 1931 में शुरू हुई यह यात्रा दिसंबर 1931 में समाप्त हुई। इस दौरान देश में सरकार ने सांप्रदायिकता का विष गहरे फैला दिया था। देश में स्थान-स्थान पर जातीय दंगे हो रहे थे। ऐसे ही सांप्रदायिक उन्माद के शुरुआती दौर में एक उन्मादी युवक ने छुरा मारकर दिल्ली में स्वामी श्रद्धानंद की भी हत्या कर दी थी। इस बार सांप्रदायिकता की यह आग युवा नेता गणेशशंकर विद्यार्थी को लील गई। जब वह कानपुर में सांप्रदायिकता की आग को बुझाने का प्रयास कर रहे थे, तभी कुछ उन्मादी लोगों ने उनकी हत्या कर दी।

बापू इन घटनाओं से बहुत दुःखी थे। वायसराय से उनका पत्र-व्यवहार जारी था;

लेकिन कथनी से उलट सरकार निहत्थे और अहिंसक सत्याग्रहियों पर आतंकियों की तरह ज्यादती कर रही थी। बापू ने जब सरकार को ललकारकर चुनौती दी कि 'आजादी के लिए वे 10-20 लाख लोगों की आहुति देने से भी नहीं हिचकिचाएँगे', तो लॉर्ड विलिंग्डन ने उन्हें भी बंदी बनाने का मन बना लिया।

4 जनवरी, 1932 को महात्मा गांधी, सरदार पटेल और महादेव देसाई को पकड़कर जेल में डाल दिया गया। जुलूसों, सभाओं, भाषणों, सम्मेलनों पर प्रतिबंध लगा दिया गया। कांग्रेस को अवैध घोषित कर दिया गया। लोगों के बैंक खाते सील कर दिए गए। संपत्तियाँ जब्त कर ली गईं। प्रेस की स्वतंत्रता छीन ली गई। कोड़ों से मारने, तिरंगे को उतारकर फाड़ देने, जलाने या रौंदने जैसी घटनाओं से भारतीय जनता को अपमानित किया जाता था।

कम्युनल अवार्ड

भारत को जातीय आधार पर तोड़ने के लिए सरकार ने सांप्रदायिक विष-बीज तो बोया ही, तत्कालीन ब्रिटिश प्रधानमंत्री रेमसे मैकडोनल्ड ने 'कम्युनल अवार्ड' नामक एक विवादास्पद चुनाव-पद्धति लाने की कोशिश भी की। गांधीजी ने गोलमेज सम्मेलन के दौरान ही इसका कड़ा विरोध किया था। तब सरकार ने उन्हें आश्वासन दिया था कि उनसे चर्चा किए बिना इसे लागू नहीं किया जाएगा। लेकिन अब सरकार फिर से इस अवार्ड को लागू करने की दिशा में काम करने लगी थी।

'कम्युनल अवार्ड' जाति-आधारित मतदान प्रणाली की नींव पर टिका हुआ था। सरल शब्दों में कहें तो इसके लागू होने के बाद हरिजन केवल हरिजन को ही मत दे सकता था, वह चाहकर भी किसी ब्राह्मण या बनिए को नहीं चुन सकता था। इसी प्रकार ईसाई, ब्राह्मण आदि लोग अपनी ही जाति के लोगों का निर्वाचन कर सकते थे। इसके आधार पर देश में रहनेवाले सभी धर्मों के लोगों की अलग-अलग मतदाता सूची तैयार की जानी थी।

यह स्थिति छुआछूत से भी भयंकर थी, क्योंकि इससे तो देश विभिन्न जाति-समूहों के छोटे-छोटे वर्गों में बँट जाने वाला था। गांधीजी इस अवार्ड की विभीषिका को समझ गए थे, लेकिन सरकार इसमें अपना हित देख रही थी। एकजुट भारत के स्थान पर टुकड़ों में बँटे देश पर वह अधिक बेहतर तरीके से शासन कर सकती थी—यह वह बखूबी समझती थी। अतः वह 'कम्युनल अवार्ड' की इस चुनाव-पद्धति को लागू करने पर तुली हुई थी।

गांधीजी ने जेल से ही इस चुनाव-पद्धति के प्रति अपना कड़ा विरोध दर्ज कराया और इसके विरुद्ध आमरण अनशन करने का निश्चय किया। इसी दौरान अस्पृश्यों के लिए उन्होंने 'हरिजन' शब्द का प्रयोग करना आरंभ किया।

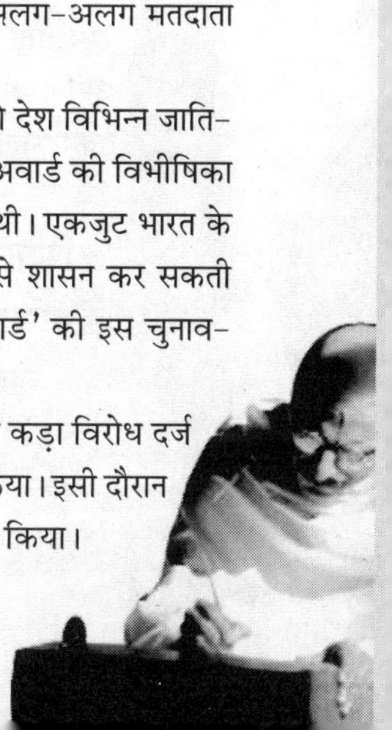

20 सितंबर, 1932 को कम्युनल अवार्ड के विरोध में गांधीजी ने आमरण अनशन शुरू कर दिया। गुरुदेव रवींद्रनाथ टैगोर भी इस अवार्ड के विरोधी थे। उन्होंने तार भेजकर बापू को आशीर्वाद दिया। इससे गांधीजी को बड़ा संबल मिला। इसे उन्होंने शिरोधार्य किया।

देशहित के चिंतन और आधे-अधूरे अल्पाहार ने गांधीजी को पहले ही हड्डियों का पिंजर मात्र बना दिया था, इस उपवास ने उन्हें तोड़कर रख दिया। देश भर में इस उपवास को लेकर सरकार के प्रति तीखी प्रतिक्रिया हुई। लोगों ने गांधीजी के मंतव्य को समझते हुए छुआछूत के भेदभाव को छोड़कर हरिजनों का स्वागत किया। जगह-जगह उनका अभिनंदन किया गया। मंदिरों के द्वार उनके लिए खोल दिए गए।

सरकार ने जैसा सोचा था, उसका उलटा हुआ तो उसके चाटुकार समझौते के लिए सक्रिय हो गए। अंत में 'कम्युनल अवार्ड' के स्थान पर हरिजनों के लिए आरक्षित सीट बनाने का निर्णय हुआ। इन आरक्षित चुनाव-क्षेत्रों में हरिजन के अलावा अन्य कोई हिंदू-मुसलिम उम्मीदवार खड़ा नहीं हो सकता था। इन उम्मीदवारों को सभी वर्ग के लोग मिलकर चुनने वाले थे। यह व्यवस्था गांधी, अंबेडकर आदि सभी नेताओं को पसंद आई। गांधीजी तो वैसे भी समाज के इस उपेक्षित वर्ग को राष्ट्र की मुख्यधारा से जोड़ना चाहते थे, अतः इस व्यवस्था का उन्होंने खुले दिल से स्वागत किया। इस पर विचार-विमर्श हुआ और समझौता हो गया। छह दिन के बाद 26 सितंबर, 1932 को गांधीजी ने अपना आमरण अनशन समाप्त कर दिया। इसी के साथ सरकार ने 'कम्युनल अवार्ड' रद्द कर दिया।

'हरिजन' अखबार

जेल जीवन पुनः आरंभ हो गया। गांधीजी के 'नवजीवन' और 'यंग इंडिया' अखबार सरकार ने पहले ही सील कर दिए थे। फरवरी 1933 में उन्होंने जेल में रहकर ही 'हरिजन' (अंग्रेजी), 'हरिजन बंधु' (गुजराती) और 'हरिजन सेवक' (हिंदी) अखबारों का प्रकाशन

आरंभ किया। इनके माध्यम से वे सदियों से दबे-कुचले हरिजनों के प्रति लोगों का हृदय परिवर्तन करने का प्रयास करने लगे।

इसी क्रम में, हरिजनों के प्रति सदियों से होते आए अस्पृश्यता के पाप के प्रायश्चित्त के लिए उन्होंने इक्कीस दिनों का उपवास रखने का निर्णय लिया। उनके इस निर्णय का बहुत से लोगों ने विरोध किया। सरकार को जरा भी भरोसा नहीं था कि इक्कीस दिन का उपवास करके पैंसठ वर्षीय कृशकाय गांधीजी जीवित रह पाएँगे। वह उनकी मृत्यु को अपने सिर लेने के लिए बिलकुल तैयार नहीं थी। वैसे भी जेल में गांधीजी को नौ महीने हो गए थे, इसलिए उपवास के दूसरे दिन ही उन्हें रिहा कर दिया गया।

गांधीजी यरवदा जेल से पूना में अपनी पारिवारिक मित्र लेडी ठाकरसी के यहाँ आ गए। यहाँ उनके उपवास जारी रहे। और सभी की आशा के विपरीत 29 मई, 1933 को जीवटवाले गांधीजी का आत्मशुद्धि उपवास समाप्त हुआ।

❑

22 हरिजन सेवा से सेवाग्राम तक

''जो मनुष्य अपने को और जगत् को धोखा नहीं देता, वह अंततः आगे निकल जाता है।''

—महात्मा गांधी

इक्कीस दिनों के उपवास ने गांधीजी को अशक्त कर डाला था। एक महीने के विश्राम के बाद जब उनका शरीर कुछ सँभला तो वे अहमदाबाद गए। सत्याग्रह आश्रम का उन्होंने त्याग कर दिया था और यह प्रण लिया था कि जब तक देश आजाद नहीं हो जाएगा, वह आश्रम में प्रवेश नहीं करेंगे। इधर, सरकारी दमन के चलते हजारों लोगों के जमीन-जायदाद, खेत-मकान, पशु-धन आदि जब्त हो गए थे। ऐसे में गांधीजी ने अपना साबरमती आश्रम भी सरकार को दे देने का निश्चय किया। वहाँ के निवासियों के लिए उन्होंने कहीं और रहने का इंतजाम कर दिया था। लेकिन इससे पहले कि वे इस विषय में आगे कदम उठाते, सरकार ने 1 अगस्त, 1933 को कस्तूरबा गांधी और महादेव देसाई के साथ उन्हें गिरफ्तार करके पुनः यरवदा जेल भेज दिया। जेल में उनकी हरिजन सेवा को प्रतिबंधित कर दिया गया। सरकार नहीं चाहती थी कि हरिजन सहित सभी देशवासी एकता के सूत्र में बँधें; क्योंकि इससे उसका अस्तित्व डगमगाने लगता था।

इस अनैतिक ज्यादती के विरुद्ध गांधीजी ने 16 अगस्त, 1933 से पुनः उपवास आरंभ कर दिया। एक-एक दिन बीतते-बीतते यह लगने लगा कि अब बापू नहीं बचेंगे। उन्होंने अपने प्रयोग में आनेवाली चीजें एक-एक करके दान करवानी आरंभ कर दीं। कस्तूरबा भरी आँखों से अपने पति का कहा मानती रहीं।

सरकार को अब विश्वास हो गया था कि उनकी राह का सबसे बड़ा 'काँटा' अब निकलने ही वाला है। उनकी मौत के दोष से बचने के लिए सरकार ने पूर्व की भाँति इस बार भी 23 अगस्त, 1933 को उन्हें

रिहा कर दिया। फिर से उन्हें पूना में लेडी ठाकरसी के यहाँ रखा गया।

वहाँ भी गांधीजी मृतप्राय हो गए थे। उनकी जिजीविषा चुक गई थी। हाथ तक अपने आप नहीं उठाया जाता था। ऐसे में दीनबंधु एंड्रूज को इंग्लैंड से बुलवाया गया। अपने परम मित्र को आया देख गांधीजी थोड़े सचेत हुए। दीनबंधु ने उनमें जिजीविषा पैदा की। धीरे-धीरे वे सँभलने लगे। अभी उनका कार्यकाल बाकी था, इसलिए वे अच्छे हो गए। हाथ-पैरों में जान पड़ते ही बापू पुनः अहमदाबाद पहुँचे। सन् 1934 में उन्होंने 'हरिजन संघ' की स्थापना की और साबरमती आश्रम को हरिजन सेवा में दान-स्वरूप दे दिया। इसके बाद उन्होंने देश भर में घूम-घूमकर हरिजन कल्याण के लिए धन इकट्ठा करना शुरू किया।

बिहार में भूकंप

15 जनवरी, 1934 को बिहार में भयंकर भूकंप आया। 15 हजार से अधिक लोग इस भूकंप की भेंट चढ़ गए। हजारों-हजार लोग घायल हुए। जैसी की अपेक्षा थी, सरकार ने इस दैवी प्रकोप में लोगों को दैव भरोसे छोड़ दिया। गांधीजी फौरन घटनास्थल पर पहुँचे। उनके वहाँ पहुँचते ही बंबई और अहमदाबाद के धनी लोगों ने पीड़ितों की सहायता के लिए धन की वर्षा आरंभ कर दी। डॉ. राजेंद्र प्रसाद और आचार्य कृपलानी जैसे लोग पहले ही राहत कार्यों में जुटे हुए थे। गांधीजी को देख वे नई ऊर्जा के साथ राहत कार्यों में जुट गए।

कंबल, दवाइयाँ, अनाज, दूध, वस्त्र आदि जरूरतमंदों तक पहुँचने लगे। इस दौरान गांधीजी छह महीने तक बिहार के गाँव-गाँव में घूमे और लोगों को स्वावलंबी बनने के लिए प्रेरित करते रहे। उन्होंने अपनी इस पूरी यात्रा के दौरान 10 करोड़ से अधिक लोगों को छुआछूत की कुरीति से बचने के बारे में समझाया। उन्होंने 12 हजार 500 मील की यात्रा की और हिंदू, मुसलिम, सिख, छोटे-बड़े, ऊँचे-नीचे—सभी वर्गों के लोगों को एकसूत्र में पिरोया। उनके इस प्रयास से सैकड़ों वर्षों से जमी अस्पृश्यता की जड़ें हिल गईं। कुछ लोगों को उनका यह प्रयास नागवार गुजरा। ऐसे ही कुछ असामाजिक तत्त्वों ने जून 1934 में पूना में उन पर बम से हमला भी किया; लेकिन उनका कुछ नहीं बिगड़ा।

वर्धा की मगनबाड़ी

दरिद्र नारायण के उद्धार के लिए इतनी लंबी यात्रा के बाद गांधीजी वर्धा आ गए। यहाँ सेठ जमनालाल बजाज ने अपना एक बगीचा आग्रहपूर्वक उन्हें रहने के लिए दे दिया। गांधीजी ने उसका नाम 'मगनबाड़ी' रखा और सहयोगियों साथ वहाँ रहने लगे।

मगनबाड़ी में हाथ से चप्पल बनाना, कागज बनाना, कताई-बुनाई, चरखा बनाना, मिट्टी के सुंदर बरतन बनाना जैसे ग्रामोद्योग और खादी विकास के अभिनव प्रयोग हुए। गांधीजी ने राजनीति को तिलांजलि देकर ग्राम विकास पर अपना पूरा ध्यान केंद्रित कर लिया था। देश के बड़े नेतागण जरूरत पड़ने पर वहीं आकर उनका मार्गदर्शन लिया करते थे।

सन् 1935 का विधान

इस विधान के अंतर्गत ब्रिटिश सरकार ने अपना दमन-चक्र कम करके देशवासियों को कुछ राजनीतिक अधिकार हस्तगत किए थे। इसके अंतर्गत वित्त, रक्षा और अंतरराष्ट्रीय मामलों को अपने अधीन छोड़कर देशवासियों को प्रांतीय सरकार चुनने का अधिकार प्रदान किया। गांधीजी को यह नीति ठीक नहीं लगी; परंतु देश के अन्य कांग्रेसी नेता इसे आजमाने के पक्षधर थे। इसी परिप्रेक्ष्य में सन् 1935 में देश में प्रांतीय विधानसभाओं के चुनाव हुए। इसमें बारह में से नौ प्रांतों में कांग्रेस को विजय प्राप्त हुई।

सेवाग्राम

कांग्रेस सरकारों को जाग्रत् बनाए रखने के लिए गांधीजी ने उन्हें देश को तरक्की के रास्ते पर आगे ले जाने का आह्वान किया और स्वयं वर्धा के पास एक ऊबड़-खाबड़, बंजर और साँप-बिच्छुओं से भरे गाँव

में जाकर रहने लगे। उन्होंने फैसला किया था कि जब तक देश के आखिरी गाँव तक बिजली नहीं पहुँचेगी तब तक वे अँधेरे गाँव में रहेंगे। इस उजाड़ गाँव में वर्धा से पैदल चलकर जाना पड़ता था। बरसात में बुरा हाल हो जाता था। धीरे-धीरे यहाँ झोंपड़ियाँ बनती गईं और गांधीजी के प्रेमियों की बस्ती आबाद हो गई। पहले इस गाँव का नाम 'सेगाँव' था, जिसे बाद में बदलकर 'सेवाग्राम' कर दिया गया। गांधीजी के बसने से इस गाँव में जंगल में मंगल हो गया था। यहाँ पं. जवाहरलाल नेहरू, विजयलक्ष्मी पंडित, चक्रवर्ती राजगोपालाचारी, खान अब्दुल गफ्फार खाँ, डॉ. राजेंद्र प्रसाद, आचार्य कृपलानी, आचार्य नरेंद्र देव आदि महानुभावों का सतत आना-जाना लगा रहता था।

❑

23 द्वितीय महायुद्ध

''जहाँ स्वतंत्र विचार या आचार नहीं होता वहाँ धर्म भी नहीं होता—और जहाँ धर्म नहीं होता वहाँ लोगों का नाश अवश्यंभावी है।''

—महात्मा गांधी

प्रांतीय सरकारें ठीक प्रकार से काम कर रही थीं। उनके शासन में देश में कुछेक विकास योजनाएँ आरंभ हुई थीं। लेकिन तभी 3 सितंबर, 1939 से द्वितीय महायुद्ध छिड़ गया। ब्रिटिश सरकार के नवनियुक्त प्रधानमंत्री विंस्टन चर्चिल ने भारत को भी अपनी ओर से इस युद्ध में शामिल कर लिया था।

ब्रिटिश सरकार ने कांग्रेस व अन्य दलों के नेताओं से पूछे बिना यह निर्णय लिया और भारत की धन-संपत्ति को युद्ध की आग में झोंक दिया। यहाँ से सैकड़ों नौजवानों को जबरन सेना में भरती किया और उन्हें अपनी सीमाओं की सुरक्षा में जर्मन सेना के आगे मरने के लिए खड़ा कर दिया गया।

कांग्रेस ने सरकार के इस व्यवहार का कड़ा विरोध किया और नौ प्रांतों के उसके मंत्रिमंडलों ने इस्तीफा दे दिया। गरीब जनता एक बार फिर अंग्रेजी अफसरों के जुल्मों तले पिसने लगी।

च्यांगकाई शेक मिशन

सरकार को ज्ञात था कि जनता को वश में करने और देश-दोहन की चाबी कांग्रेस के हाथों में है, अतः उसने कांग्रेस से सुलह-सफाई की कोशिशें जारी रखीं। सन् 1940-41 में चीन के राष्ट्रपति च्यांगकाई शेक अपनी पत्नी चुंग लींग शेक के साथ भारत की यात्रा पर आए। यहाँ वे कई नेताओं से मिले। बापू से भी मिले। शेक ने यहाँ के नेताओं को यह समझाने की कोशिश की कि संकट की इस घड़ी में प्रत्येक भारतीय का यह कर्तव्य है कि वह तन-मन-धन से अंग्रेजी सरकार और सम्राट् को सहयोग प्रदान

करे। युद्ध के लिए प्राकृतिक संसाधनों के साथ-साथ मानवीय संसाधन (जैसे नौजवान सैनिक) भी जुटाए। लेकिन शेक की दाल यहाँ नहीं गली। उन्हें बैरंग लौटना पड़ा। बाद में गांधीजी ने उन्हें 'एक कुटिल और धूर्त व्यक्ति' करार दिया।

क्रिप्स मिशन

ब्रिटिश सरकार को अभी भी उम्मीद थी कि कांग्रेस को वह मना लेगी, इसलिए च्यांगकाई शेक के असफल होने के बाद उसने अपने एक और प्रतिनिधि स्टेफर्ड क्रिप्स को मार्च 1942 में बातचीत के लिए भारत भेजा। क्रिप्स ने कांग्रेसी नेताओं और बापू से मिलकर पुरानी बातें दोहराईं; लेकिन ये नेतागण देश की आजादी का ठोस आश्वासन चाहते थे। जबकि क्रिप्स इस इरादे से आए थे कि भारत के नेतागण युद्ध की सार्वजनिक घोषणा करके तन-मन-धन से ब्रिटिश सरकार के साथ खड़े हो जाएँ। लेकिन ऐसा नहीं होने पर उन्हें भी खाली हाथ इंग्लैंड वापस लौटना पड़ा।

इसे एक विडंबना ही कहना चाहिए कि एक ओर इंग्लैंड अपने मित्र राष्ट्रों के साथ हिटलर के तानाशाही शासन के विरुद्ध लोकतंत्र की रक्षा की खातिर एक धर्मयुद्ध लड़ रहा था; वहीं भारत के लोकतंत्र को, भारत के लोकमत को भीषण निरंकुशता और बर्बरता से कुचलते हुए यहाँ चरम तानाशाही शासन कर रहा था। इन्हीं तत्त्वों के चलते बापू और अन्य कांग्रेसी नेता ब्रिटिश

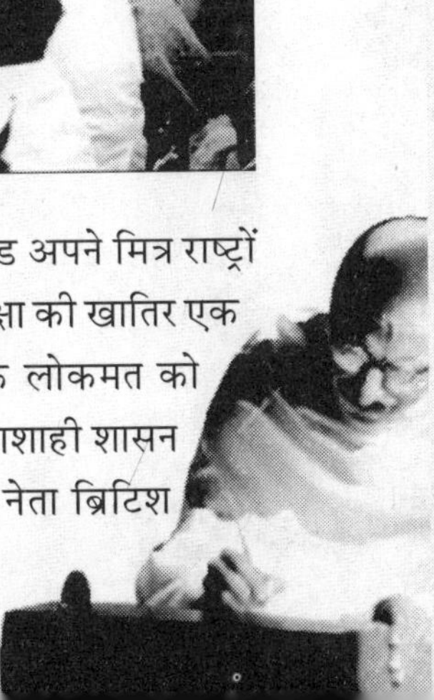

सरकार से असहयोग की नीति पर अडिग थे, जो कि तात्कालिक आवश्यकता भी थी।

इंग्लैंड की अदूरदर्शी नीति के कारण ही जापान भारत पर आँखें तरेरने लगा था। जापान ने बर्मा, सिंगापुर और मलाया को ब्रिटिश फौज से छीन लिया था। खतरा भारत पर भी मँडरा रहा था। बापू को भय था कि अगर जापान ने भारत के किसी हिस्से पर कब्जा कर लिया तो दो स्तरों पर आजादी की लड़ाई लड़ना कठिन हो जाएगा। गांधीजी की यह आशंका बेबुनियाद नहीं थी। जब क्रिप्स मिशन भारत में था तब जापानी पनडुब्बियाँ भारतीय समुद्री सीमा में गश्त लगाकर जासूसी करती थीं। आसमान से भी हवाई हमले का भय बना हुआ था। लेकिन ईश्वर की कृपा से देश इस विपत्ति से बच गया और खतरा टल गया।

इन्हीं हालात पर विचार करके 14 जुलाई, 1942 को भारतीय राष्ट्रीय कांग्रेस ने एक प्रस्ताव पारित करके ब्रिटिश सरकार से पूर्ण स्वराज्य की माँग की। प्रस्ताव में कहा गया था कि यदि सरकार उनकी माँग को नहीं मानेगी तो नागरिक अवज्ञा आंदोलन चलाया जाएगा।

कुछ कांग्रेसी इस प्रस्ताव के विरुद्ध भी थे। सरदार पटेल और डॉ. राजेंद्र प्रसाद इसका खुले तौर पर समर्थन करनेवालों में थे।

□

24

अंग्रेजो, भारत छोड़ो!

"मुझे धन–दौलत नहीं चाहिए, मान–सम्मान नहीं चाहिए, भारत का राज्य नहीं चाहिए, मुझे तो भारत की आजादी चाहिए।"

—महात्मा गांधी

क्रिप्स मिशन की असफलता से ब्रिटिश प्रधानमंत्री विंस्टन चर्चिल की बौखलाहट बढ़ गई। ब्रिटिश सरकार द्वारा भारत पर नए-नए कर थोप दिए गए। जरूरी वस्तुओं के दाम आसमान छूने लगे। सभा, सम्मेलन, बैठक, भाषण, बोलना, पत्र लिखना—सब प्रतिबंधित कर दिए गए। भारतीयों की सभी सुविधाओं को छीनकर ब्रिटिश सैनिकों के लिए आरक्षित कर दी गईं। पूरे देश को एक विशाल नजरबंदी शिविर में बदल दिया गया।

'करो या मरो'

यह समय निर्णायक लड़ाई का था। बापू ने मन बना लिया था—आजादी अभी नहीं तो कभी नहीं। 7 अगस्त, 1942 को वे वर्धा से बंबई के लिए रवाना हुए। 8 अगस्त की शाम को बंबई में अखिल भारतीय कांग्रेस कमेटी के बंबई सत्र में अंग्रेजो, 'भारत छोड़ो' प्रस्ताव पास हुआ। गांधीजी ने बंबई के गोवालिया टैंक मैदान (अब अगस्त क्रांति मैदान) से देश की जनता को संबोधित करते हुए 'करो या मरो' का नारा दिया। उन्होंने जनता से कहा कि वे स्वतंत्र देश के नागरिक की तरह व्यवहार करें। ब्रिटिश सरकार के किसी भी आदेश को न मानें।

चक्रवर्ती राजगोपालाचारी को 'भारत छोड़ो' की माँग उचित नहीं लगी। इसके विरोध में 8 अगस्त, 1942 को उन्होंने कांग्रेस की सदस्यता से इस्तीफा दे दिया। इस कारण बाद में वे गिरफ्तारी से बच गए। लेकिन गांधीजी और महादेव देसाई को उसी रात बिड़ला हाउस से गिरफ्तार कर पूना के आगा खाँ महल कारागार में कैद कर दिया गया।

पिछली रात्रि को ही बापू ने 'करो या मरो' का अपना भाषण स्वामी आनंद को छपवाकर प्रसारित करने को दे दिया था। उन्होंने बापू की गिरफ्तारी

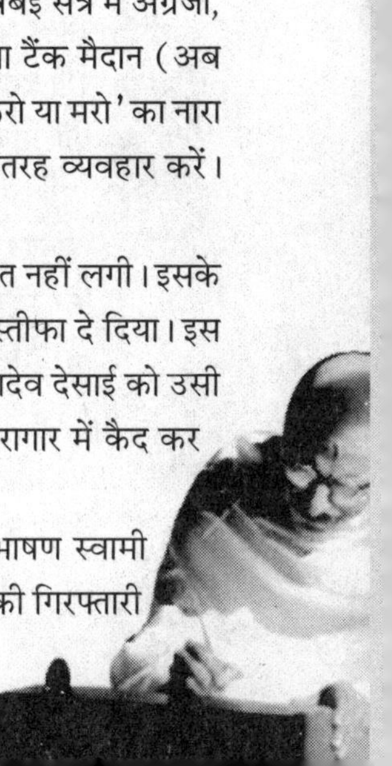

की खबर सहित उस भाषण की 10 हजार प्रतियाँ छपवाईं और रातोरात विभिन्न रेलों एवं अज्ञात मुसाफिरों द्वारा देश भर में बँटवा दी थीं।

अगस्त क्रांति

9 अगस्त, 1942।

सुबह देश भर में गांधीजी की गिरफ्तारी की खबर जंगल में आग की तरह फैल चुकी थी। लोग सड़कों, गलियों और चौराहों पर इकट्ठे होने लगे थे।

सरकार ने 'भारत छोड़ो' प्रस्ताव को नामंजूर करके देश के सभी नेताओं को अज्ञात स्थानों पर कैद कर दिया था। अब सारी ताकत जनता के हाथों में थी। जनता स्वयं सरकार थी। इस दिन अहिंसक क्रांति के साथ कुछ हिंसक घटनाएँ भी हुईं। डाकखाने, पुलिस थाने, सरकारी भवन आदि आग की भेंट चढ़े। रेल पटरियाँ उखाड़ी गईं।

एक तरफ ब्रिटेन प्रजातंत्र की रक्षा की खातिर जर्मन तानाशाह हिटलर से जूझ रहा था, दूसरी ओर भारतीयों की लोकतंत्र की माँग को अपनी तानाशाही से पैरों तले रौंद रहा था।

उस दिन देश भर में निकले शांति जुलूसों पर अंग्रेजी फौज ने निर्ममतापूर्वक दनादन गोलीबारी की। हजारों लोग मारे गए। सरकार ने सोचा था कि इस दमन से वह नेतृत्वविहीन जनता के पौरुष को कुचलकर रख देगी, लेकिन यह उसकी करारी भूल साबित हुई, जो आगे जाकर देश की आजादी की कुंजी बनी।

गांधीजी के 'करो या मरो' के नारे ने देश के बच्चे-बच्चे को आजाद भारत का सैनिक बना दिया था। लोगों ने सरकार का बहिष्कार कर दिया था। सरकारी दफ्तरों, कारखानों आदि में सामूहिक हड़ताल कर दी गई थी। कारखानों के मजदूर नेताओं ने आजादी की लड़ाई का ध्वज थाम लिया था।

सरकार ने धर-पकड़ तेज कर दी थी। अगस्त क्रांति के इस दौर में उसने देश भर में 1 लाख से अधिक लोगों को गिरफ्तार किया था।

9 अगस्त को ही कस्तूरबा गांधी को भी गिरफ्तार कर लिया गया।

उन्हें भी आगा खाँ महल के कारागार में पहुँचा दिया गया।

बड़ा आघात

शनिवार, 15 अगस्त, 1942। आगा खाँ जेल में बहुत हलचल थी। उस दिन जेलों के महानिरीक्षक कर्नल भंडारी आने वाले थे। कैदी लोग फुरती से झाड़-बुहार में लगे थे। एकाएक बा और बापू को समाचार मिला कि महादेव भाई को दिल का दौरा पड़ा है। दोनों दौड़े-दौड़े कमरे में पहुँचे।

महादेवजी खटिया पर पड़े छटपटा रहे थे। बापू ने पुकारा, ''महादेव, महादेव!''

बा करुण स्वर में बोलीं, ''महादेव! बापूजी बुलाते हैं।''

लेकिन अब महादेव जवाब देने के लिए इस दुनिया में नहीं बचे थे।

महादेव देसाई

महादेव देसाई का जन्म 1 जनवरी, 1892 को सूरत के नजदीक एक गाँव में हुआ था। वे बचपन से ही कुशाग्र बुद्धि के थे। गांधीजी से उनकी पहली भेंट नवंबर 1916 में गोधरा (गुजरात) में एक कार्यक्रम के दौरान हुई। वहीं से वे गांधीजी से जुड़े तो आखिरी साँस तक उनके मानस पुत्र, सखा, सेवक और सचिव की तरह रहे। गांधीजी उन्हें अपने पुत्रों से अधिक चाहते थे और अपना उत्तराधिकारी तक घोषित कर दिया था।

गांधीजी का पूरा पत्र-व्यवहार, बैठकें, मुलाकातें, उनके गुजराती लेखों का हिंदी/अंग्रेजी में अनुवाद, संपादन, उनकी दिनचर्या/साप्ताहिकी का विवरण महादेव अकेले सँभालते थे। महादेव गुजराती, अंग्रेजी, मराठी, बंगाली और संस्कृत भाषा के उद्भट विद्वान् थे। गुरुदेव रवींद्रनाथ टैगोर के अनेक गीतों और शरत् चंद्र चट्टोपाध्याय की कहानियों का उन्होंने सुंदर भावानुवाद किया था।

गांधीजी की आत्मकथा मूलतः गुजराती में लिखी गई थी। उसका अंग्रेजी अनुवाद 'माई एक्सपेरिमेंट्स विद ट्रुथ' महादेव भाई देसाई ने ही किया था। कालिदास का 'रघुवंश', विलियम स्कॉट का 'लेडी ऑफ लेक' आदि काव्य रचनाएँ उन्हें कंठस्थ थीं। उनकी प्रतिभा को पं० नेहरू, पटेल, डॉ. राजेंद्र प्रसाद,

चित्तरंजनदास जैसे नेतागण प्रणाम करते थे।

वे उन्हें अपनी तरफ झुकाने का प्रयास करते थे; लेकिन वे उम्र भर गांधीजी के अनन्य भक्त की तरह रहे।

सन् 1937 में जब देश को प्रांतीय स्वराज्य का अधिकार मिला तो कई प्रांतों में कांग्रेस की सरकारें बनीं। महादेवजी को महाराष्ट्र प्रांत से मंत्रिमंडल में शामिल होने का निमंत्रण मिला; लेकिन उसे आग्रहपूर्वक अस्वीकार करके उन्होंने गांधीजी की सेवा में ही अपनी आस्था प्रकट की। यह आस्था उनकी अंतिम साँस तक एकनिष्ठ रही।

उनकी मृत्यु ने गांधीजी को भीतर तक झकझोर डाला था। मानो दिल का एक टुकड़ा टूट गया। बापू कुछ देर महादेवभाई को निहारते रहे, शायद वे उठें। लेकिन कालचक्र उलटा नहीं घूमता—और न ही घूमा।

बापू ने स्वयं महादेवजी के पार्थिव शरीर को स्नान कराया, श्वेत वस्त्र पहनाए और सजल नेत्रों से अंतिम विदाई दी।

पत्थर दिल सरकार ने पिता की मृत्यु पर उसके एकमात्र पुत्र नारायण देसाई और पत्नी दुर्गाबेन को न तो समाचार भेजने की जहमत उठाई, न बाद में बापू से मिलने दिया। उन्होंने सेवाग्राम से ही आजादी के इस शहीद को अंतिम विदाई देकर अपने दिल पर पत्थर रख लिये।

❑

25

आगा खाँ जेल में

''जो मात्र अपने या अपनी जाति के कल्याण की ही कामना करता है, वह स्वार्थी है—और उसका कल्याण कभी नहीं होता।''

—महात्मा गांधी

कालचक्र घूमता रहा। सारा देश एक बड़े नजरबंदी शिविर में परिवर्तित हो गया था। अंग्रेजी हुकूमत की यातनाएँ चरम पर थीं। देश भर में निर्धनता ने अपने पैर पसार लिये थे। भूख से लोग मर रहे थे। बंगाल में लाखों लोग अकाल की भेंट चढ़ गए थे।

देश की इस उथल-पुथल के बीच गोरी फौज मौज-मस्ती कर रही थी। स्त्रियों की अस्मत लूटी जा रही थी और दमन-चक्र जारी था।

एक और उपवास

इस कठिन दौर, अनाचार और आतंक से प्रतिकार के लिए गांधीजी ने एक बार फिर उपवास का सहारा लिया। देशवासियों पर अनाचार हो रहा था, ऐसे में महात्मा गांधी 'सुखी' कैसे रह सकते थे? देशवासियों के कष्टों में सहभागी बनने के लिए उन्होंने 10 फरवरी, 1943 से इक्कीस दिनों का उपवास आरंभ कर दिया।

तिहत्तर वर्ष के बापू अल्पाहार से पहले ही टूट चुके थे। वे इतना लंबा समय भूखे रहकर कैसे काटेंगे, यह सोचकर देशवासी स्तब्ध थे। गोरी सरकार को भी इस बार विश्वास था कि गांधी इस बार नहीं बचेंगे। इसलिए उसने उपवास के पहले ही दिन आगा खाँ महल के द्वार लोगों के लिए खोल दिए। इसी दौरान गांधीजी के पुत्र देवदास और रामदास उनसे मिलने आए।

कस्तूरबा के ये दिन बड़ी कठिनाई से बीतते थे। वे दिन का अधिकतर भाग पूजा-पाठ में बिताती थीं और ईश्वर से बापू के लिए दीर्घायु की कामना करती थीं।

यह शायद उन्हीं की कामना का परिणाम था कि 3 मार्च, 1943 को बापू का उपवास निर्विघ्न पूरा हो गया। कई बार तो लोगों ने बापू के जीवन की आस तक छोड़ दी थी। इस दौरान कई मौके तो ऐसे आए कि बापू बेहोश होकर चारपाई पर गिर गए। लेकिन अंत में बापू का यह आत्मशुद्धि उपवास भी निर्विघ्न पूरा हुआ। इसी के साथ आगा खाँ महल के द्वार भी बंद कर दिए गए। जेल में फिर से पहले जैसी मनहूसियत फैल गई। महादेवजी के अभाव में अब गांधीजी का काम और बढ़ गया था। उन्हें अपने पत्र भी स्वयं लिखने पड़ते थे। इधर, कस्तूरबा की तबीयत बहुत खराब रहने लगी थी। 16 मार्च, 1943 को उनके दिल की धड़कनें एकाएक बहुत बढ़ गईं। 25 मार्च को भी ऐसा ही तेज दौरा पड़ा।

बापू का अधिकतर समय सरकार से पत्र-व्यवहार में बीतता था। कुछ समय वे बा को इतिहास, भूगोल, बाइबल, गीता आदि पढ़ाने में लगाते थे।

उसी वर्ष 2 अक्तूबर को बापू का जन्मदिन आया तो बा ने अपने हाथों से कैदियों को खाना बाँटा। नवंबर में वे फिर एकदम झटक गईं। थोड़ा सा चलने-फिरने में भी उनकी साँस फूल जाती थी। दिसंबर में उन्हें ऑक्सीजन का सहारा लेना पड़ा। बीमारी बढ़ने पर सरकार ने उनके रिश्तेदारों को मिलने की अनुमति दे दी। उनके पुत्र रामदास, देवदास और हरिलाल उनसे मिलने आए। बा का दिल कुछ बहला।

कस्तूरबा की हालत से बापू बहुत व्यथित थे। सरकार काफी ना-नुकुर के बाद इलाज की अनुमति प्रदान करती थी। एक बार तो बापू को बड़ा सख्त पत्र लिखना पड़ा कि "अपनी पत्नी के इलाज के लिए मैं आवश्यक प्रबंध न कर सकूँ तो कृपा कर आप लोग मुझे किसी दूसरी जेल में ले जाएँ, जिससे मुझे अपनी पत्नी की वेदना का मूक साक्षी न बनना पड़े!"

पत्नी-भक्ति

बा की बीमारी के दौरान बापू ने एक कुशल नर्स की भाँति स्वयं

बा की देखभाल की। बा को सहारा दिए वे उनके पास बैठे रहते थे। निमोनिया के कारण बा जब-जब थूकतीं और बापू वहाँ बैठे होते तो वे स्वयं रूमाल से उनका मुँह पोंछते थे और उस रूमाल को स्वयं ही धोते थे। लोग उन्हें रोकते तो वे कहते, ''मुझे करने दो। मुझे यह सब करना अच्छा लगता है। उत्तरावस्था में ईश्वर ने मुझे इस तरह बा की सेवा का जो अवसर दिया है, उसे मैं अमूल्य मानता हूँ।''

बा का निधन

22 फरवरी, 1944 का दिन।

बा आज बहुत व्याकुल दिख रही थीं। सुबह की सैर पर जाने से पहले बापू उनसे मिले तो उन्होंने उन्हें वहीं रोक लिया, सैर पर भी नहीं जाने दिया। दस बजे तक बापू उनके पास बैठे रहे, उन्हें दिलासा देते रहे।

दोपहर को वे फिर उनके पास आकर बैठ गए। उन्हें दो चम्मच गंगाजल भी पिलाया।

दोपहर से शाम हो गई। बापू सायंकालीन भ्रमण पर जाने की तैयारी कर रहे थे। रोज वे 6.30 बजे निकल जाते थे, लेकिन आज व्यस्तता के कारण 7.15 बजे तक नहीं जा पाए थे। अब जैसे ही वे जाने को निकले, बा ने पुकारा, ''बापूजी!''

बापू आकर बा के पास बैठ गए। बा को बहुत बेचैनी हो रही थी। उन्होंने अपना सिर बापू की गोद में रख दिया। बा रुक-रुककर बोलने लगीं, ''अब मैं जा रही हूँ। हमने बहुत दुःख-सुख भोगे। मेरे लिए कोई न रोए। अब मुझे शांति है।''

बापू ने सबको राम-धुन गाने को कहा। सभी लोग 'राजा राम राम-राम, सीता राम राम-राम' गाने लगे। इतने में बा ने दो-तीन हिचकियाँ लीं और बापू की गोद में ही सदा के लिए मुक्ति पा ली। दो दिन पूर्व ही बापू ने कहा था, ''किस भाग्यशाली की सेवा इतनी एकनिष्ठ होगी कि बा उसकी गोद में देह छोड़े! इसे तो भगवान् ही जानता है।'' यह अधिकार बापू के हिस्से ही आया। उस पल मानो वक्त ठहर-सा गया।

सायं के ठीक 7 बजकर 35 मिनट हो रहे थे। महाशिवरात्रि का दिन था। मंदिरों में आरती हो रही थी। घंटे और घड़ियाल बज रहे थे। उस पवित्र वेला में बा ने देह-त्याग किया था।

देवदास आदि बा से लिपटकर फूट-फूटकर रो रहे थे। सभी लोग

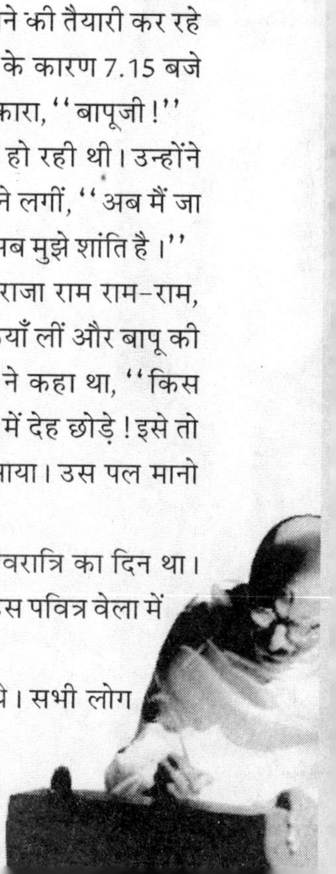

सदमे में और शोकमग्न थे। बापू की आँखों से भी आँसुओं की दो बूँदें ढुलक गईं। लेकिन फिर जैसे-तैसे उन्होंने स्वयं को सँभाल लिया।

अगले दिन यानी 23 फरवरी को आगा खाँ जेल में बा का अंतिम संस्कार कर दिया गया। बासठ वर्ष के जीवन-साथी के बिछड़ने पर अपने उद्‌गार व्यक्त करते हुए उन्होंने कहा, ''बा के बिना मैं जीवन की कल्पना भी नहीं कर सकता। मैं चाहता था कि बा मेरे रहते चली जाए, ताकि मुझे चिंता न रहे कि मेरे बाद उसका क्या होगा! लेकिन वह मेरे जीवन का अविभाज्य अंग थी। उसके जाने से जो सूनापन पैदा हो गया है, वह कभी भर नहीं सकता।''

□

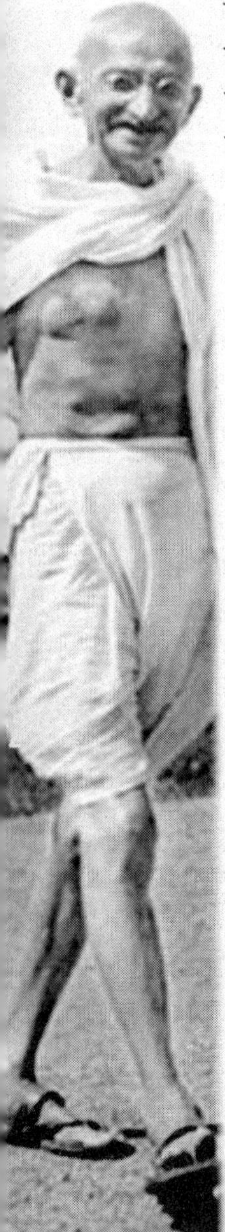

26

चर्चिल की चिढ़

''संसार का इतिहास यह बताता है कि आप एक के प्रति हिंसक और दूसरे के प्रति अहिंसक नहीं हो सकते। यदि हम अपना (हिंसा का) रास्ता नहीं बदलते तो ज्यों–ज्यों हम हिंसा करते चलेंगे त्यों–त्यों उसका बोझ हमारे सिर पर चढ़ता चला जाएगा। हमें अपने में विद्यमान इस हिंसा को खत्म करने के लिए कोई उपाय खोजना पड़ेगा।''

—महात्मा गांधी

बा की मृत्यु की देश भर में कड़ी प्रतिक्रिया हुई। ब्रिटिश सरकार एक ओर महायुद्ध में उलझी हुई थी, दूसरी ओर उसे भारत पर नियंत्रण बनाए रखने के लिए समय, शक्ति और साधन व्यय करने पड़ रहे थे।

इधर जेल में बापू का स्वास्थ्य भी बराबर बिगड़ रहा था। उन्हें मलेरिया ने जकड़ लिया था, जिससे उनमें उठने–बैठने की ताकत भी नहीं रही। सरकार को गुप्त सूचनाएँ मिल रही थीं कि अगर गांधीजी भी जेल में शहीद हो गए तो भारतीयों का सँभालना मुश्किल हो जाएगा और दुनिया भर के देशों में भी गलत संदेश जाएगा। इस वास्तविकता के दृष्टिगत सहमी हुई सरकार ने 6 मई, 1944 को बापू को बिना शर्त रिहा कर दिया। इस प्रकार 22 महीने का जेल अध्याय समाप्त हो गया। इस जेल प्रवास में दो साथी बापू को छोड़ गए थे। आगा खाँ महल से विदा होते समय वे कुछ क्षण उनकी समाधि पर गए और मौन प्रार्थना की।

जेल जाते समय गांधीजी ने 'करो या मरो' का नारा दिया था। उनके लौटने तक देशवासी उसके अनुरूप काम करते रहे थे। लेकिन सारे कांग्रेसी नेता अहमदनगर के किले में कैद थे, इसलिए जनता नेतृत्वविहीन थी। अब बापू को अपने बीचपाकर उसमें नए जोश का संचार हुआ।

गांधीजी की मुक्ति के बदले में सरकार चाहती थी कि वे अपने 'भारत छोड़ो' प्रस्ताव को वापस ले लें। लेकिन गांधीजी ने स्पष्ट कर दिया कि कांग्रेस वर्किंग कमेटी में पास किए गए प्रस्ताव को वे अकेले वापस नहीं ले सकते। इसके लिए पहले कांग्रेस के आला नेताओं को जेल से रिहा किया जाए या बातचीत के लिए उन्हें उनसे मिलने दिया जाए। लेकिन उनकी इस माँग पर सरकार ने विशेष ध्यान नहीं दिया।

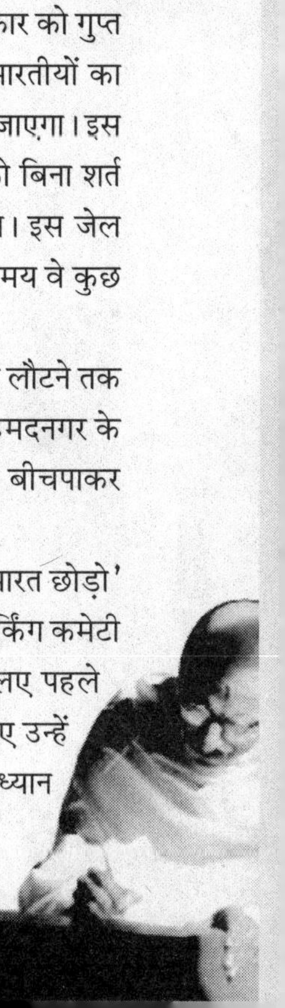

चर्चिल की चिंता

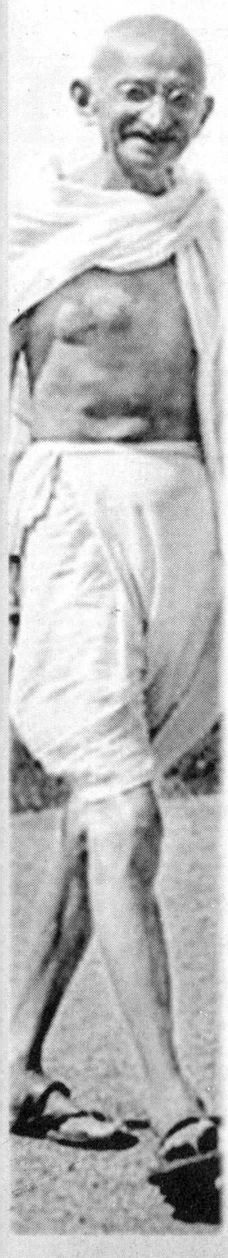

4 मई, 1944 को लॉर्ड वैवेल ने लंदन में प्रधानमंत्री चर्चिल को रिपोर्ट भेजी थी कि गांधीजी का स्वास्थ्य बहुत खराब है। उन्हें जल्दी ही रिहा नहीं किया गया तो वे जेल में ही दम तोड़ देंगे। इससे देश के हालात बहुत खराब हो जाएँगे। तब चर्चिल ने गांधीजी को रिहा करने की अनुमति दे दी थी। लेकिन आठ सप्ताह बाद चर्चिल को जब गांधीजी के स्वास्थ्य-लाभ प्राप्त करने की खबर मिली ता लॉर्ड वैवेल के निर्णय के प्रति घृणा व्यक्त करते हुए उसमें एक चिड़चिड़ा तार दिया—'गांधी अब तक मरा क्यों नहीं?'

देश के हालात पर गांधीजी ने लॉर्ड वैवेल से लंबा पत्र-व्यवहार किया। वैवेल अपने प्रधानमंत्री की राय लिये बिना गांधीजी के किसी भी पत्र का उत्तर नहीं देते थे। चर्चिल पत्र में कठोरतम भाषा का इस्तेमाल करवाते थे। वे गांधीजी से कितना चिढ़ते थे, इसका एक ही उदाहरण काफी होगा। एक बार लंदन की संसद् में उन्होंने खुलेआम यह घोषणा की थी कि "हिंदुस्तान के इस फकीर को मैं कुचल डालूँगा।"

बापू की अहिंसा और सत्याग्रह की ताकत ने विंस्टन चर्चिल को बहुत भयभीत कर रखा था। इसलिए बापू के बारे में उन्होंने बहुत दुष्प्रचार किया था। बापू भी इन दिनों विदेशी पत्रकारों को साक्षात्कार, पत्र और ज्ञापन देकर देश की वर्तमान स्थिति को स्पष्ट करने का काम कर रहे थे। वे भारतीयों की प्रजातंत्र की माँग को प्रतिष्ठित पत्रकारों, विदेशी प्रतिनिधियों और अन्य संचार माध्यमों के सामने ठोस व तर्कसंगत ढंग से रख रहे थे। इस प्रकार इस प्रचार-प्रसार से देश में सद्भाव का वातावरण बन रहा था।

27 हठी मुसलिम लीग

'जनता से कुछ लेना हो तो उसके सामने निश्चयात्मक शब्द होना चाहिए।''

—महात्मा गांधी

देश के बनते सद्भाव के वातावरण से सरकार परेशान थी। यह वातावरण उसके साम्राज्य के लिए शुभ नहीं था, इसलिए वह अपने तुरुप के इक्के—'फूट डालो और राज करो' की नीति से देश में सांप्रदायिकता के बीज बोती रहती थी।

मुसलिम लीग का जन्म

भारत में भारतीय राष्ट्रीय कांग्रेस की स्थापना सन् 1885 में हिंदू-मुसलिमों के भेदभाव को दूर करने और जनता की बात को सरकार तक पहुँचाने के उद्देश्य से हुई थी। लेकिन, सर सैयद अहमद तथा अमीर अली जैसे कुछ मुसलिम नेता कांग्रेस को हिंदुओं की पार्टी बताकर हिंदू-मुसलिम एकता को खंडित कर रहे थे। इसलिए हिंदू मुसलिम वैमनस्य भी पनप रहा था।

कांग्रेस के पहले अधिवेशन में 72 प्रतिनिधियों में केवल 2 मुसलिम थे—इसी से मुसलिम मानसिकता का पता चलता है। लेकिन कांग्रेस की नीतियों से धीरे-धीरे यह संख्या बढ़ती गई।

यह बढ़ती हिंदू-मुसलिम एकता ब्रिटिश सरकार को फूटी आँख नहीं सुहाई। उसने मुसलमानों के बड़े-बड़े नेताओं से संपर्क साधा और प्रशासन में उन्हें अहमियत देनी आरंभ कर दी।

सन् 1906 में लॉर्ड मिंटो भारत के वायसराय थे। उन्हीं के कार्यकाल में नवंबर 1906 में आगा खाँ के नेतृत्व में मुसलिम लीग की स्थापना हुई। इसके बाद से सरकार ने मुसलिम लीग को प्रश्रय देना आरंभ कर दिया। मुसलमानों को दिल खोलकर जागीरें, उपाधियाँ और सरकारी नौकरियाँ दी गईं। उनकी उच्च शिक्षा के लिए अलीगढ़ मुसलिम यूनिवर्सिटी का निर्माण प्रारंभ हुआ।

गांधीजी व अन्य कांग्रेसी नेता हिंदू-मुसलमानों के इस ध्रुवीकरण को

रोकना चाहते थे, क्योंकि इससे देश विखंडन की ओर बढ़ रहा था, जो कि बाद में हुआ भी।

मुहम्मद अली जिन्ना

सन् 1935 में मुहम्मद अली जिन्ना को मुसलिम लीग का अध्यक्ष बनाया गया। जिन्ना काठियावाड़ के बोहरा समाज से संबद्ध एक समाज-सुधारक, चतुर, बुद्धिमान और सच्चरित्र व्यक्ति थे। वे न्यायविद् और सुलझे हुए बैरिस्टर थे। यही कारण था कि गांधीजी उन्हें 'कायदे आज़म' कहते थे।

जिन्ना दबे-कुचले लोगों को नापसंद करते थे, इसलिए गांधीजी की सर्वोदय की भावना उन्हें नापसंद थी। उच्च वैभव, ऐश्वर्य और अंग्रेजी ठाट उनके मनपसंद शगल थे। मुसलिम लीग का अध्यक्ष बनने और अंग्रेजी सरकार का हाथ सिर पर आने के बाद उनकी समाज-सुधार की भावना एवं सच्चरित्रता का लोप हो गया और वे कठोर सांप्रदायिक बन गए।

गांधीजी के 'भारत छोड़ो' आंदोलन का जिन्ना के नेतृत्व में मुसलिम लीग ने कड़ा विरोध किया और अंग्रेजी सरकार की हाँ में हाँ मिलाई।

दूसरे महायुद्ध में जब अंग्रेज सरकार की तानाशाही के खिलाफ कांग्रेस सरकारों ने प्रांतीय मंत्रिमंडल से त्यागपत्र दे दिया, तब मुसलिम लीग की बन आई। तत्कालीन वायसराय लॉर्ड लिनलिथगो के सहयोग से उसी दौरान बंगाल, असम और सिंध में मुसलिम लीग की सरकारें बना दी गईं। महायुद्ध के दौरान इन सरकारों ने अंग्रेज सरकार की हर तरह से मदद की और 'भारत छोड़ो' का विरोध करते हुए कहा कि 'मुसलमानों को अंग्रेजी हुकूमत से आजादी नहीं चाहिए।'

इस प्रकार, अंग्रेजों ने मुसलिम लीग को देश के 20 प्रतिशत मुसलमानों का नेता मान लिया; लेकिन यहाँ गौर करने लायक बात यह है कि अभी भी उमर सुभानी, सैयद अब्दुल्ला, डॉ. अंसारी, आसफ अली, हकीम अजमल खाँ, मौलाना अबुल कलाम आजाद, मेहर अली आदि जनप्रिय मुसलिम नेता कांग्रेस से जुड़े हुए थे और एक बड़े जनाधार का प्रतिनिधित्व करते थे।

लेकिन इन तथ्यों को झुठलाते हुए महायुद्ध के इसी दौर में हिंदू–मुसलमानों के बीच की खाई को इतना अधिक चौड़ा कर दिया गया कि द्विराष्ट्र के सिद्धांत की घोषणा हो गई। अलग मुसलिम राष्ट्र पाकिस्तान की माँग उठने लगी। वहीं समाज के अन्य झंडाबरदार भी अपने–अपने निहितार्थ के पक्ष सामने रख रहे थे। वायसराय की कार्यकारी परिषद् में शामिल डॉ. अंबेडकर हरिजनों के पैरोकार थे। अकाली नेता मास्टर तारासिंह गांधीजी से प्रार्थना कर रहे थे कि हिंदू–मुसलिम समझौते में सिख–हित का बलिदान न हो जाए।

गांधी-जिन्ना वार्ता

जेल से रिहा होने के बाद बापू ने देश में सौहार्दपूर्ण वातावरण बनाया, फिर मुसलिम लीग के नेता मुहम्मद अली जिन्ना से मिलने का प्रयास किया। 9 सितंबर, 1944 को जिन्ना और बापू की भेंट हुई। इसके बाद अगले तीन सप्ताह तक चर्चा, पत्र–व्यवहार, टीका–टिप्पणियाँ चलती रहीं। लेकिन जिन्ना देश–विभाजन कर अलग पाकिस्तान की अपनी माँग पर कायम रहे। इसलिए अंत में यह वार्ता विफल हो गई। इसी बीच अखबारों में इस वार्ता के समाचार छपते रहे। गांधीजी और जिन्ना की हँसते, गले मिलते या वार्तारत तसवीरें छपने से हिंदू महासभा के कुछ सदस्य उत्तेजित हो उठे। कुछ लोगों ने सेवाग्राम पर धरना भी दिया। इनमें नाथूराम गोडसे भी था, जिसने बाद में गांधीजी की हत्या कर दी।

शिमला सम्मेलन

23 मई, 1945 को ब्रिटेन की जीत के साथ महायुद्ध समाप्त हो गया। उसके फौरन बाद ब्रिटेन में हुए आम चुनाव में विंस्टन चर्चिल की टोरी पार्टी की हार हुई और लेबर पार्टी सत्तारूढ़ हुई।

गोरी सरकार अब भारत छोड़ो आंदोलन के दंश से भी उबरना चाहती थी। इसके लिए वह एक सर्वसम्मत राष्ट्रीय सरकार का गठन चाहती थी। इस हेतु उसने उसी वर्ष 14 जून को कांग्रेस के सभी बड़े नेताओं को 34 महीने बाद जेल से मुक्त कर दिया और बातचीत के लिए शिमला आमंत्रित किया। बापू कांग्रेस के सदस्य नहीं थे, लेकिन सरकार ने उन्हें भी बुलाया। वे सम्मेलन

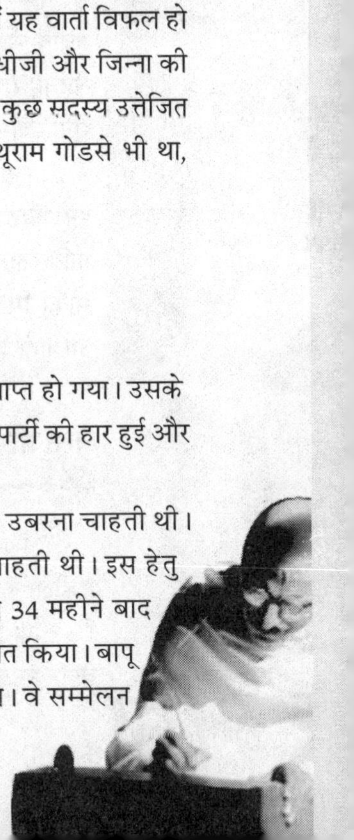

में शामिल नहीं हुए, शिमला में डेरा डाले रहे।

सम्मेलन में कांग्रेस को सवर्ण हिंदू संस्था माना गया और लीग को मुसलमानों की प्रतिनिधि संस्था की तरह स्वीकार किया गया। इसी के साथ लॉर्ड वैवेल ने पूर्ण स्वराज्य की माँग को दरकिनार करते हुए दोनों गुटों को एक समान महत्त्व देने की घोषणा कर डाली। बापू ने इस घोषणा का विरोध किया, लेकिन कांग्रेस अध्यक्ष मौलाना अबुल कलाम आजाद सहित अन्य कांग्रेस नेतागण ने इस घोषणा को मंजूरी दे दी। इसके बाद अंतरिम सरकार बनाने और आम चुनाव की रूपरेखा तय हुई। यहाँ जिन्ना ने फिर अपने अड़ियल रुख का प्रदर्शन किया। उन्हें भय था कि यदि अंतरिम सरकार सफल हो गई तो पाकिस्तान की उनकी माँग कमजोर पड़ जाएगी। इसलिए उन्होंने अंतरिम सरकार में भागीदारी करने से इनकार कर दिया।

अंतरिम सरकार के लिए कांग्रेस ने जो सूची बनाई उसमें मौलाना आजाद, आसफ अली, पं. जवाहरलाल नेहरू, डॉ. राजेंद्र प्रसाद, सरदार वल्लभभाई पटेल, मुहम्मद अली जिन्ना, नवाबजादा लियाकत अली, नवाब मोहम्मद इस्माइल खान, डॉ. श्यामाप्रसाद मुखर्जी, गगन बिहारी मेहता, राजकुमारी अमृतकौर, सरदार बलवंत सिंह, सर आर्देशिर दलाल, मुनी स्वामी पिलके, राधानाथ दास—ये पंद्रह नाम शामिल थे।

लेकिन जिन्ना ने इस सूची को खारिज कर दिया। उन्होंने सोचा कि इन पंद्रह सदस्यों के हाथों यदि अंतरिम सरकार चल निकली तो पाकिस्तान का उनका सपना सपना ही रह जाएगा। अंग्रेज सरकार को मौका मिल गया। उसने देश को आगे इसी बहस में उलझाए रखा तथा आजादी कुछ और दूर सरक गई।

नेताजी सुभाषचंद्र बोस का निधन

शिमला सम्मेलन की विफलता के बाद बापू बंगाल, असम और उड़ीसा के दौरे पर निकल गए। इसी दौरान अगस्त के अंत में खबर आई कि जापान के आत्मसमर्पण के फौरन बाद नेताजी सुभाषचंद्र बोस ताइवान के निकट एक विमान दुर्घटना में शहीद हो गए थे।

सुभाषचंद्र बोस की आजाद हिंद फौज हालाँकि बापू की अहिंसा की नीति को उचित नहीं मानती थी, लेकिन उनसे उनका कोई वैर-भाव भी नहीं था। दोनों अपने-अपने ढंग से देश की आजादी की लड़ाई लड़ रहे थे।

जहाँ एक तरफ मुसलिम लीग के नेता सांप्रदायिक स्वर में बात कर रहे थे, वहीं आजाद हिंद फौज ने हिंदू-मुसलिम के भेदभाव को भुलाकर एकजुटता की मिसाल कायम की थी। फौज में मेजर जनरल शाहनवाज खाँ, कर्नल हबीबुर्रहमान, कैप्टन लक्ष्मी, जनरल मोहन सिंह आदि प्रमुख नेतृत्वकर्ता थे।

बोस की मृत्यु देश के लिए एक और बड़ा आघात था। देश में धर-पकड़ आरंभ हुई तो आजादी की लड़ाई जारी रखने की खातिर वे जर्मनी एवं जापान चले गए। वहाँ उन्होंने आजाद हिंद फौज खड़ी की और आजादी की लड़ाई जारी रखी। उनकी असामयिक मृत्यु से देश को बहुत क्षति पहुँची।

28

आजादी की कीमत

> *''मनुष्य का मनुष्यत्व स्वेच्छा से अंकुश में रहने में है।''*
>
> **—महात्मा गांधी**

एक ओर अंग्रेज सरकार से पूर्ण आजादी की बात चल रही थी, दूसरी ओर जिन्ना पाकिस्तान के निर्माण की जुगत में थे। इसी रस्साकशी के दौर में सन् 1946 के आम चुनाव हुए। इसमें आठ प्रांतों में कांग्रेस को बहुमत प्राप्त हुआ। सिंध और बंगाल—दो प्रांतों में मुसलिम लीग की सरकारें बनीं और पंजाब प्रांत में यूनियन पार्टी एवं कांग्रेस की सम्मिलित सरकार बनी।

प्रांतीय सरकारों के गठन के बाद केंद्रीय सरकार का गठन होना था। इसकी सैद्धांतिक मंत्रणा के लिए इंग्लैंड से तीन सदस्यों का एक प्रतिनिधिमंडल भारत भेजना तय हुआ।

कैबिनेट मिशन

लॉर्ड पेथिक, ए.बी. एलेक्जेंडर और स्टेफर्ड क्रिप्स का तीन सदस्यीय कैबिनेट मिशन 24 मार्च, 1946 को दिल्ली पहुँचा। इसने विभिन्न वर्गों के लोगों, जन-प्रतिनिधियों आदि से मिलकर आजादी के बारे में सर्वमान्य हल खोजने की कोशिश की और घोषणा भी कर दी कि 16 जून, 1946 को भारत को आजादी देकर अंग्रेज सरकार देश छोड़ देगी। लेकिन आगे चलकर उसकी यह घोषणा मात्र दिखावा साबित हुई। इसके प्रस्ताव में देशी राजाओं को पूर्ण स्वतंत्रता और देश में हिंदू व मुसलमानों के लिए दो अलग-अलग संविधानों से चलाए जाने की वकालत की। इससे देश का विखंडन तय था, जो बापू और कांग्रेस को सर्वथा अस्वीकार था।

बापू चाहते थे कि देश में मौजूद 700 से अधिक छोटी-बड़ी देशी

रियासतों को भी देश के एक संविधान के अंतर्गत विलयित कर प्रजातंत्र के दायरे में लाया जाए; किंतु गोरी सरकार अभी भी तिकड़में चलकर देश पर काबिज रहना चाहती थी।

कांग्रेस और बापू की लाख कोशिशों के बाद भी कैबिनेट मिशन से कई दौर की हुई चर्चा का कोई निष्कर्ष नहीं निकला और 29 जून, 1946को वह वापस लंदन लौट गया।

डायरेक्ट एक्शन डे

मुसलिम लीग अब किसी भी तरह पृथक् राष्ट्र चाहती थी। अत: 20 जुलाई, 1946 को उसने सार्वजनिक तौर पर घोषणा करते हुए 15 अगस्त, 1946 को डायरेक्ट एक्शन डे—यानी सीधा विरोध दिवस घोषित कर दिया। बंगाल में लीग की सरकार थी। वहाँ के मुख्यमंत्री सुहरावर्दी के प्रश्रय में अमन-चैन को छीनने की कारवाई आरंभ हो गई। कौमी दंगे भड़क उठे। 14 अगस्त की आधी रात से अगले तीन दिनों तक कलकत्ता में दंगा-फसाद होता रहा। उसमें 5 हजार से अधिक लोग मारे गए और हजारों घायल हुए।

वायसराय लॉर्ड वैवेल ने तब बदनामी के डर से आनन-फानन में 10 अगस्त, 1946 को एक अस्थायी केंद्र सरकार को शपथ दिलवाई। उसमें दिखावे के तौर पर बाद में मुसलिम लीग के तीन सदस्य शामिल हुए। लेकिन अंदर-ही-अंदर देश को सांप्रदायिकता की आग में झोंकने की तैयारी चल रही थी।

नोआखाली में कत्लेआम

डायरेक्ट एक्शन और अलग पाकिस्तान की माँग के भ्रम में भोले-भाले, अनपढ़ मुसलमानों को भरमाकर मुसलिम लीग ने दिवाली के मौके पर नोआखली में पुन: कलकत्ता जैसा पैशाचिक कृत्य करवाया। इसमें हजारों हिंदू मारे गए। प्रतिक्रियास्वरूप बिहार और गुजरात में भी कौमी दंगे भड़क उठे।

इन सब घटनाओं ने बापू को विचलित करके रख दिया था। नोआखाली के हालात जानने के लिए वे कलकत्ता में थे, तभी उन्हें बिहार में कौमी दंगों की खबर मिली। उन्होंने कहा, "अगर बिहार का कौमी पागलपन बंद नहीं होगा

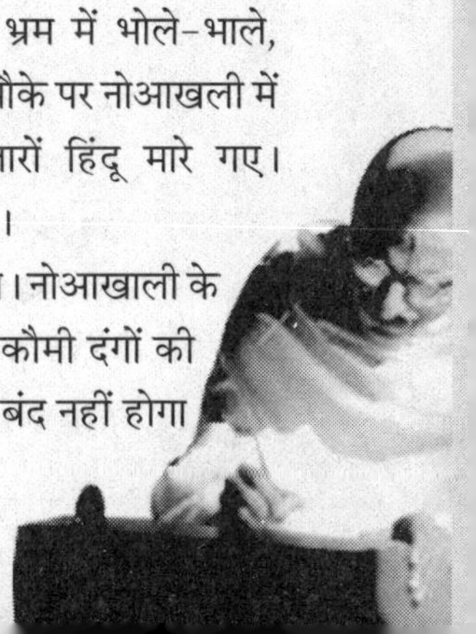

तो मैं आमरण उपवास करूँगा और जबतक शांति नहीं होगी तबतक आंशिक उपवास करूँगा।''

नोआखाली की आग शांत करने के लिए 20 नवंबर, 1946 को बापू वहाँ पहुँचे और वहाँ के हालात का जायजा लेने के बाद दोनों पक्षों की सुलह-सफाई और नव-निर्माण में लग गए। काम अधिक था, शायद इसलिए उन्होंने सेवाग्राम आश्रम को लिख दिया था कि अब शायद वे कभी सेवाग्राम न लौटें।

नोआखाली के गाँव-गाँव में घूमकर बापू ने हिंदू-मुसलिम एकता और परस्पर विश्वास के लिए यात्राएँ कीं। वे चार महीने वहाँ दिन-रात शांति-स्थापना के लिए काम करते रहे, फिर बिहार से बुलावा आने पर 5 मार्च, 1947 को पटना पहुँच गए। दंगों के बाद यहाँ भी हालात अभी सामान्य नहीं हुए थे। बापू ने कई गाँवों का दौरा किया। इसी बीच दिल्ली में लॉर्ड वैवेल के स्थान पर लॉर्ड माउंटबेटन नए वायसराय बनाए गए थे। समय निकालकर 30 मार्च, 1947 को बापू उनसे मिलने दिल्ली गए और दो सप्ताह बाद फिर बिहार आकर शांति-स्थापना में जुट गए।

इस दौरान पंजाब और नोआखाली से फिर दंगों की आहटें आने लगीं। दिल्ली, लाहौर, रावलपिंडी आदि स्थानों पर भी डायरेक्ट एक्शन के तहत लूट, आगजनी और मौत का नंगा नाच होने लगा था।

इधर लॉर्ड माउंटबेटन देश के विभाजन की तैयारी में जुटे थे। दिल्ली में सरगर्मियाँ अपने उत्कर्ष पर थीं। गांधीजी दिल्ली लौट आए थे और एक हरिजन कॉलोनी में डेरा डाले थे। वे किसी भी प्रकार के विभाजन के खिलाफ थे; लेकिन 1 मई, 1947 को दिल्ली में हुए अखिल भारतीय कांग्रेस कमेटी के अधिवेशन में नेहरूजी ने घोषणा की कि देश में शांति की स्थापना के लिए अब विभाजन ही आखिरी विकल्प बचा था।

विभाजन सुनिश्चित होते देख गांधीजी ने दु:खी होकर बादशाह खान से कहा था, ''शायद मेरा जीवन-कार्य समाप्त हो चुका है। भगवान् अब और अपकर्ष तथा मानहानि से बचा लें तो कृपा हो जाए।'' बापू अपनी दूरदर्शिता से स्पष्ट देख पा रहे थे; कहने लगे, ''लाखों लोगों के स्थानांतरण से अराजकता फैलेगी और शांति-स्थापना के पूर्व का विभाजन देश को खत्म कर देगा। इस प्रकार पाई हुई स्वतंत्रता का भविष्य अंधकारमय होगा। इन सब विपत्तियों को देखने के लिए मैं तो

शायद जीवित नहीं होऊँगा, लेकिन कोई यह दोष न दे कि मैंने विभाजन का समर्थन किया था। आज सभी लोग आजादी के लिए अधीर हैं, इसलिए और कोई उपाय नहीं है।''

बापू की आशंका सही थी। जगह-जगह कौमी दंगे भड़क रहे थे। जिन्होंने यह आग लगाई थी, वे अंग्रेज अफसर उनकी आँच में अपने हाथ सेंक रहे थे।

15 अगस्त, 1947 आजादी की तारीख घोषित हुई थी। जहाँ एक ओर लोगों को गुलामी के अंत की खुशी थी वहीं अराजकता, हिंसा, लूट एवं विनाश से निकले दुष्परिणाम का दु:ख भी था। यह पूरा दौर हिंदुओं और मुसलमानों के एक स्थान से दूसरे स्थान पर विस्थापन के कारण बड़ा तनावपूर्ण रहा।

अंततः वह चिर-प्रतीक्षित दिन आ पहुँचा—15 अगस्त, 1947। बापू इन दिनों कलकत्ता में सुहरावर्दी के साथ हिंदू-मुसलिम एकता के लिए काम कर रहे थे। उनके सान्निध्य में सुहरावर्दी की कट्टरता पिघलती जा रही थी।

आजादी का दिन

15 अगस्त को बापू प्रात: 2.00 बजे उठे। इसी दिन सन् 1942 को महादेव देसाई की मृत्यु हुई थी। इस दिन बापू उपवास के साथ गीता-पाठ करते थे। इसी समय से आजादी की खुशी में लोगों के एक के बाद एक जुलूस गांधीजी के दर्शनार्थ आने शुरू हो गए। सुबह तक हजारों लोग दर्शन कर गए। उस दिन हिंदू, मुसलिम, सिख सभी आजादी की खुशी में नाच उठे। 'जय हिंद' के नारों से देश गूँजने लगा। 18 अगस्त को कलकत्ता में ईद पर्व हिंदू और मुसलमानों ने मिलकर मनाया। लेकिन 30 अगस्त को कलकत्ता में फिर हिंसा की आग भड़क गई। जहाँ बापू ठहरे थे उस 'हैदरी हवेली' में लोगों ने पथराव किया। एक भारी डंडा बापू की ओर भी फेंका गया; लेकिन वे बाल-बाल बच गए।

कलकत्तावासियों की सद्‌बुद्धि के लिए बापू ने 11 सितंबर, 1947 से उपवास आरंभ कर दिया। बापू की बात तो वे सुन ही नहीं रहे थे, शायद उपवास से सद्‌बुद्धि आ जाए।

उपवास ने क्षीण बापू को और अशक्त कर दिया। कई नेता उनसे मिलने आए। सुभाषचंद्र बोस के भाई शरत बोस, बंगाल के गवर्नर चक्रवर्ती राजगोपालाचारी, डॉ. श्यामाप्रसाद मुखर्जी—सभी ने बापू से उपवास समाप्त

करने की प्रार्थना की। इसी बीच शहर में अनेक स्तरों पर शांति-स्थापना की कोशिशें जारी थीं। धीरे-धीरे स्थिति सामान्य हुई और उग्रपंथी दलों के नेता स्वयं ही अपनी करनी का पश्चात्ताप करने गांधीजी के पास पहुँचने लगे। इस प्रकार 5 सितंबर को गांधीजी ने उपवास तोड़ा।

दिल्ली के हालात

इसी बीच प्रधानमंत्री नेहरू के दो तार आ गए थे कि "बापू, पंजाब जल रहा है, आप फौरन आइए।" 6 सितंबर को बापू कलकत्ता से रवाना हुए। 9 सितंबर को दिल्ली पहुँचे तो वहाँ सरदार पटेल एवं नेहरूजी से भेंट हुई और समाचार मिले कि राजधानी में 4 सितंबर से मार-काट मची हुई थी। सड़कों पर शव फैले हुए थे। लोग दहशत में थे। लाखों विस्थापित आश्रय की खोज में दर-दर भटक रहे थे। उनको बसाना एक जटिल प्रश्न था। नेहरूजी इस समस्या को लेकर भिन्ना रहे थे। शहर में कानून-व्यवस्था बनाए रखने के लिए गृह मंत्री सरदार पटेल ने पश्चिम बंगाल से गोरखा पुलिस और मध्य प्रदेश से कुछ पुलिस टुकड़ियाँ मँगवा ली थीं; लेकिन स्थिति अभी भी तनावपूर्ण थी। सभी लोग गांधीजी का मुँह ताक रहे थे। उन्हें कलकत्ता और नोआखाली जैसे चमत्कार की आशा केवल गांधीजी से ही थी।

यहाँ हिंदू और मुसलिम दोनों कौमें तनाव में जी रही थीं। पाकिस्तान में हुए एक समुदाय पर अत्याचार और नृशंसता की खबरों ने दिल्ली को भी सुलगा दिया था। यहाँ एक भी ऐसा कद्दावर नेता नहीं था, जो गांधीजी के साथ शहर में घूमकर मुसलमानों को नियंत्रित कर सके।

बापू बिड़ला हाउस में ठहरे थे। वहीं सारे नेता उनसे मंत्रणा करते थे। दिल्ली की हालत देखकर उन्होंने पंजाब जाने का विचार त्याग दिया और अगले दिन से शहर के शरणार्थी कैंपों का दौरा जारी कर दिया। इसी क्रम में वे 12 सितंबर को जामा मसजिद गए। वहाँ हजारों उत्तेजित मुसलमान एकत्र थे। बापू ने सबको धीरज रखने को और सरकारी सहयोग का आश्वासन दिया। बापू ने अपील की कि उनके पास जो भी गैरकानूनी हथियार हों, वे वापस कर दें। किंग्जवे कैंप में जब बापू मुसलमानों की एक

सभा में कुरान शरीफ की आयतें पढ़वा रहे थे तब 'गांधीजी मुर्दाबाद' के नारे भी लगाए गए।

इस बँटवारे से शायद प्रकृति भी अप्रसन्न थी। तभी 14 सितंबर की रात को दिल्ली में घनघोर वर्षा हुई। घुटनों तक भरे पानी में शरणार्थी कैंपों की स्थिति और बिगड़ गई थी। इस अव्यवस्था, मार-काट और आतंक के बीच भी कहीं-न-कहीं मानवता जीवित थी। ऐसे कई मुसलमान परिवार थे, जिन्होंने हिंदुओं को शरण देकर उनकी रक्षा की। इसी प्रकार अनेक हिंदुओं ने अपने जीवन को जोखिम में डालकर अपने मुसलमान पड़ोसियों को बचाया।

इस प्रकार दो-तीन सप्ताह में ऊपरी तौर पर दिल्ली के हालात सामान्य हो गए। थोड़े दिन बाद, 2 अक्तूबर को बापू का जन्मदिवस पड़ा। लॉर्ड माउंटबेटन स्वयं बधाई देने गांधीजी के पास आए। अन्य लोग भी आए। इस अवसर पर उन्होंने कहा, "भगवान् से प्रार्थना करें कि बँटवारे की कौमी आग सदा के लिए बुझ जाए। अन्यथा अब दूसरा जन्मदिवस देखने की इच्छा नहीं है। मैंने कौन से ऐसे पाप किए थे कि ऐसे दिन देखने भी मेरे भाग्य में थे!"

एक बार इसी अवसर पर विचार प्रकट करते हुए बापू ने कहा था कि वे 125 वर्ष तक देश की सेवा करना चाहते हैं। लेकिन विभाजन के दर्द ने उनकी तात्कालिक जीने की इच्छा भी समाप्त कर दी थी।

बापू की प्रतिदिन की प्रार्थना सभाओं में सभी धर्मों के हजारों लोग जुटते थे। ऐसी ही एक प्रार्थना सभा में आशंका व्यक्त करते हुए उन्होंने कहा कि "अगर ऐसा ही अनाचार चलता रहा तो दोनों देशों (भारत-पाकिस्तान) में युद्ध छिड़ जाएगा।" यह बयान कई लोगों को बुरा लगा। एक विदेशी पत्रकार ने बापूजी से कह ही डाला, "(आपको) मजाक में भी युद्ध का उल्लेख नहीं करना चाहिए था।" इस पर बापू ने उत्तर दिया था, "युद्ध गंभीर विषय है। और मैंने मजाक किया भी नहीं था। ऐसी गंभीर स्थिति में युद्ध की आशंका को अनदेखा करना गुरु-गंभीर अपराध हो जाएगा।"

उस वर्ष 26 अक्तूबर को आई ईद और नवंबर में आई दीवाली—सभी त्योहार विभाजन के दर्द की भेंट चढ़ गए।

अंतिम भाषण

स्वतंत्रता के इसी वर्ष नवंबर में अखिल भारतीय कांग्रेस कमेटी का

वार्षिक अधिवेशन दिल्ली में आयोजित हुआ। इसमें बापू ने अपने जीवन का अंतिम भाषण दिया, जिसमें उनकी दूरंदेशी का दिग्दर्शन प्रकट होता है। उनका वह भाषण वक्त की कसौटी पर आज भी प्रासंगिक है। इस अधिवेशन में कांग्रेसजन को आगाह करते हुए बापू ने कहा था—

"आज अधिसंख्य कांग्रेसजन सांप्रदायिकता के उन्माद और संकीर्णता के शिकार बन गए हैं। अगर यह पागलपन दिलों से दूर नहीं हुआ तो हिंदू-मुसलमान को छोड़कर सौ दूसरी तरह के अलग मुखौटोंवाले प्रश्न खड़े हो जाएँगे और देश उसे सँभाल नहीं पाएगा। उसे देखने-सहने के लिए मैं जीवित नहीं रहूँगा; लेकिन सत्य और अहिंसा के बल पर ही देश-संचालन हो सकेगा। अन्यथा वर्ग-विग्रह से समाज आतंकित हो जाएगा, तब आजादी निरर्थक बन जाएगी। अविश्वास और घृणा दिल को जला डालते हैं। ऐसे विषाक्त वातावरण में विकास रौंदा जाता है। आजादी की लड़ाई में जितने संयम व त्याग की आवश्यकता थी, उससे सौ गुना ज्यादा संयम, अनुशासन, त्याग, बलिदान और परिश्रम की आवश्यकता आजादी के बाद थी। ऐसे संयम और मेहनत से ही राष्ट्र बनता है और तब उसका प्रत्येक नागरिक अपना कर्तव्य पहचानकर प्रगति कर पाता है।"

सच है, स्वशासन के बाद प्रजा ने जैसा सोचा था वैसा नहीं हुआ। कांग्रेसजन सत्याग्रह और आजादी की लड़ाई में तो पारंगत थे, लेकिन देश की 40 करोड़ जनता की तात्कालिक और दीर्घकालिक आवश्यकताओं को कैसे जुटाया जाए, इसके लिए वे पूरी तरह ब्रिटिश सरकार द्वारा छोड़े गए अफसरों पर आश्रित थे। जबकि गांधीजी का मत था कि यदि यही योजनाएँ गाँवों से आरंभ होतीं तो आज देश का कायाकल्प हो जाता।

❑

29

आजादी के बाद

> *''मैला मन उपवास से शुद्ध नहीं होता।''*
>
> **—महात्मा गांधी**

जैसा कि प्रजा ने सोचा था—आजादी के बाद देश की खुशहाली की कुंजी उनके हाथ में आ जाएगी; लेकिन वैसा हुआ नहीं। सांप्रदायिकता की आग अभी सुलग ही रही थी; साथ ही रोटी, कपड़ा, मकान, पानी, प्राथमिक शिक्षा, प्राथमिक स्वास्थ्य सुविधाएँ, सड़कें, बिजली, मल-जल निकास आदि जैसी समस्याएँ मुँह बाए खड़ी थीं। इन बुनियादी समस्याओं से निबटने के लिए सरकार ने खाद्यान्न, कपड़ों, सीमेंट, स्टील, कागज, चीनी आदि सभी पर राशनिंग लागू कर दी। बापू ने तब भी इसका विरोध किया।

जो कांग्रेसी खादी को अपनाकर सत्ता तक पहुँचे थे उन्होंने अब खादी को ताक पर रख दिया था—गांधीजी को इस बात का बहुत दु:ख था। वे चाहते थे कि खादी का घर-घर, गाँव-गाँव में निरंतर प्रचार-प्रसार जारी रहे, ताकि कपड़ों की किल्लत से छुटकारा मिल सके।

सरकार की नियंत्रण और लाइसेंस नीति का बापू ने सदैव विरोध किया; क्योंकि नियंत्रण से छल-कपट, झूठ-फरेब, कालाबाजारी, मुनाफाखोरी और वस्तुओं का कृत्रिम अभाव हो गया था। अंत में सरकार ने जब अनाज से नियंत्रण समाप्त किया तो वस्तुओं के दाम घटकर आधे रह गए।

जनवरी 1948 में बापू के अथक प्रयासों से ही सरकार ने पेट्रोल से भी नियंत्रण उठा लिया। इससे माल परिवहन सस्ता हो गया और महँगाई भी घटकर आधी रह गई।

देशी रियासतें

आजादी के बाद जहाँ एक ओर देश में बुनियादी समस्याएँ मुँह बाए खड़ी थीं, वहीं दूसरी ओर 450 से अधिक देशी रियासतों में बसी देश की लगभग 25 प्रतिशत जनता गुलामों से भी बदतर जीवन जी रही थी। बापू इन

सभी को देश की मुख्यधारा में शामिल करना चाहते थे। इस बारे में 'हरिजन' में उन्होंने लिखा था—

"स्वतंत्र भारत में जागीरदारी प्रथा का स्थान नहीं है। ये राजा लोग चाहें तो लंदन, पेरिस में मजे कर सकते हैं। लेकिन उनके मातहत प्रजा को गुलाम रखने का उन्हें हक नहीं होगा और प्रजा का सार्वभौमत्व स्वीकार करना उनके लिए अनिवार्य होगा।"

लेकिन इन राजा-महाराजाओं का इरादा था कि विभाजन की अव्यवस्था का लाभ उठाकर वे स्वतंत्र होकर ब्रिटिश कॉमनवेल्थ के सदस्य बनेंगे। इस प्रकार दो टुकड़ों में बँटने के स्थान पर भारत कई टुकड़ों में बँटने वाला था। इस आशंका को भाँपकर बापू ने लॉर्ड माउंटबेटन से बात की। लॉर्ड माउंटबेटन ने तब स्पष्ट किया कि किसी भी राजा को ब्रिटिश कॉमनवेल्थ की सदस्यता नहीं दी जाएगी। उन्हें भारत या पाकिस्तान में शामिल होने के निर्णय के लिए जुलाई 1947 तक का समय दिया गया। अधिकतर राजाओं ने अगस्त 1947 तक अपना विलय भारत में करने की सहमति दे दी थी, लेकिन जूनागढ़ के नवाब, कश्मीर के महाराजा हरिसिंह और हैदराबाद के निजाम पैंतरेबाजी कर रहे थे।

जूनागढ़ के नवाब की पाकिस्तान के साथ गुप्त मंत्रणा चल रही थी। वहाँ 85 प्रतिशत जनता हिंदू थी, लेकिन उनके पक्ष को जाने बगैर नवाब जूनागढ़ पाकिस्तान के साथ पींगें बढ़ा रहे थे। आसपास के छोटे-छोटे राजाओं को भी उन्होंने धमकाकर भारत के विरुद्ध भड़काने का काम किया था। इस दौरान रियासत अराजकता का शिकार हो गई। इससे घबराकर नवाब अपनी बेगम के साथ कराची भाग गए। जूनागढ़ के दीवान ने तब भारत सरकार से इसके विलय का आवेदन किया। सरदार पटेल, जो तब गृह मंत्री थे, इस रियासत के घटनाक्रम पर कड़ी नजर रखे थे। उन्होंने तत्काल उचित कारवाई करके इसे भारत में मिला लिया।

इसी प्रकार कश्मीर के राजा हरिसिंह भी अपने राज्य को आसानी से छोड़ने को तैयार नहीं हुए। उनका इरादा था कि भारत और

पाकिस्तान दोनों को इस मामले में उलझाए रखकर वे अधिक समय तक राजा बने रह सकते हैं; लेकिन उनके इस कदम का फायदा पाकिस्तान उठा ले गया। उसने कश्मीर के सीमावर्ती क्षेत्र पर हमला कर दिया। बाद में हरिसिंह ने भारत से मदद माँगी। पहले कश्मीर को विधिवत् भारत गणतंत्र में शामिल किया गया, फिर भारतीय सेना ने पाकिस्तानी सैनिकों को पीछे खदेड़ना आरंभ किया। इस प्रकार पाकिस्तान अधिकृत कश्मीर आज भी विवादित भाग है, जो राजा हरिसिंह की नासमझी का परिणाम है।

हैदराबाद में 80 प्रतिशत प्रजा हिंदू थी, लेकिन हैदराबादी निजाम स्वतंत्र रियासत के राजा बने रहना चाहते थे। कश्मीर के राजा हरिसिंह की देखा-देखी वे भी शतरंजी चालें चल रहे थे। लेकिन जब उन्होंने हरिसिंह का हश्र देखा तो उनके तेवर नरम पड़ गए। निजाम की इस रस्साकशी में हिंदू प्रजा पर जब अत्याचार बढ़ते चले गए तो गृह मंत्री सरदार पटेल ने सख्त काररवाई का आदेश दे दिया।

हिंदू-मुसलिम दोनों कौमें निजाम के राज्य से तंग आ चुकी थीं, इसलिए किसी ने भी भारतीय पुलिस का रास्ता नहीं रोका। निजाम की सेना में भी उन्हें रोकने का साहस नहीं हुआ और बिना किसी खास वैर-विरोध के अंतिम रियासत हैदराबाद भी भारत में मिल गई।

जनवरी 1948

भारत और पाकिस्तान के कुछ भागों से छिटपुट हिंसा के बीच कुछ बड़ी घटनाओं के समाचार भी आते रहते थे। ऐसे समाचारों को सुनकर बापू का दिल दहल जाता था। सिंध में हालात अभी भी बदतर थे। इधर यह अराजकता फैली थी, उधर पाकिस्तान बँटवारे के रुपयों की माँग करने लगा। शुरू में उसे 20 करोड़ रुपए दिए गए थे, 55 करोड़ रुपए बाद में देना तय हुआ था। उसने इन 55 करोड़ रुपयों की माँग आरंभ कर दी थी। लेकिन भारत सरकार चाहती थी कि पहले कश्मीर समस्या का फैसला हो जाए, फिर रुपए दिए जाएँ। इस बारे में मुसलमान भी बापू पर दबाव डाल रहे थे कि वे इस लेन-देन की समस्या को जल्दी हल करवाएँ। बापू ने लॉर्ड माउंटबेटन से बात की तो उन्होंने सुझाया कि रुपया न देने से भारत की छवि खराब होगी। बापू का भी यही खयाल था। सबकी मनशा जानकर सरकार इस विषय पर विचार-विमर्श करने लगी।

अंतिम उपवास

देश में फैली अराजकता और सांप्रदायिक आग को शांत करने के उद्देश्य से 79 वर्षीय गांधीजी ने फिर से उपवास करने का निर्णय लिया। उनके उपवास से हिंदू और मुसलमान दोनों कौमों पर बराबर प्रभाव पड़ता था।

13 जनवरी, 1948 से बापू का उपवास आरंभ हुआ। उपवास के दूसरे दिन ही भारत सरकार ने पाकिस्तान को बाकी 55 करोड़ रुपए देने का फैसला ले लिया। इससे कुछ हिंदू गांधी को मुसलमानों का पक्षधर कहने लगे थे। कुछ लोग तो बिड़ला भवन के बाहर नारे भी लगाने लगे थे—'खून का बदला खून से', 'गांधी को मरने दो'।

लेकिन बापू का उपवास चलता रहा। उन्होंने एक शाम प्रार्थना सभा में कहा, "जब दिल्ली में शांति हो जाएगी, सेना और पुलिस की जरूरत नहीं रहेगी, तब मैं उपवास तोड़ूँगा।"

दुनिया भर से बापू के लिए संदेशों की झड़ी लग गई थी। कुछ लोग शुभकामनाएँ दे रहे थे। कुछ उपवास समाप्त करने की प्रार्थना कर रहे थे। बहुत से मुसलमान गांधीजी के स्वास्थ्य को लेकर चिंतित थे। लाहौर से आए एक तार में कहा गया, "हम क्या करें, ताकि गांधीजी की जान बच सके?"

गांधीजी चाहते थे कि देश के हिंदू और मुसलमान मिल-जुलकर भाईचारे से रहें और हिंदुस्तान के मुसलमान राष्ट्रभक्त मुसलमान बनें। उनके उपवास की आध्यात्मिक शक्ति से लोगों को यह बात समझ में आने लगी थी। अलग-अलग धर्मों के प्रतिनिधिमंडल बापू से मिल रहे थे और परस्पर भाईचारे से रहने का वचन दे रहे थे। नेहरूजी ने भी इस संदर्भ में उसी दौरान एक विशाल जनसभा में कहा—

> *"अगर बापूजी नहीं रहे तो देश की आत्मा तक मर जाएगी, क्योंकि वे ही हमारे संत हैं और देश की आत्मा के एकमात्र साकार प्रतीक हैं। अगर यह खून-खराबा चलता रहा तो हम अपनी आजादी खो बैठेंगे।"*

गांधीजी की हालत दिन-पर-दिन बिगड़ती जा रही थी। इधर, शहर में कुछ शांति समितियों के सहयोग से एकता की स्थापना के प्रयास चल रहे थे, जिसके सकारात्मक परिणाम सामने आ रहे थे।

उपवास के छठे दिन 18 जनवरी, 1948 को जब बापू को यह विश्वास हो गया कि अब शहर के हालात सामान्य हैं और भविष्य में दंगे नहीं होंगे तो उपवास तोड़ते हुए उन्होंने कहा—

"उपवास छुड़वाने के लिए ही अगर ये वायदे किए गए थे तो बड़ी गलती हो जाएगी। यह आश्वासन मात्र दिल्ली तक सीमित नहीं होना चाहिए। जो दिल्ली में आज हुआ वह सारे देश में होगा। अगर दिल्ली सँभल जाएगी तो पाकिस्तान में भी स्थिति सँभल जाएगी। अगर यह आश्वासन, वायदा टूटे तो दूसरा उपवास अनिवार्य हो जाएगा।"

लंदन के न्यूज क्रोनिकल ने गांधी की उपवास की इस शक्ति के बारे में लिखा था—

"इस आध्यात्मिक ताकत के सामने अणु बम भी क्षुद्र हो जाएगा, क्योंकि वह तो मनुष्य से वरिष्ठ नहीं बन सकता। इसलिए आज अणु बम के इस युग में भी मानव श्रेष्ठ है। गांधीजी ने अपने उपवास द्वारा यह सिद्ध कर दिखाया है। उनके उत्सर्ग से मानव संहार थम गया है और पाशविकता के मध्य भी दिव्यता शाश्वत है।"

नोबेल पुरस्कार

इसी वर्ष गांधीजी का नाम नोबेल शांति पुरस्कार के लिए नामांकित किया गया। इसके पूर्व भी चार बार क्रमशः सन् 1937, 1938, 1939 और 1947 में उन्हें इस पुरस्कार के लिए नामांकित किया गया था; लेकिन पुरस्कार प्रदान नहीं किया गया। क्यों?

अकसर यह प्रश्न पूछा जाता रहा कि क्या नॉर्वे की नोबेल समिति का दृष्टिकोण इतना संकुचित था कि वे गैर-यूरोपीय लोगों के स्वतंत्रता संघर्ष के

लिए उनकी प्रशंसा नहीं कर सकते? या वे किसी ऐसे व्यक्ति को पुरस्कार देने से डरते थे, जिसके कारण ग्रेट ब्रिटेन से उनके रिश्तों में खटास पैदा हो सकती हो?

सन् 1947 में नोबेल शांति पुरस्कार के लिए चुने गए छह नामों में गांधीजी का नाम भी शामिल था। लेकिन गांधीजी के नाम को लेकर पुरस्कार समिति के सदस्यों में गंभीर मतभेद थे। इसी बीच गांधीजी ने एक प्रार्थना सभा में सांप्रदायिक तनाव की आशंकाओं को देखते हुए कहा कि "अगर ऐसा ही अनाचार चलता रहा तो दोनों देशों (भारत-पाकिस्तान) में युद्ध छिड़ जाएगा।"

इस बयान को 'द टाइम्स', लंदन में नमक-मिर्च लगाकर प्रकाशित किया गया। इस समाचार ने आग में घी का काम किया और पाँच में से तीन सदस्यों ने गांधीजी के नाम के विरुद्ध मतदान किया। इस तरह उन्हें पुरस्कार नहीं मिला।

सन् 1948 में तीसरी बार फिर गांधीजी का नाम चुने गए तीन नामों में शामिल था। और इस बार उन्हें पुरस्कार मिलने की प्रबल संभावना थी। लेकिन नामांकन की अंतिम तिथि से दो दिन पूर्व ही उनकी हत्या हो गई।

अब तक किसी को भी मरणोपरांत नोबेल पुरस्कार नहीं दिया गया था। किंतु तब यह प्रावधान था कि विशेष परिस्थितियों में मरणोपरांत भी नोबेल शांति पुरस्कार प्रदान किया जा सकता था। लेकिन गांधीजी न तो किसी संस्था से संबद्ध थे, न वे अपनी कोई संपत्ति या वसीयत छोड़ गए थे, तो पुरस्कार कौन लेता?

तब नोबेल संस्था के निदेशक अगस्ट स्चोऊ ने संस्था के वकील और अन्य पदाधिकारियों से पूछा कि "क्या मरणोपरांत पुरस्कार प्रदान किया जा सकता है?"

उत्तर नकारात्मक मिला। मरणोपरांत पुरस्कार केवल तभी प्रदान किया जा सकता था, जबकि गांधीजी के नाम की घोषणा उनकी मृत्यु से पूर्व कर दी गई होती।

इस प्रकार, उस वर्ष किसी को भी वह पुरस्कार प्रदान नहीं किया गया। और नोबेल पुरस्कार का वह अध्याय समाप्त हो गया।

बाद में, सन् 1969 में गांधीजी की जन्म-शताब्दी के स्मरणस्वरूप इंग्लैंड ने एक डाक टिकट जारी कर उन्हें श्रद्धांजलि अर्पित की। □

30

हे राम!

> *''मानव जीवन समझौते की एक शृंखला है और सिद्धांत की दृष्टि से सही दिखाई देनेवाली बात पर अमल करना मनुष्य के लिए आसान नहीं होता।''*
>
> **—महात्मा गांधी**

जो काम 'गोली' नहीं कर सकती थी वह महात्मा गांधी की 'बोली' कर सकती थी। इसी प्रकार उनका शांत उपवास भी अशांत लोगों के विचलन को शांत कर उनकी उद्विग्नता को दूर कर देता था। उनके उपवास में परमाणु बम से अधिक ताकत थी। यही उनके जीवन के इस आखिरी उपवास ने भी किया। देश में व्याप्त अमन-चैन ने उन्हें भी एक नई शक्ति दी थी। अस्सी वर्ष की उम्र में भी वे प्रतिदिन 20 से 22 घंटे रोज काम करते थे और अपने निजी सहायकों को चिट्ठी-पत्री में व्यस्त रखते थे। आगे उनकी योजना थी कि पाकिस्तान जाकर शांति-स्थापना के लिए काम करें। देश के किसानों और गरीबों को उनके अधिकारों एवं कर्तव्यों के बारे में जागरूक करें, युवाओं को संगठित करके राष्ट्र-निर्माण के लिए तैयार करें। देश-निर्माण के ऐसे अनेक कार्य करने के लिए बापू पूरी तरह से तैयार थे।

प्रार्थना सभा में बम

लेकिन कुछ लोगों को बापू के ये सब कार्य पसंद नहीं थे। ये हिंसक लोग शांति के पक्षधर नहीं थे। ऐसे ही एक व्यक्ति ने 20 जनवरी, 1948 को बिड़ला हाउस की प्रार्थना सभा में बम फेंककर बापू की जान लेने का असफल प्रयास किया। मदनलाल पाहवा नामक वह युवक बाद में पकड़ा गया। इस घटना के बाद अगले दिन प्रार्थना सभा में बापू ने कहा—

> *''ऐसा सिर्फ एक बम ही नहीं, बल्कि गोलियों की बौछार आ जाए तो भी लोगों में शांत रहने की आदत होनी चाहिए।''*

बापू ईश्वर पर भरोसा रखते थे, अत: इस प्रकार की घटनाओं के बाद

भी उन्होंने पुलिस सुरक्षा नहीं ली। वे निरंतर अपनी नियमित दिनचर्या में व्यस्त रहे।

सेवाग्राम को अपनी व्यस्तताओं के कारण बापू ढाई वर्षों से त्यागे बैठे थे। वहाँ से भी बुलावे आ रहे थे। इधर, पाकिस्तान से लौटे उनके दो पारसी मित्रों—जहाँगीर पटेल और दीनशा मेहता ने बताया कि पाकिस्तान दो शर्तों पर उनका अभिनंदन करेगा—एक तो वे पुनर्विलय की बात नहीं करेंगे, दूसरे उन्हें वहाँ पाकिस्तान पुलिस का संरक्षण लेना होगा।

दूसरी शर्त गांधीजी को स्वीकार नहीं थी, फिर दोस्तों के जोर देने पर वे मान गए। इसके बाद पटेल एवं मेहता वापस पाकिस्तान गए और विचार-विमर्श के बाद 8 या 9 फरवरी को गांधीजी का पाकिस्तान जाना तय हो गया।

23 जनवरी को सुभाषचंद्र बोस का जन्मदिन पड़ा। गांधीजी ने उन्हें याद किया। उस दिन उन्हें शायद यह भी याद आया हो कि कभी उन्होंने बहुमत से चुने गए सुभाष बोस को कांग्रेस अध्यक्ष के पद पर काम नहीं करने दिया था। 26 जनवरी को महादेव देसाई की पुण्यतिथि पर उन्होंने उन्हें श्रद्धा सुमन अर्पित किए। लेकिन इसी दिन आजादी के उपलक्ष्य में सरकार द्वारा आयोजित शानदार समारोह और धन की बरबादी उन्हें पसंद नहीं आई। यही पैसा यदि शरणार्थियों को बसाने पर खर्च होता तो गांधीजी को ज्यादा खुशी होती।

फूलवालों की सैर

महरौली में सूफी संत कुतुबुद्दीन बख्तियार की दरगाह पर प्रतिवर्ष 'फूल वालों की सैर' नाम का मेला सैकड़ों वर्षों से लगता आ रहा है। इसमें हिंदू-मुसलिम-सिख सभी धर्मों के लोग बड़े प्रेमभाव और श्रद्धा से शामिल होते हैं। 27 जनवरी, 1948 को आयोजित इस मेले में गांधीजी भी सम्मिलित हुए। वहाँ सभी धर्मों के लोगों का पूर्ववत् प्रेमभाव देखकर उन्हें बड़ी शांति मिली।

29 जनवरी को बन्नू से भागे हिंदू शरणार्थियों का एक जत्था गांधीजी से मिलने आया। ये वही लोग थे जिनकी ट्रेन को 13 जनवरी,

1948 को पाकिस्तान के गुजरात शहर में रोककर उनके साथ लूटमार, बलात्कार और हत्या का नग्न तांडव किया गया था। ये लोग उनसे बहुत कुपित लगते थे। उन्हें बुरा-भला कहते हुए वे बोले—

''आप अब आराम क्यों नहीं करते? आपने हमें बिलकुल बरबाद कर डाला है। आपने बहुत नुकसान किया है। अब हम लोगों पर कृपा करके आप हिमालय चले जाएँ।'' लेकिन उनकी बात का जवाब देते हुए गांधीजी बोले, ''ईश्वर पीड़ितों की सहायता करते हैं। वे मुझे भी जहाँ ले जाना चाहेंगे, ले जाएँगे। मेरा हिमालय तो यहीं है।''

मृत्यु का पूर्वाभास

30 जनवरी, 1948—शुक्रवार का दिन और दिनों की तरह सामान्य ढंग से आरंभ हुआ। बापू प्रतिदिन की तरह प्रात: 3.30 बजे उठे और नित्य कर्मों से निवृत्त होने लगे।

उनकी पौत्री मनु सुबह की सैर में उन्हें सहारा देने की बजाय उनके लिए लौंग कूट रही थी कि रात को बापू को खाँसी आएगी तो गुड़ के साथ चूस लेंगे, जिससे आराम आ जाएगा। यह देखकर गांधीजी ने कहा—

''रात तक क्या हो जाए, कोई नहीं जानता। पता नहीं मैं जीवित रहूँ भी या नहीं ।''

गांधीजी काफी दिनों से कांग्रेस के नए संविधान का प्रारूप भी लिख रहे थे। रात को ही वह पूरा हुआ था। उसे प्यारेलालजी को सौंपते हुए बोले, ''बड़ी थकान और व्यस्तता में लिखा है। इसे पढ़ लेना और कुछ छूट गया हो तो उसे पूरा कर देना।''

प्रात: 9.30 बजे गांधीजी ने भोजन किया। उसमें उबली सब्जियाँ, 12 औंस बकरी का दूध, चार टमाटर, चार संतरे, गाजर का रस आदि शामिल था। इसके बाद अलग-अलग तबकों के लोग गांधीजी से मिलने आते रहे। कुछ मौलाना भी मिलने आए। शाम 4.00 बजे सरदार पटेल चर्चा के लिए आने वाले थे।

सरदार पटेल भारत के उपप्रधानमंत्री और गृहमंत्री थे। वे अपनी स्पष्टवादिता के लिए प्रसिद्ध थे। बापू के विपरीत, वे पाखंड और स्वाँग को सह

नहीं पाते थे। सरकार ने जब पाकिस्तान को 55 करोड़ रुपए देने का निर्णय लिया तो सरदार पटेल ने मंत्रिमंडल के इस निर्णय का समर्थन किया; लेकिन अखबारों ने उसका विकृत अर्थ निकाला, क्योंकि पटेल ने मुसलमानों को खुली चेतावनी दी थी कि या तो देश में निष्ठ होकर रहें या पाकिस्तान चले जाएँ। इसलिए अखबारों में यह चर्चा चल रही थी कि नेहरू व पटेल में गंभीर मतभेद उभर आए हैं। इसी विषय पर गांधीजी व पटेल की चर्चा होनी थी। निश्चित समय पर पटेल अपनी पुत्री मणिबेन के साथ आए। उन्होंने इच्छा प्रकट की कि वे सरकार से दायित्व-मुक्त होना चाहते हैं। तब गांधीजी बोले—

"पहले मैं भी यही सोचता था कि नेहरू या सरदार दोनों में से एक को सरकार से अलग हो जाना चाहिए। लेकिन अब मैं स्पष्ट रूप से इस निष्कर्ष पर पहुँचा हूँ कि दोनों को सरकार में रहना चाहिए, क्योंकि इस मौके पर अलग रहने से अनर्थ हो जाएगा। प्रार्थना सभा में भी यही कहने वाला था और शाम 7.00 बजे जवाहरलाल से भी यही कहूँगा। अगर आवश्यकता हुई तो सेवाग्राम जाना स्थगित कर दूँगा, ताकि यह विचार-भेद हमेशा के लिए समाप्त हो जाए।"

सरदार पटेल ने बापू की इस आज्ञा को शिरोधार्य किया और अंत समय तक नेहरू व पटेल एक-दूसरे के प्रति समर्पित रहे। बात करते हुए समय इस तेजी से भागा कि शाम की प्रार्थना का समय हो गया। प्रार्थना में देरी बापू को पसंद नहीं थी। ठीक 5.00 बजे वे प्रार्थना सभा में पहुँच जाते थे। आज 5-10 मिनट की देरी हो गई थी। उन्होंने पटेल के पास से उठते हुए कहा, "चलूँ मैं, प्रार्थना के लिए देर हो रही है।"

हे राम!

इस उम्र में भी गांधीजी बहुत तेज चल सकते थे। यहाँ तो उन्हें केवल 200 कदम चलना था। वे तो जिंदगी भर चलते रहे थे। पोरबंदर से राजकोट, इंग्लैंड, बंबई, डरबन, पीटरमेरित्जबर्ग, जोहानिसबर्ग, फिनिक्स आश्रम, टॉल्सटाय फार्म, चंपारण, साबरमती, यरवदा, दांडी, किंग्सले

हॉल, सेंट जेम्स पैलेस, सेवाग्राम, आगा खाँ पैलेस, नोआखाली और कलकत्ता से दिल्ली। और आज वे लगभग दौड़ते हुए प्रार्थना सभा की ओर बढ़े। लोगों ने उनके लिए रास्ता छोड़ा और उनका अभिनंदन करने लगे। गांधीजी हाथ जोड़े आगे बढ़ने लगे। तभी भीड़ को चीरता हुआ एक व्यक्ति बापू की ओर बढ़ने लगा। उसने बापू को नमस्ते की और नीचे झुककर दोनों हाथों को इस प्रकार जोड़ लिया मानो बापू के चरण-स्पर्श करना चाहता था। बापू को पैरों का स्पर्श करवाना पसंद नहीं था और वैसे भी प्रार्थना के लिए उन्हें देरी हो रही थी, इसलिए बापू के साथ चल रही उनकी पौत्री मनुबेन ने उस व्यक्ति को रोकने की कोशिश की। लेकिन उसने मनुबेन को जोर से धक्का देकर एक ओर कर दिया। इससे उसके हाथ में थमी आश्रम गीत पुस्तिका और गांधीजी की जपमाला नीचे गिर गईं। जैसे ही मनुबेन नीचे गिरी वस्तुएँ उठाने के लिए झुकी, वह व्यक्ति गांधीजी के एकदम सामने आ गया और पिस्तौल निकालकर उसने ताबड़तोड़ तीन गोलियाँ बापू पर दाग दीं—एक उनके पेट में, दो छाती में।

कोई कुछ नहीं समझ सका। और जब तक समझा तब तक देर हो चुकी थी।

गांधीजी 'हे राम' कहकर नीचे गिर गए थे। सायं के 5.17 मिनट हुए थे। हत्यारे ने उनकी जान ले ली थी।

लोग स्तब्ध थे। अहिंसा का पुजारी हिंसा की भेंट चढ़ गया था। यह कैसा न्याय था ईश्वर का? क्या ईश्वर को भी उसका अहिंसा दर्शन अप्रिय था—जो उसे ऐसे महानिर्वाण प्राप्त हुआ? लेकिन इतना तो कहना होगा, अनजान मोहनदास ने जब से होश सँभाला, वह परमार्थ के लिए सतत लड़ता रहा, चलता रहा और इसी लड़ाई ने उसे बापू, महात्मा एवं राष्ट्र का पिता बनाया। आज भी राष्ट्र-निर्माण की लड़ाई को अपने कंधों पर उठाए चलते-चलते ही उसने मृत्यु का वरण किया था।

एक बार गांधीजी ने कहा था, "केवल मेरी मृत्यु ही यह निश्चित करेगी कि मैं 'मुहम्मद गांधी' हूँ, जिन्ना का दास हूँ, हिंदू धर्म का विध्वंसक हूँ या इसका सच्चा सेवक और रक्षक।"

अपना बलिदान देकर गांधीजी ने इसका जवाब भी स्वयं ही दे दिया था।

अंतिम विदाई

सरदार पटेल को 'लौह पुरुष' कहा जाता था। बापू की मृत्यु की खबर ने उन्हें भी गहरी पीड़ा पहुँचाई, जो उनके चेहरे पर स्पष्ट दृष्टिगोचर हो रही

थी। नेहरूजी बच्चों की तरह फूट-फूटकर रो पड़े थे। दिल्ली सहित पूरा देश शोक-संतप्त था। इस खबर को सुनकर उस रात बहुत से लोगों ने उपवास किया।

प्रधानमंत्री जवाहरलाल नेहरू ने रेडियो पर मर्माहत स्वर में कहा—

''हमारे जीवन का उजाला छिन गया है, चारों ओर अंधकार है। क्या कहूँ और कैसे कहूँ—कुछ नहीं सूझता। हमारे प्यारे नेता बापू, राष्ट्रपिता हमें छोड़ गए ।''

31 जनवरी दिन शनिवार को बिड़ला हाउस में दिन के 11.00 बजे बापू की अंतिम यात्रा आरंभ हुई। सड़क के दोनों ओर विराट् जन-सैलाब अपने प्रिय बापू को अंतिम श्रद्धांजलि देने को खड़ा था। 10 लाख से ज्यादा लोगों की भीड़ थी। पाँच घंटे में कुछ कि.मी. की यात्रा तय करके सायं 4.30 बजे अरथी राजघाट पहुँची। रामदास गांधी ने अपने पिता को मुखाग्नि दी और इसी के साथ वातावरण 'महात्मा गांधी की जय' के घोष से गूँज उठा।

थोड़ी ही देर में पंचमहाभूत से जनमा शरीर पंचमहाभूत में समाहित हो गया। दो दिन बाद उनके अस्थि-फूलों को एकत्रित किया गया। बापू तो पूरे देश के राष्ट्रपिता थे, इसलिए देश की सभी प्रमुख नदियों और सरोवरों में उनके अस्थि-फूल विसर्जित किए गए। मुख्य अस्थि-कलश को इलाहाबाद में संगम में विसर्जित किया गया। कस्तूरबा के फूल भी वहीं विसर्जित किए गए थे।

हत्यारों की यह छठी कोशिश थी, जिसमें वे सफल रहे थे। इसके पहले जून 1934 में, मई 1944 में, सितंबर 1944 में, जून 1946 में और 14 जनवरी, 1948 को हत्यारों ने अपने षड्यंत्र को सफल करने का असफल प्रयास किया था।

नाथूराम गोडसे

बापू के हत्यारे को लोगों ने वहीं दबोचकर पुलिस के हवाले कर दिया था। 15 नवंबर, 1949 को अंबाला की जेल में नाथूराम विनायक

गोडसे और इस साजिश में शामिल उसके एक साथी नारायण आप्टे को इस कुकृत्य के लिए मृत्युदंड मिला।

गांधीजी के बारे में प्रसिद्ध वैज्ञानिक अल्बर्ट आइंस्टीन ने कहा था कि आनेवाली पीढ़ियाँ इस बात पर विश्वास ही नहीं करेंगी कि हाड़-मांस का ऐसा कोई इनसान इस धरती पर पहले कभी हुआ था।

गोखले ने सन् 1912 में उनके बारे में कहा था, ''इस पृथ्वी पर गांधी से ज्यादा विशुद्ध, उदात्त, वीर और उन्नत पुरुष कभी पैदा नहीं हुआ। उन्हें पुरुषोत्तम, वीर-शिरोमणि और मूर्धन्य देशभक्त कहा जा सकता है। और हम यह भी कह सकते हैं कि आज भारतीय मानवता उनके रूप में परमोच्च बिंदु पर पहुँच गई है।''

गांधी लगातार चलते रहे। इस यात्रा में उन्होंने पोरबंदर से दिल्ली तक का सफर 80 वर्ष में पूरा किया। उन्होंने दक्षिण अफ्रीका में रंगभेद के विरुद्ध संघर्ष किया। भारत में ब्रिटिश शासन के विरुद्ध लोगों को एकजुट कर स्वतंत्रता का मार्ग प्रशस्त किया। इसी दौर में उनका एक साधारण युवक से महात्मा के रूप में कायांतरण हुआ। उन्होंने असत्य से सत्य, अंधकार से प्रकाश, मृत्यु से अमरता की यात्रा की। उनकी शिक्षा भारत से संसार के चारों कोनों में फैली। सत्य का वह सिपाही मारा गया, उसका शरीर हमसे छीन लिया गया। लेकिन गांधीजी ने कभी अपने शरीर का लड़ाई में इस्तेमाल नहीं किया; उन्होंने अपनी आत्मिक शक्ति को लड़ाई का हथियार बनाया था और उसे कोई नहीं छू सकता। वह शाश्वत है, आज भी हमारे बीच मौजूद है।

□

31

अमर महात्मा

''सच्चा जीवन जीने की सुनहरी कुंजी एक ही है। जो सेवा–कार्य सहज रूप से सामने आए, उसमें कूद पड़ना और ध्यानावस्थित हो जाना। फिर मन में भी विचार केवल कार्य को पूर्ण करने का ही रहे, न कि काम उचित है अथवा अनुचित–इस बात का।''

—महात्मा गांधी

सत्य की शक्ति कैसे एक साधारण व्यक्ति को महात्मा बना सकती है—बापू ने अपने प्रयोगों से सारी दुनिया को इसका दिग्दर्शन करवाया। सत्याग्रह की आत्मिक शक्ति से उन्होंने शक्तिशाली अंग्रेज सरकार से टक्कर ली और विजय पाई। हमारे इतिहास के चौराहे पर जन्म लेकर गांधीजी ने देश को एक उद्देश्यपूर्ण दिशा प्रदान की। वे एक सुधारक, विचारक, उदारवादी और व्यावहारिक आदर्शवादी थे। गीता, कुरान, बाइबल और उपनिषद् के लिए उनके मन में समान आदर था। अपने रचनात्मक कार्यों में सांप्रदायिक सौहार्द को उन्होंने पहले स्थान पर रखा। छुआछूत की भावना को दूर करने के लिए उन्होंने अपने साबरमती आश्रम में एक अस्पृश्य परिवार को प्रश्रय दिया और कालांतर में इस सामाजिक कुरीति को दूर करने के लिए समग्र प्रयास किए। उन्होंने कहा—

''मैं फिर से जन्म लेना नहीं चाहता। परंतु यदि मुझे फिर से जन्म लेना पड़े तो अस्पृश्य के रूप में ही शरीर धारण करना चाहिए, जिससे कि उनके दुःख, कष्ट और तिरस्कार का भागीदार बनते हुए मैं— अपने को और उन्हें इस स्थिति से उबारने का प्रयत्न कर सकूँ।

''अस्पृश्यता दूर करने का अर्थ सिर्फ इतना ही नहीं है कि जिन्हें हम अस्पृश्य मानते हैं, उन्हें छूने लगें। अवसर आने पर प्रेम–भाव से उनका स्पर्श तो करना ही है। किंतु इसका अर्थ कहीं अधिक है। अस्पृश्यता नष्ट करने का अर्थ है कि ऊँच–नीच का भाव भूल जाना चाहिए।''

दक्षिण अफ्रीका प्रवास में जब उन्होंने देखा कि नस्लभेद के शिकार भारतीय लोग बिखरे हुए हैं तो उन्होंने उन्हें एकजुट किया। इस प्रक्रिया में हिंदू, मुसलिम, सिख और पारसी सभी परस्पर निकट आए और उन्हें सांगठनिक शक्ति का अहसास हुआ। इससे उनके बीच सांप्रदायिक सौहार्द भी उत्पन्न हुआ। जातीय सौहार्द के लिए वे जीवन के अंत तक सक्रिय रहे, विशेषकर हिंदू-मुसलिम एकता के लिए। उन्होंने कहा—

''इन दोनों समुदायों के बीच सीमेंट बनने के लिए मैं घोर संघर्ष कर रहा हूँ। इनके जुड़ाव के लिए यदि सीमेंट में मेरा रक्त भी मिलाना पड़े तो मैं प्रस्तुत हूँ। मुझे हिंदू-मुसलिम एकता से बढ़कर और कोई प्रिय कार्य नहीं है। और जब से मैंने इसे अपनाया है, इसके लिए कई बार अपनी जान जोखिम में डाली है। वे सभी मुसलमान नेता, जो मेरे ज्यादा निकट संपर्क में आए हैं, यह जानते हैं कि यह उद्‍देश्य सदा मेरी नजर के सामने रहता है और हर मिनट मेरे मन में इसी की लौ सुलगती रहती है।''

सत्य का आधारभूत सिद्धांत बापू के कार्यकलापों और विचारधारा में—शरीर में आत्मा की भाँति—रचा-बसा था। उनका विश्वास था कि सभी रचनाओं में एक अनुल्लंघनीय समरसता का अस्तित्व विद्यमान होता है और उस समरसता के उल्लंघन या क्षति से भारी आपदा का जन्म होता है। इसे उन्होंने सभी धर्मों में समान रूप से पाया, इसलिए सत्य को उन्होंने अपने जीवन का आधार बना लिया। उन्होंने कहा—

''सत्य कार्य-साधकता कोई ईमानदारी नहीं है। वह तो जीवन-सत्य है, जो सर्वव्यापक है और किसी भी विनाश-लीला एवं किसी भी परिवर्तन या कायापलट में नष्ट नहीं होता।

''हम सबको असत्य से सत्य, अंधकार से प्रकाश की ओर बढ़ना है। सत्य तो हमारे सभी लक्ष्यों और प्रतिज्ञाओं के मूल में ही समाया हुआ है; और अगर आप सत्य के इस वृक्ष को अहिंसा-जल से सींचेंगे तो वह न विकसित होगा, न फल देगा।''

गांधीजी ने द्विराष्ट्र के सिद्धांत का कभी समर्थन नहीं किया और अंत समय तक भारत व पाकिस्तान को पूर्ववत् एक करने का प्रयास करते रहे—हालाँकि हिंद और पाक के नेता भी उनके इस कदम के समर्थक नहीं थे। स्वयं जिन्ना ने उनकी संभावित पाकिस्तान यात्रा के लिए दो शर्तें रखी थीं, उनमें एक थी—'पाकिस्तान के भारत में विलय की बात न करें।'

व्यक्ति और समाज से संबद्ध सभी मुद्दों में गांधीजी ने गहरी रुचि ली। सत्य, अहिंसा, सत्याग्रह और उपवास जैसी आंतरिक शक्तियों से उन्होंने बड़ी-बड़ी समस्याओं का हल निकाला। पहले स्वयं पर प्रयोग करके उन्होंने उन्हें दुनिया के सामने रखा। अपने आडंबरहीन जीवन में उन्होंने शाकाहार को अपनाया और मदिरा, तंबाकू तथा यहाँ तक कि चाय व कॉफी तक का परित्याग कर दिया। रोग-व्याधि में भी वे प्राकृतिक उपचार को ही प्रश्रय दिया करते थे।

गांधीजी ने अपनी आत्मकथा में लिखा है कि तीन आधुनिक व्यक्तियों का उनके जीवन पर गहरा प्रभाव पड़ा। वे व्यक्ति हैं—रायचंदभाई (जिनके प्रत्यक्ष आचरण से गांधीजी प्रभावित हुए), टॉल्सटाय (जिनकी पुस्तक 'द किंगडम ऑफ गॉड इज विदिन यू' ने गांधीजी को पक्का अहिंसावादी बनाया) और रस्किन (जिनकी पुस्तक 'अनटु दिस लास्ट' सर्वोदय विचार का प्रेरणास्रोत बनी)।

रायचंदभाई उर्फ श्रीमद् राजचंद्र पेशे से जौहरी थे, लेकिन वे एक महापुरुष और विद्वान् भी थे। वे एक आध्यात्मिक साधक थे। निष्काम भाव से वे व्यवसाय करते थे। इंग्लैंड से वापस लौटने के बाद गांधीजी का उनसे परिचय हुआ। रायचंदभाई के व्यक्तित्व से वे तुरंत प्रभावित हो गए। उनसे उनका संबंध घनिष्ठ हुआ। धार्मिक और आध्यात्मिक मामलों में रायचंदभाई उनके मार्गदर्शक बने। अध्यात्म-साधना के दौरान शंकाकुल अवस्था में वे रायचंदभाई की तरफ ही देखते। गांधीजी दक्षिण अफ्रीका में थे, तब उनका काफी पत्राचार भी हुआ। रायचंदभाई ने गांधीजी की श्रद्धा को बल दिया।

टॉल्सटाय की पुस्तक 'द किंगडम ऑफ गॉड इज विदिन यू' गांधीजी ने दक्षिण अफ्रीका में पढ़ी। इससे उनकी अंहिसा पर आस्था दृढ़ हुई। इस पुस्तक के स्वतंत्र विचार, प्रगाढ़ नैतिक शिक्षा और

सत्यनिष्ठा का उन पर गहरा असर हुआ। टॉल्सटाय की अन्य पुस्तकों का भी उन्होंने अध्ययन किया। दक्षिण अफ्रीका के संघर्ष में टॉल्सटाय का आशीर्वाद भी उन्होंने प्राप्त किया। दक्षिण अफ्रीका में अपने आश्रम का नाम भी उन्होंने 'टॉल्सटाय फार्म' रखा। टॉल्सटाय से ही 'रोटी के लिए शरीर-श्रम' करने का सिद्धांत उन्होंने सीखा। टॉल्सटाय की राज्यसत्ता और आधुनिक सभ्यता की आलोचना उन्हें जँच गई। टॉल्सटाय ब्रह्मचर्य और सादे ग्रामीण जीवन के पक्षधर थे, यह भी गांधीजी को पसंद आया।

रस्किन की पुस्तक 'अनटु दिस लास्ट' गांधीजी ने सन् 1904 में दक्षिण अफ्रीका में एक रेलयात्रा के दौरान पढ़ी। उससे उनके जीवन में तत्काल आमूल परिवर्तन हुआ। उस पुस्तक की सीख उनके अनुसार सार-संक्षेप में इस प्रकार थी—

1. व्यक्ति की भलाई सभी की भलाई में निहित है।
2. वकील के काम की कीमत नाई के काम जितनी ही है, क्योंकि सभी को काम करके जीविका चलाने का समान हक है।
3. श्रमयुक्त जीवन—किसान या कारीगर का जीवन—ही जीने योग्य है।

गांधीजी ने उस पुस्तक का भावानुवाद गुजराती में किया और उसे 'सर्वोदय' शीर्षक दिया।

रस्किन ने औद्योगिक सभ्यता को, यंत्रों को और आधुनिक अर्थशास्त्र को अस्वीकार किया था और सादगी, कर्तव्य-पालन एवं शरीर-श्रम पर जोर दिया था। ये बातें गांधीजी को बहुत जँचीं।

गांधीजी पर भगवद्गीता का बहुत बड़ा प्रभाव था। उन्होंने विभिन्न धर्मों के धर्मग्रंथों का अध्ययन किया था। मनुष्य जाति के आध्यात्मिक ज्ञान का सार उन्होंने गीता में पाया। गीता विभिन्न सिद्धांतों का समन्वय करती है। उसमें गहरा दर्शन है, फिर भी वह आम आदमी की समझ में आने जैसी सरल है। सत्य जानने के लिए गीता अनूठा मार्गदर्शन दे सकती है, यह गांधीजी का अनुभव था। उनके लिए गीता दैनिक आचरण का मार्गदर्शन करने के साथ एक ऐसा धर्मग्रंथ भी है, जिसकी तरफ संकट या संदेह की स्थिति में हम देख सकते हैं। ऐसे समय वह हमें अचूक रास्ता दिखाती है और हमारी ताकत बढ़ाती है।

इंग्लैंड में गांधीजी ने पहली बार गीता पढ़ी। तब वे वहाँ पढ़ाई कर रहे थे। पहले उन्होंने एडविन अर्नोल्ड का किया अंग्रेजी अनुवाद पढ़ा और बाद में संस्कृत गीता पढ़ी। गीता के कई अनुवाद और भाष्य उन्होंने पढ़े। दूसरे अध्याय के स्थितप्रज्ञ-वर्णन के 19 श्लोकों को उन्होंने आश्रम-प्रार्थना में शामिल किया।

जेल-यात्रा के दौरान उन्होंने गीता का गुजराती अनुवाद किया और उस पर टिप्पणियाँ लिखीं। जो 'अनासक्तियोग' नाम से वे प्रकाशित हुई हैं।

'अनासक्तियोग' शब्द में गीता के दर्शन का सार गांधीजी ने रखा है। गीता हमें समत्वपूर्वक, फल की आकांक्षा किए बिना कर्म करने को कहती है और कर्मफल का प्रभु को समर्पण करने का आदेश देती है। हर एक का अपना-अपना स्वधर्म होता है, कुछ नियत कर्तव्य होते हैं। उनका पालन करने में ही श्रेय है। कर्मफल पर हमारा अधिकार नहीं है। गीता कर्मयोग सिखाती है, लेकिन वह निष्काम कर्मयोग है। गीता में सिर्फ कर्मयोग ही नहीं है, बल्कि कर्मयोग, ज्ञानयोग और भक्तियोग का समन्वय है। गांधीजी गीता के सच्चे अनुयायी थे। वे एक साथ कर्मयोगी, ज्ञानयोगी और भक्तियोगी थे। गांधीजी की दृष्टि में गीता में दिखाया संघर्ष एक रूपक है। वह अच्छे और बुरे के बीच का संघर्ष है। गीता में हिंसा का उपदेश है, यह गांधीजी ने कभी नहीं माना, क्योंकि हिंसा और निष्काम कर्म साथ-साथ चल ही नहीं सकते।

गीता-दर्शन की बुनियाद पर ही गांधी-विचारधारा खड़ी है। गीता का स्थितप्रज्ञ गांधीजी का आदर्श था। स्वधर्म-कल्पना के आधार पर ही स्वदेशी की उनकी अवधारणा खड़ी है। रोटी के लिए श्रम करने के उनके सिद्धांत की जड़ गीता की यज्ञ-कल्पना में है। गांधीजी का कर्तव्य-पालन और साधन-शुद्धि के आग्रह के पीछे भी गीता का प्रभाव देखा जा सकता है।

गांधीजी कभी राजनीति में गहरे तौर पर नहीं उतरे, न ही कांग्रेस में उन्होंने अपनी पैठ बनाने का कोई प्रयास किया; बल्कि पद की चाह के इतर उन्होंने केवल कर्म किया। राजनीति में रहकर भी वे इससे सर्वथा अलग रहे। वे ऐसे राजनेता थे, जो नेताओं के नेता होकर भी एक सामान्य नागरिक थे। बड़े-बड़े नेतागण उनसे परामर्श लेने आते थे। उनकी नीतिज्ञ विलक्षणता ने ब्रिटिश प्रधानमंत्री विंस्टन चर्चिल को भी चकित, चमत्कृत और विस्मित कर रखा था।

अपनी इसी मेधा से उन्होंने दक्षिण अफ्रीका में भारतीयों को अपने अधिकारों की लड़ाई लड़ना सिखाया और भारत में सन् 1917 से 1947 के बीच देशवासियों को इस प्रकार एकजुट किया कि वे सब आजादी की लड़ाई के सिपाही बन गए।

सन् 1885 में देश में अखिल भारतीय राष्ट्रीय कांग्रेस की स्थापना हुई; लेकिन इसके 30 वर्ष बाद तक इसने विशेष कुछ नहीं किया, केवल वर्ष में एक बार अधिवेशन के। गोपालकृष्ण गोखले और बाल गंगाधर तिलक इसमें जान डालना चाहते थे, लेकिन उन्हें समर्पित कार्यकर्ता नहीं मिले। गांधीजी जब मिले तो वे दोनों नेता ईश्वर द्वारा छीन लिये गए। तिलक के आग्रह पर गांधीजी ने कांग्रेस का संविधान तैयार किया। और फिर अनायास ही उन्हें कांग्रेस का नेतृत्व करना पड़ गया। उनके नेतृत्व ने इस निस्तेज संस्था को देदीप्यमान बना दिया—इतना कि भारत की 80 प्रतिशत से अधिक जनता ने कांग्रेस को अपना लिया और अपना समर्थन किया। इसी कांग्रेस ने 'भारत छोड़ो' और 'पूर्ण स्वराज्य' का संकल्प लेकर देश को आजादी दिलवाई। कांग्रेस के बारे में उन्होंने कहा—

''कांग्रेस की स्थापना की बात सबसे पहले एक अंग्रेज के मन में उठी। वे अंग्रेज सज्जन थे एलन ऑक्टेबियस ह्यूम, जिन्हें हम कांग्रेस का जनक कहते थे। उस संस्था के पालन-पोषण का श्रेय दो पारसियों को प्राप्त है। एक तो थे फीरोजशाह मेहता और दूसरे थे दादाभाई नौरोजी, जिन्हें भारतवर्ष सहर्ष अपना बुजुर्ग नेता कहा करता था।

''कांग्रेस में घुस आई हिंसा, असत्य और भ्रष्टाचार के संबंध में अनेक स्थानों से जो पत्र आते रहते हैं, उन सबका उत्तर देना मेरे लिए कठिन है। लेकिन यह सच है कि इस महान् संस्था में हिंसा, असत्य और भ्रष्टाचार का प्रवेश इस हद तक हो चुका है कि यदि इसे विनाश से बचाना है तो इन दोषों को दूर करने के लिए बहुत ही कड़े कदम उठाए जाने चाहिए।''

गांधीजी भीड़ के बीच भी हमेशा एकाकी रहे, एकाकी चले—वनराज शेर की तरह—लेकिन उसकी तरह हिंस्र नहीं। उनकी इसी एकल मनोवृत्ति के कारण गुरुदेव रवींद्रनाथ टैगोर ने उनकी प्रशंसा में 'एकला चलो, एकला चलो···' गीत की रचना की थी। लेकिन इस एकल प्रवृत्ति को सामान्य ऐकांतिकता समझना भूल होगी। वे सदा लोगों को साथ लेकर चले, लेकिन पहले स्वयं अकेले उस मार्ग को चुना और फिर लोग भी उनके साथ हो लिये।

नोआखाली में सांप्रदायिक दंगे की आग में वे अकेले ही वीरता से कूद पड़े; क्योंकि उन्हें भरोसा था कि जीवन-मृत्यु सब ईश्वर के हाथ है,

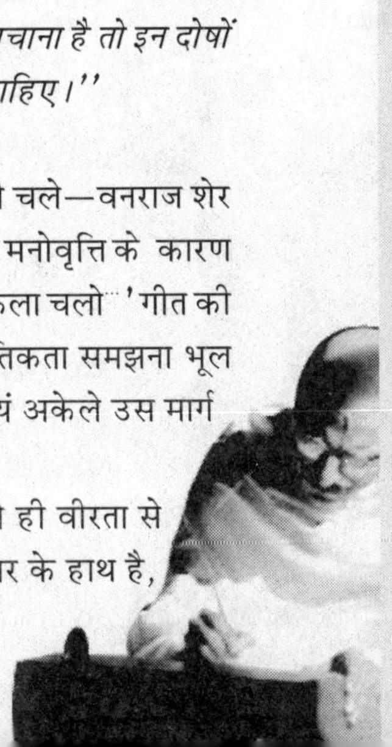

अत: वहाँ आततायियों से वे डरनेवाले नहीं थे। जोखिम लेने में वे सदा आगे रहे। उन्होंने कहा—

"मैं जानता हूँ कि अहिंसात्मक संघर्ष शुरू करके मैं पागलों का-सा साहस कर रहा हूँ, वैसा ही जोखिम उठा रहा हूँ; लेकिन जोखिम उठाए बिना— और अकसर भारी-से-भारी जोखिम उठाए बिना— सत्य की कभी जीत नहीं हुई है। जो राष्ट्र किसी ऐसे राष्ट्र का जाने या अनजाने शोषण करता रहा है, जो जनसंख्या की दृष्टि से उससे बड़ा है, जो उससे अधिक प्राचीन और उसके जैसा ही सभ्य-सुसंस्कृत है, उस राष्ट्र के लोगों का हृदय-परिवर्तन करने के लिए चाहे जितना जोखिम क्यों न उठाना पड़े, कम ही है।"

गांधीजी जीवन भर सत्य की खोज में लगे रहे। सत्य का दर्शन ही उनके लिए ईश्वर का साक्षात्कार था। अपने देश के दीन-हीन लोगों में उन्होंने अपने ईश्वर को पाया, इसलिए उन्हें वे 'दरिद्रनारायण' कहते थे। वे कहते थे—

"मानव जाति जिसे ईश्वर के नाम से जानती है— ऐसा ईश्वर तो अकथनीय है और जिसका रहस्य मानवबुद्धि नहीं पा सकती— उसके करोड़ों नामों में से एक है दरिद्रनारायण। दरिद्रनारायण का अर्थ है— गरीबों का ईश्वर, गरीबों के हृदयों में निवास करनेवाला ईश्वर।"

बिहार में, चंपारण में सत्याग्रह करके बापू ने लोगों को समझाया कि जो सत्य है, शाश्वत है उसका आग्रह करना कभी गैर-कानूनी नहीं हो सकता। साथ ही उन्होंने जोर देकर कहा कि सत्याग्रह में क्रोध या हिंसा का कोई स्थान नहीं हो सकता। सत्याग्रह में सिर्फ अहिंसक प्रतिकार अनिवार्य है। उन्होंने कहा—

"सत्याग्रह का अर्थ है— सत्य का आग्रह। यह आग्रह रखनेवाले मनुष्य में अतुल बल आ जाता है। इस बल को हम सत्याग्रह के नाम

से जानते हैं। अगर सत्य का आग्रह सच्चा हो तो माता-पिता, स्त्री-पुरुष, पुत्र आदि के विरुद्ध; राजा-प्रजा के विरुद्ध; और आखिरकार सारे जगत् के विरुद्ध उसका प्रयोग किया जा सकता है।

''सत्याग्रही दुराचार को सदाचार से, दुष्टता को प्रेम से, क्रोध को अक्रोध से, असत्य को सत्य से, हिंसा को अहिंसा से दूर करना चाहते हैं। और कोई तरीका इस दुनिया में पापों को दूर करने का नहीं है। इसलिए जो मनुष्य सत्याग्रही होने का दावा करता है, उसे आत्मनिरीक्षण करके देख लेना चाहिए कि क्या वह क्रोध, द्वेष आदि से मुक्त है? वह जिन विकारों का विरोध करता है, स्वयं उन विकारों से मुक्त तो है न?''

गांधीजी स्वयं को पैगंबर, मसीहा या महात्मा कहलवाना पसंद नहीं करते थे। वे तो सीधे-सच्चे ईश्वर के साधक और भक्तों के दासानुदास थे। उनके जीवन में जो घटित हुआ, वही उनकी वाणी से निःसृत हुआ। उन्होंने स्वयं को कभी महापुरुष या महर्षि घोषित नहीं किया, बल्कि स्वयं को सदा कर्मयोगी मनुष्य बनाए रखा। उन्होंने किसी को निकृष्ट, निकम्मा या श्रेष्ठ नहीं कहा। सब उनके लिए समान थे। जो भी व्यक्ति उनके संसर्ग में आया, वही स्वर्ण की तरह निखर गया। जिस योजना को बापू ने छुआ, वही अप्रत्याशित रूप से सफल हो गई।

गांधीजी के साथ अहिंसा के सिद्धांत इतने साधारण हैं कि कोई भी उन्हें अपने जीवन में उतार सकता है। मजदूर से मंत्री तक इन सिद्धांतों को अपनाकर जीवन में श्रेष्ठ स्थान प्राप्त कर सकते हैं। बापू ने अपने जीवनकाल में मजदूर, किसान, धर्म, राजनीति, कानून, चिंतन आदि जैसे विषयों से जुड़े अनेक प्रश्नों को सत्य व अहिंसा का सहारा लेकर सुलझाया और उनका सटीक निराकरण किया। इसलिए कहा जा सकता है कि उनके सिद्धांत व्यावहारिक कसौटी पर खरे उतरे हैं। उन्होंने खादी के प्रयोग को एक क्रांति के रूप में कायांतरित कर दिया; यह उनके सिद्धांतों की प्रायोगिक सत्यता को प्रमाणित करता है। उन्होंने कहा—

''खादी की कल्पना मैंने पिछले बीस वर्षों से हिंदुस्तान के सामने रखी है। इन बीस वर्षों से मैंने यह एक ही बात हिंदुस्तान में सबको सुनाई है। आज मृत्यु-शय्या पर पड़ा हुआ भी मैं यही कहना चाहता हूँ। खादी अब पुरानी, जीर्ण-शीर्ण चीज नहीं रही, बल्कि नौजवान बन गई है और

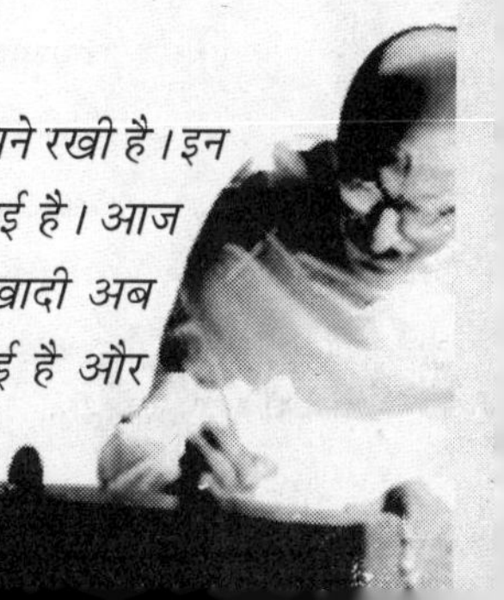

खूबसूरत मालूम पड़ती है। आज यह बात स्पष्ट दिखाई पड़ती है। ईश्वर मुझसे कह रहा है कि इसमें कोई भूल नहीं है। इसमें स्वराज्य है, इसी में स्वतंत्रता है। खादी का अर्थशास्त्र देशभक्ति, भावना और मानव-दया की आधार-भूमि पर रचा गया है।''

क्या हमें सत्य और अहिंसा के बल पर ही आजादी मिली? इस प्रश्न का उत्तर 'हाँ' में दिया जा सकता है। क्योंकि हिंसा का दमन प्रतिहिंसा से किया जा सकता है। लेकिन अहिंसा और सत्य का दमन असंभव है; क्योंकि ये दोनों शाश्वत हैं। अंत में इन्हें तो जग-जाहिर होना ही है। इसलिए गांधीजी की सत्य, अहिंसा और उपवास की नैतिक लड़ाई ने अंग्रेज सरकार के पैर उखाड़ दिए। आजादी के बाद के दंगे और उत्पात का शमन भी गांधीजी के सत्याग्रह और उपवास के कारण संभव हुआ। उन्होंने बलिदान देकर देश में शांति की स्थापना की और अंतिम साँस तक हिंसा का प्रतिकार किया। उन्होंने कहा—

''हिंसा की सेना जितना जोखिम उठाती है, अहिंसा की सेना भी उतना ही जोखिम उठाती है। अंतर केवल इतना ही है कि हिंसा की सेना स्वयं आक्रामक न होने पर भी प्रत्याक्रमण कर सकती है, जबकि अहिंसक सेना प्रतिकार की कामना किए बिना जोखिम उठाती है।''

गांधीजी ने कभी गलती न की हो, ऐसा भी नहीं था। वे अनेक गलतियाँ करते थे; लेकिन उनमें वे इतने शुद्ध और सही होते थे जितने हम अपने बड़े और विशिष्ट निर्णय में भी सही नहीं होते। बापू अपनी कमियों को भी सार्वजनिक करने में नहीं हिचकते थे। बचपन में जब उन्होंने सोने की चोरी की तो उसे पिता को सच-सच बता दिया। 'सत्य के साथ मेरे प्रयोग' नामक अपनी आत्मकथा में गांधीजी ने स्वीकार किया कि जब उनके पिता अंतिम श्वास ले रहे थे, तब वे अपने शयनकक्ष में व्यस्त थे।

गांधीजी धर्म को राजनीति से अलग नहीं मानते थे। इसलिए धर्म और राजनीति को घालमेल के लिए उन्हें प्राय: आलोचना का शिकार होना पड़ता है। उन्होंने कहा—

"मेरी राजनीति के मूल में भी धर्म ही है। राजनीतिक जीवन का नियमन करनेवाले इस सिद्धांत की मैंने कभी उपेक्षा नहीं की।"

लेकिन जो लोग धर्म और राजनीति के घालमेल के लिए बापू की आलोचना करते हैं, यदि उनसे पहले के वर्षों में झाँकें तो धर्म और राजनीति का संगम वहाँ भी दृष्टिगोचर होता है। सन् 1885 में सर सैयद अहमद शिक्षा की आड़ में मजहबी राजनीति कर रहे थे। 1889 में कांग्रेस के पाँचवें अधिवेशन में प्रतिनिधि सरकार के अंतर्गत अल्पसंख्यक समुदायों के संरक्षण की विशेष माँग की गई। अल्पसंख्यकों में पारसियों, ईसाइयों और मुसलमानों तथा उन हिंदुओं को सम्मिलित किया गया जो किसी विशेष इलाके में अल्प संख्या में थे। उस प्रस्ताव ने सांप्रदायिक प्रतिनिधित्व की माँग के आधार का काम किया और बाद के वर्षों में यह माँग देश के राजनीतिक क्षितिज पर खतरा बनकर मँडराती रही। सन् 1903 में बंगाल-विभाजन के प्रस्ताव पर देश भर में उपद्रव होने और भारतीय राष्ट्रीय कांग्रेस द्वारा इसकी निंदा के चलते पूर्वी बंगाल के लेफ्टीनेंट गवर्नर बैंपफाइड फुलर ने कांग्रेस को हिंदू संगठन बताकर और मुसलिम संस्थाओं को विशेष सहायता व प्रोत्साहन देकर मुसलमानों को अपने पक्ष में करने का प्रयास किया। इस प्रकार फुलर ने हिंदुओं और मुसलमानों के बीच फूट डालने का प्रयत्न किया। उसने खुल्लम-खुल्ला बहुसंख्यक मुसलमानों की हिमायत की और अल्पसंख्यक हिंदू के साथ भेदभाव बरता। उसने पूर्वी बंगाल में निरंकुश दमन-चक्र चलाया, सम्माननीय हिंदू नेताओं को अपमानित किया, अध्यापकों और विद्यार्थियों को कठोर दंड दिए और हर मौके पर जान-बूझकर हिंदुओं व मुसलमानों के बीच भेदभाव किया। इस प्रकार फुलर ने हिंदुओं और मुसलमानों के बीच अविश्वास एवं संदेह के जो बीज बोए थे, वही सन् 1905 में बंगाल के विभाजन का कारण बने। इसके एक साल बाद मुसलिम लीग का जन्म हुआ, जो भारत-विभाजन का कारण बनी।

भारत-विभाजन कोई एकाएक प्रकट हुई घटना नहीं थी। इसकी खिचड़ी थोड़े-थोड़े अंतराल के बाद हुए हिंदू-मुसलिम दंगों के रूप में सन् 1881 से पकती दिखाई देने लगी थी। ब्रिटिश प्रशासन ने इसे और हवा दी। सन् 1937 में नेहरूजी ने जिन्ना को लिखा—"अंतिम विश्लेषण से यह स्पष्ट हो जाता है कि आज भारत में दो शक्तियाँ हैं—ब्रिटिश साम्राज्यवाद और भारतीय राष्ट्रीयता का प्रतिनिधित्व करनेवाली कांग्रेस।" जिन्ना ने यह बताते हुए उत्तर दिया कि "एक, हिंदुओं और मुसलमानों में किसी प्रकार का साम्य नहीं है और दो, भारत के मुसलमान एक पृथक् राष्ट्र निर्मित करते हैं; उन्हें एक अलग राज्य की आवश्यकता है।"

जिन्ना के इस वक्तव्य में ब्रिटिश सरकार मुसलिम लीग का खुला समर्थन कर रही थी। इसलिए भारत का विभाजन केवल समय का प्रश्न रह गया था। मई 1942 में गांधीजी ने ब्रिटेन से कहा, "भारत को ईश्वर के भरोसे पर छोड़ दो। यदि यह संभव न हो तो इसे यों ही अराजकता पर छोड़ दो।" लेकिन लाख उपायों के बावजूद सांप्रदायिक राजनीति ने भारत के दो टुकड़े कर दिए।

महात्मा गांधी ने करोड़ों अनुयायी बनाए—हिंदू, मुसलिम, सिख, ईसाई, पारसी—सभी धर्मों के लोग उनके अनुयायियों में शामिल थे। ब्रिटिश कमांडर स्लेड की सुपुत्री मेडलिन स्लेड को गांधीजी के व्यक्तित्व ने इतना अधिक प्रभावित किया कि वे अपने वैभवपूर्ण जीवन को त्यागकर सन् 1925 में साबरमती आश्रम में आकर रहने लगीं। उन्हें गांधीजी ने मीराबेन नाम दिया। वे नौ वर्ष तक गांधीजी के साथ रहीं। बाद में उन्हें भारत सरकार ने 'पद्मविभूषण' से भी सम्मानित किया। सन् 1982 में ऑस्ट्रिया में उनकी मृत्यु हुई। लेकिन भारत में ही जनमे जिन्ना को गांधीजी नहीं मना सके। यह एक विडंबना ही थी कि दक्षिण अफ्रीका से स्वदेश वापसी पर जनवरी 1915 में गुजराती समाज द्वारा बंबई में गांधीजी के स्वागत के लिए आयोजित समारोह की अध्यक्षता मुहम्मद अली जिन्ना ने की। इस अवसर पर जिन्ना ने गांधीजी की प्रशंसा में भाषण भी दिया। वही जिन्ना पंद्रह वर्षों के अंतराल में उनके कट्टर विरोधी बन गए। इसे जिन्ना की महत्त्वाकांक्षा कहा जाए या अंग्रेजों द्वारा उनका 'ब्रेन वॉश' कि सत्याग्रह, उपवास और अहिंसा जैसे गांधीजी के अमोघ अस्त्र भी कुंद पड़ गए और देश के लगभग एक-चौथाई लोगों का प्रतिनिधित्व करनेवाली मुसलिम लीग ने भारत का विभाजन करवा दिया।

गांधीजी जीवित रहते तो हो सकता है, वे भारत-पाक के विलय के लिए पुनः सत्याग्रह का रास्ता अपनाते; लेकिन इतना तो तय है कि उन्होंने देश की आजादी के दौरान जो-जो अभिनव प्रयोग किए, आज उनका अनुकरण मात्र करके हम अपने देश को न केवल महानतम बना सकते हैं, बल्कि सांप्रदायिक सौहार्द को बनाए रखकर देश का कायांतरण कर सकते हैं। कल्याणकारी और सुखी राज्य के लिए यह आवश्यक ही नहीं, अपरिहार्य भी है।

□

कुछ प्रेरक प्रसंग

महान् व्यक्ति

गांधीजी दक्षिण अफ्रीका में प्रवास पर थे। उन्हीं दिनों दीनबंधु एंड्रूज भारत से उनसे मिलने गए। उन्हें गोपालकृष्ण गोखले ने भेजा था। वे चाहते थे कि गांधीजी के विचार-परिवर्तन में एंड्रूज सहयोग करें। लेकिन यह तो नहीं हुआ, उलटे दीनबंधु के ही विचार बदल गए और वे स्वयं गांधीजी के शिष्य बन गए।

एक दिन सुबह-सुबह दीनबंधु को खोजते हुए गांधीजी उनकी कुटिया में पहुँचे। वे वहाँ नहीं मिले। पूछने पर पता चला कि वे संडे चर्च में व्याख्यान देने गए थे। गांधीजी को भी उनका व्याख्यान सुनने की उत्सुकता पैदा हुई। वे भी उस चर्च में जा पहुँचे, जहाँ दीनबंधु का व्याख्यान चल रहा था। लेकिन उनके अश्वेत होने के कारण उन्हें चर्च में प्रविष्ट नहीं होने दिया गया। मन मसोसकर गांधीजी वापस लौट आए।

कुछ समय बाद दीनबंधु वापस लौटे तो काफी प्रसन्न थे। गांधीजी ने कारण पूछा तो वे बोले, ''आज मैंने एक महान् व्यक्ति के ऊपर व्याख्यान दिया, जिसे सुनकर मुझे बहुत तालियाँ मिलीं।''

''अच्छा, कौन है वह व्यक्ति? जरा मैं भी तो सुनूँ।'' गांधीजी जिज्ञासापूर्वक बोले।

''आप।'' दीनबंधु ने उनके सामने झुककर कहा।

''ओह! मैं भी तुम्हारा भाषण सुनने गया था। लेकिन काला होने के कारण मुझे गिरजे के अंदर नहीं जाने दिया गया था।''

यह सुनकर दीनबंधु की आँखों में आँसू आ गए। वे बोले, ''कैसी विडंबना है! मैं जिस 'मोहनदास करमचंद गांधी' के बारे में बोल रहा था, उसी को अंदर जाने से रोक दिया गया।''

गहरी नींद

साबरमती आश्रम में एक लड़का मृत्यु-शय्या पर पड़ा था। प्रत्येक आश्रमवासी की बारी-बारी से उसकी देखभाल की ड्यूटी लगती थी। गांधीजी की बारी भी आती थी। उसकी तबीयत अधिक खराब होने पर भी उन्हें आना पड़ता था।

एक रात बारह बजे गांधीजी की बारी थी। उनसे पहले श्री फड़के की बारी थी। गांधीजी ने कहा कि अपनी बारी के बाद वे उन्हें जगा दें।

फड़के रोगी के पास बैठे तो उन्हें नींद आने लगी। इसलिए वे आस-पास टहलकर समय व्यतीत करने लगे। आधे घंटे बाद उन्होंने गांधीजी के पास जाकर देखा तो वे गहरी नींद में मानो घोड़े बेचकर सो रहे थे। फड़के आश्चर्य से भर उठे कि रोगी की इतनी चिंता में भी इतनी गहरी नींद।

धीरे-धीरे एक घंटा बीत गया। अब गांधीजी की बारी थी। श्री फड़के असमंजस में थे कि उन्हें कैसे जगाएँ। तभी एक घंटे से ठीक एक मिनट पहले गांधीजी उठ बैठे और बोले, ''एक घंटे अच्छी नींद आई।''

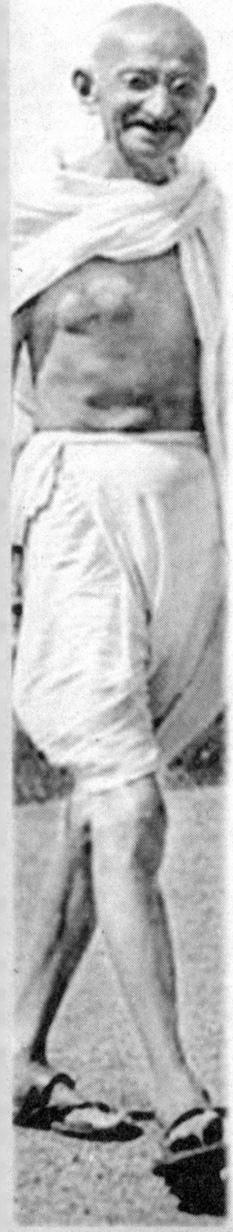

फड़के पूर्ववत् आश्चर्य में डूबे गांधीजी के विराट् व्यक्तित्व को नमन कर रहे थे। गांधीजी बीमार लड़के के पास जा बैठे। कुछ देर बाद उसने गांधीजी की गोद में ही प्राण त्यागे। उस समय बारी से पहले गांधीजी ने किसी को नहीं जगाया।

चींटी से अहिंसा

गंभीर विषय पर मंत्रणा चल रही थी। गांधीजी, डॉ. राजेंद्र प्रसाद, बाबू जगजीवन राम आदि नेतागण बैठे हुए थे। तभी गांधीजी के नंगे पेट पर एक चींटी चढ़ी। वह गरदन तक ऊपर चढ़ी और फिर वापस नीचे पेट पर आ गई। बाबू जगजीवन राम की निगाह चींटी पर पड़ी। उन्होंने गांधीजी की ओर देखा।

चींटी पेट से फिर ऊपर की ओर चढ़ रही थी। बाबू जगजीवन राम जिज्ञासापूर्वक कभी चींटी को, कभी बापू को देख रहे थे। क्या बापू को चींटी के बारे में नहीं मालूम? तभी बापू ने हाथ बढ़ाकर गरदन पर चढ़ती चींटी को हौले से हटा दिया। बापू और बाबू जगजीवन राम की निगाहें मिलीं और दोनों हँस पड़े।

हँसी के स्वर से डॉ. राजेंद्र प्रसाद की तंद्रा भंग हुई। उन्होंने हँसी का कारण पूछा।

बाबू जगजीवन राम चींटी की पूरी कहानी सुनाकर बोले, ''मुझे लगता है, पेट से चींटी को हटाने के दौरान बापू के मन में अंतर्द्वंद्व चलता रहा कि इसे पेट से हटाने से हिंसा तो नहीं होगी, इसका कोई अहित तो नहीं होगा।''

यह सुनकर बापू जोर से हँसकर बोले, ''तुम्हारा अनुमान ठीक ही था।''

पुत्र-प्राप्ति के लिए आशीर्वाद

गांधीजी बैंगलोर में थे। चक्रवर्ती राजगोपालाचारी भी उनके साथ थे। एक दिन एक महिला उनसे मिलने आई। उसके हाथ में एक थाली थी, जिसमें केले, पान, सुपारी, फूल और नारियल आदि थे। उसने थाली को गांधीजी के चरणों में रखा और आशीर्वाद पाने की मुद्रा में खड़ी हो गई। गांधीजी ने प्रत्युत्तर में हाथ जोड़ दिए। लेकिन वह महिला वहाँ से नहीं हटी। गांधीजी ने दूसरी बार, तीसरी बार हाथ जोड़े, लेकिन वह महिला टस से मस नहीं हुई।

कन्नड़ महिला थी, अत: गांधीजी ने चक्रवर्ती से कहा कि उससे पूछें, उसे क्या चाहिए?

चक्रवर्ती ने उस महिला से बात की और गांधीजी की ओर पलटकर बोले, ''आप गहात्मा हैं न, इसे पुत्र-प्राप्पि का आशीर्वाद चाहिए।''

''मैं महात्मा नहीं हूँ।'' गांधीजी बोले, ''आशीर्वाद कैसे दूँ?''

चक्रवर्ती बोले, ''यह बहन कहती हैं कि आपने कई लोगों को आशीर्वाद दिए हैं और वे फलीभूत भी हुए हैं, फिर मुझे क्यों नहीं देते?''

बापू बोले, ''मुझे अभी पता चला है कि मुझ में ऐसी कोई शक्ति है। पर इससे कहिए, गाँव में से ही किसी बालक को गोद क्यों नहीं ले लेती?''

राजगोपालाचारी ने महिला से उस प्रश्न का उत्तर लिया और बोले, ''यह कहती है कि वह अड़ोसी-पड़ोसी और रिश्तेदारों के सभी बच्चों को प्यार करती है, लेकिन अपना तो अपना ही होता है।''

यह सुनकर गांधीजी ने 'अपने-पराए' पर उसे अच्छा-खासा भाषण दिया। लेकिन फिर भी वह नहीं गई। अंत में बापू बोले, ''अगर ईश्वर तुम्हें पुत्र देना चाहें तो मैं क्या इनकार कर सकता हूँ!''

इसे आशीर्वाद समझकर वह महिला उन्हें प्रणाम कर वहाँ से चली गई।

मैं खा लूँगा

हरिजन-यात्रा के दौरान गांधीजी को एक बार केले के पत्ते में लपेटकर दान-राशि अर्पित की गई। उसे देखकर वे बोले, ''दान देने का यह भाव तो अच्छा है; लेकिन अगर फल देते तो मैं खा भी लेता न।''

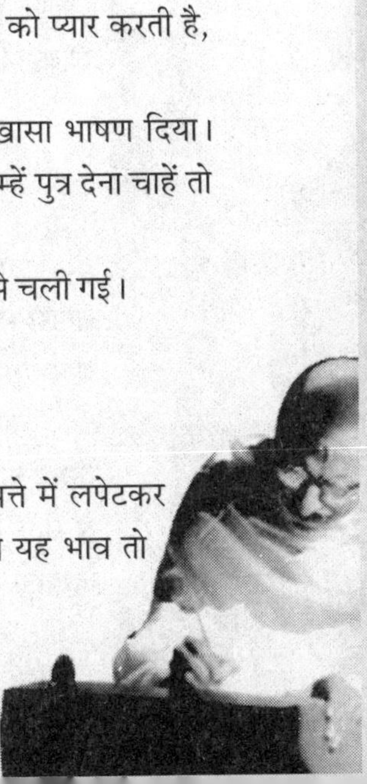

यह बात हास्य में कही गई थी, लेकिन थोड़ी ही देर में किसी सज्जन ने फलों की एक टोकरी पहुँचा दी।

फलों की ओर देखकर गांधीजी बोले, ''फल तो बहुत खूबसूरत हैं। स्वादिष्ट भी होंगे। खाने की इच्छा भी होती है; लेकिन नहीं, इन्हें हरिजन बच्चों में बँटवा देना। उनके रूप में मैं खा लूँगा।''

वृद्धा की श्रद्धा

नोआखाली की यात्रा के दौरान गांधीजी एक छोटे से गाँव में पहुँचे। एक घर के सामने लगभग अस्सी साल के एक वृद्ध दंपती ने कपूर की मालाएँ पहनाकर गांधीजी का स्वागत किया। फिर वृद्धा ने काँपते हाथों से गांधीजी के हाथ पकड़े और अपने पूरे शरीर पर स्पर्श करने लगी, मानो आशीर्वाद ग्रहण कर रही हो।

बाद में उसने गांधीजी को नारियल-पानी पीने को दिया। शाम के समय गांधीजी कुछ भी ग्रहण नहीं करते थे; लेकिन उस वृद्धा की श्रद्धा में शबरी जैसी भक्ति थी, इसलिए बापू इनकार नहीं कर सके और प्रेमपूर्वक स्वयं पीया और साथ में मौजूद मनु को भी दिया। इस समय उनके मुख पर तृप्ति का आनंद मौजूद था।

बाद में वहाँ से आगे बढ़ने पर गांधीजी बोले, ''हमउम्र लोग जब मिलते हैं तो बड़ा अपनापन लगता है। कितनी आत्मीयता थी इनके व्यवहार में!''

कर्तव्य-पालन

गांधीजी जब पहली बार दक्षिण अफ्रीका गए तो कुछ ही वर्षों बाद वापस भारत लौट आए थे। इस दौरान वे वहाँ सत्याग्रह चलाते रहे थे। अभी वे महात्मा नहीं बने थे।

इस भारत प्रवास में एक बार वे रेल में सफर कर रहे थे। तभी पास बैठे एक सज्जन ने डिब्बे में ही थूक दिया। गांधीजी ने उसे कागज के टुकड़े से साफ कर दिया। सज्जन ने सोचा, यह सफाई-पसंद व्यक्ति उन्हें नीचा दिखाना चाहता है, इसलिए उसने फिर थूक दिया। गांधीजी ने फिर साफ

कर दिया। और यात्रा के अंत तक यह सिलसिला चलता रहा।

अंत में जब स्टेशन आया तो लोगों की भीड़ उसी डिब्बे की ओर पुकारते हुए बढ़ी, ''गांधीजी की जय!''

थूकनेवाले सज्जन ने देखा कि थूक पोंछनेवाले व्यक्ति की जय-जयकार हो रही है और वे गांधीजी हैं, तो उसे ग्लानि हुई और वह बापू के चरणों में गिरकर क्षमा माँगने लगा।

बापू ने कहा, ''मैंने केवल अपने कर्तव्य का निर्वहण किया है। जब कभी तुम्हारे सामने भी ऐसी स्थिति उत्पन्न हो तो तुम भी यही करना, बस।''

वह नहीं हटेगा

दक्षिण अफ्रीका में गांधीजी एक बार डरबन बंदरगाह गए। पोलाक भारत से लौट रहे थे। वे उनके स्वागत में वहाँ गए थे। जहाज बंदरगाह पर अभी लगा नहीं था, कुछ देर थी। गांधीजी के साथ प्रभुदास गांधी, उनके पिता छगनलाल गांधी और कुछ अन्य भारतीय लोग मौजूद थे।

टहलते-टहलते प्रभुदास गांधी अपने पिता छगनलाल के साथ एक स्टीमर के निकट आ खड़े हुए। गांधीजी एक इमारत के छज्जे की छाया में खड़े मित्रों से बात कर रहे थे।

इतने में एक अंग्रेज युवक छगनलाल गांधी को झिड़कते हुए उनके समीप से गुजरा, ''हटो, पीछे हटो यहाँ से!''

छगनलाल ने सोचा, उसे निकलने के लिए जगह चाहिए, इसलिए वे एक ओर सरक गए। लेकिन थोड़ी देर बाद वही युवक फिर आया और बोला, ''चलो-चलो, हटो यहाँ से।''

छगनलाल नहीं हटे तो वह गुस्से से लाल-पीला होते हुए बोला, ''मैं तुम्हीं से कह रहा हूँ, पीछे हटो यहाँ से!''

इतना कहकर वह छगनलाल की ओर बढ़ा, मानो उन्हें धक्का देना चाहता था। अब तक गांधीजी की नजर भी उस ओर पड़ चुकी थी। वे युवक से दुगुने तेज स्वर में डाँटते हुए बोले, ''वह एक इंच भी नहीं हटेगा।''

उस गगनभेदी आवाज को सुनकर वह युवक बौखलाहट और क्रोध से सुलगने लगा। बोला, ''क्यों नहीं हटेगा? उसे हटना ही पड़ेगा। जहाज में गड़बड़ करनी है क्या?''

अंग्रेज युवक की इस रंगभेदी कड़वाहट ने गांधीजी के सत्याग्रह को और बुलंद कर दिया। वे तिगुने जोश के साथ बोले, ''तुम करना क्या चाहते हो? वह एक इंच भी नहीं हटेगा।''

इतने में कुछ बड़े अंग्रेज अफसर वहाँ आ गए और उन्होंने स्थिति को सँभाल लिया। एक उस युवक को समझाते हुए बोला, ''यह कोई मामूली कुली नहीं, गांधी है। इससे उलझना ठीक नहीं है।''

यह सुनकर अंग्रेज युवक चुपचाप वहाँ से चला गया।

दो मिनट का फेर

गांधीजी जहाँ भी जाते थे, पत्रकार उनसे पहले वहाँ पहुँच जाते थे। समय-असमय वे गांधीजी से मिलने की कोशिश करते रहते थे। एक दिन एक जर्मन पत्रकार ने गांधीजी से मिलने की कोशिश की। उसने महादेवभाई देसाई से बहुत देर अनुनय-विनय की। अंत में कहा कि केवल दो मिनट के लिए ही मिलवा दें। तब महादेवभाई पिघल गए। उन्होंने बापू से कहा तो बापू ने मिलने की अनुमति दे दी।

पत्रकार महोदय गांधीजी से मिले। एक मिनट शिष्टाचार की बातें करने में निकल गया और दूसरा मिनट भूमिका बाँधने में। इसके फौरन बाद गांधीजी ने घड़ी आगे कर दी और इशारा किया कि समय पूरा हो चुका है, आप जा सकते हैं।

और सचमुच उस दिन उस जर्मन पत्रकार को निराश ही लौटना पड़ा था।

तीन बंदर : तीन गुरु

गांधीजी के कमरे में तीन बंदरों का एक खिलौना देखकर एक दिन एक व्यक्ति ने उनसे पूछ लिया, ''बापू, ये बंदर आपने क्यों रखे हैं?''

बापू ने गंभीरता से उत्तर दिया, ''ये तीन बंदर मेरे तीन गुरु हैं। यह खिलौना महादेव को एक चीनी ने दिया था। वहाँ से मेरे पास आ गया। तीनों बंदर बहुत महत्त्वपूर्ण बात कहते हैं। इन्हें जीवन में उतार लेने पर जीवन धन्य हो सकता है।

"पहले बंदर ने अपना मुख बंद कर रखा है। वह कहता है कि कभी झूठ मत बोलो, किसी की बुराई न करो।

"दूसरा बंदर, जो आँखें बद किए है, कहता है कि अपनी आँखों से कोई बुराई मत देखो।

"तीसरा बंदर कान बंद किए है। यह हमें सिखाता है कि हम बुरी बात न सुनें, क्योंकि बुरी बातें या निंदा से मन का चैन छिन जाता है; अत: इससे बचना चाहिए।

"इस खिलौने का न केवल बाहरी रूप सुंदर है, बल्कि भीतरी रूप भी मानव-कल्याणकारी है। इसलिए इन खिलौनों को मैं अपना गुरु मानता हूँ।"

एक मिनट की कीमत

साबरमती आश्रम में सामूहिक रसोई बनती थी और एक निश्चित समय पर भोजन की घंटी बजती थी। सभी लोग नीचे बैठकर भोजन करते थे। जितने लोग पहली घंटी बजते ही बैठ जाते थे, उन्हें पहले भोजन करवाया जाता था। बाद में आनेवालों को दूसरी पंगत में बैठने के लिए अपनी बारी की प्रतीक्षा करनी पड़ती थी। नियम के रूप में इस बात का पालन किया जाता था।

गांधीजी ठीक घंटी बजने के समय तक भोजनालय में पहुँच जाते थे। एक दिन घंटी बजानेवाले ने देखा कि समय हो गया है और गांधीजी नहीं पहुँचे हैं। तभी दूर से वे आते दिखाई दिए। वह एक मिनट रुक गया, फिर गांधीजी के पहुँचने पर घंटी बजाने लगा।

यह देखकर बापू व्यथित स्वर में बोले, "मुझ अकेले के लिए तुमने इतने लोगों का समय बिगाड़ा। यदि मैं देर से आया हूँ तो मुझे अपनी बारी की प्रतीक्षा करनी चाहिए, लेकिन घंटी सदा सही समय पर ही बजनी चाहिए।"

सच्चा आभूषण

केरल यात्रा के दौरान एक सभा में गांधीजी दरिद्र नारायण के लिए दान ग्रहण कर रहे थे। दान में प्राप्त वस्तुओं को वहीं-के-वहीं नीलाम कर दिया जाता था। नीलामी चल रही थी, तभी कौमुदी नाम की सोलह वर्षीया एक लड़की गांधीजी के निकट पहुँची और अपनी एक चूड़ी उतारकर बोली, "बापू, आप मुझे हस्ताक्षर देंगे?"

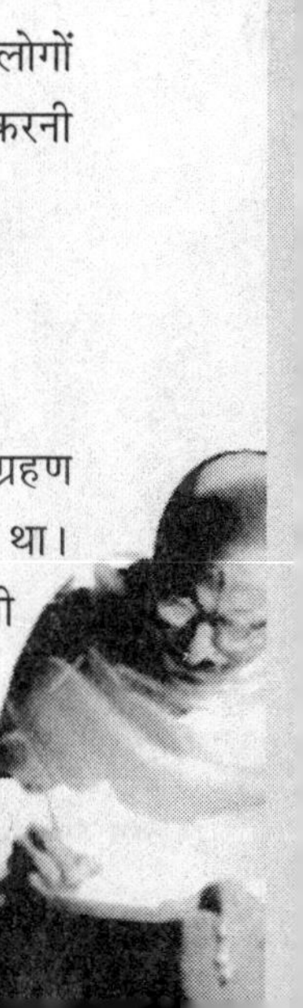

बापू हस्ताक्षर करने लगे। तभी उसने दूसरी चूड़ी भी उतार दी।

बापू बोले, ''मैं एक चूड़ी में ही हस्ताक्षर दे दूँगा।''

लेकिन उनकी बात की ओर से कान मूँदे उस लड़की ने गले का स्वर्णहार, रत्नजटित बुंदे आदि सब आभूषण उतारकर बापू के हाथ पर रख दिए।

बापू कह रहे थे, ''तूने अपने माता-पिता से इसकी अनुमति ली है?''

कौमुदी कोई उत्तर देती, उसके पहले ही किसी ने बापू को बताया कि वस्तुओं की नीलामी करनेवाला इसका पिता ही तो है, जो उनकी सहायता कर रहा है। वह भी बड़ा दानी है और उसकी पुत्री भी उसका अनुसरण कर रही है।

गांधीजी ने अपने हस्ताक्षर के आगे यह भी लिखा—'इन आभूषणों की अपेक्षा तेरा त्याग ही सच्चा आभूषण है।'

कसरत के फायदे

गांधीजी दिल्ली की हरिजन बस्ती में ठहरे हुए थे, तब की बात है। एक दिन पं. जवाहरलाल नेहरू उनसे मिलने पहुँचे तो पता चला कि बापू वायसराय से मिलने गए हैं। एक कोने में कूदनेवाली रस्सी रखी थी। समय गुजारने के लिए नेहरूजी ने रस्सी उठाई और कूदने लगे। सामने से मनु आई तो उससे बोले, ''तुम्हें प्रतिदिन सुबह सौ बार रस्सी कूदनी चाहिए और ऊपर से दूध पी लेना चाहिए। फिर तुम्हें बार-बार बुखार और जुकाम नहीं होंगे।''

ये बातें चल ही रही थीं कि गांधीजी आ गए। नेहरूजी के हाथ में रस्सी देखकर बापू बोले, ''क्या दोनों कूदने की होड़ कर रहे हो?''

सब हँसने लगे। नेहरूजी बोले, ''इस मनु को रस्सी कूदने के फायदे बता रहा था।''

गांधीजी ने स्वीकारोक्ति के स्वर में कहा, ''सच बात है, इस कसरत के बहुत लाभ हैं। जब मैं इंग्लैंड में था तो मेरे पास गरम कपड़े बहुत कम थे। वहाँ सर्दी भी बहुत थी। फिर भी बिना नहाए नहीं रहा जाता था, इसलिए मैं खूब दौड़ता था। इस प्रकार शरीर गरम रहता था और स्वास्थ्य

भी बढ़िया रहता था। लोगों का विचार था कि सर्दी दूर करने के लिए मेरे लिए मांसाहार आवश्यक होगा, लेकिन कसरत ने वह कमी पूरी कर दी।''

सौ वर्ष जीने के लिए

एकादशी का दिन था। गांधीजी भोजन में खजूर और नारियल का दूध आदि लेकर बैठे ही थे कि एक सज्जन उनसे मिलने आ पहुँचे। उन्हें बैठाया गया कि गांधीजी भोजन करके अभी आते हैं। बैठे-बैठे पाँच से पंद्रह मिनट, आधा घंटा, फिर एक घंटा हुआ तो गांधीजी पहुँचे। सज्जन बैठे-बैठे ऊब गए थे। गांधीजी को देखकर चैन की साँस लेते हुए बोले, ''भोजन में बहुत समय लग गया। ऐसे फलाहार में घंटा भर लगाना बड़े अचरज की बात है।''

''कैसा अचरज!'' गांधीजी ने जवाब दिया, ''मुझे तुम जैसा अल्पजीवी थोड़े ही बनना है।''

वे सज्जन बोले, ''तो क्या आपकी तरह धीरे-धीरे खाकर दीर्घजीवी बना जा सकता है?''

''जरूर!'' गांधीजी बोले, ''मुझे सौ वर्ष जीना है और इसका यही उपाय है।''

उचित शब्द

जलियाँवाला बाग हत्याकांड के बाद उसकी जाँच के लिए कांग्रेस ने एक जाँच समिति बनाई। गांधीजी भी उसके एक सदस्य थे। समिति की अंतिम रिपोर्ट तैयार करने की जिम्मेदारी भी गांधीजी पर डाली गई थी। घूम-घूमकर जाँच समिति ने गवाहियाँ लीं, लोगों के बयान दर्ज किए और अंत में गांधीजी रिपोर्ट तैयार करने में जुट गए।

इन दिनों वे अमृतसर में श्रीमती सरलादेवी चौधरानी के घर ठहरे हुए थे। एक दिन श्री गुरुदयाल मलिक उनसे मिलने आए। उन्होंने देखा कि घर का दरवाजा भीतर से बंद है। उन्होंने खटखटाना उचित नहीं समझा और बाहर बैठकर खुलने का इंतजार करने लगे।

बड़ा लंबा इंतजार करना पड़ा। तीन घंटे बाद दरवाजा खुला। वे भीतर गए। उनका गंभीर चेहरा देखकर गांधीजी ने पूछा, ''बहुत देर से इंतजार कर रहे थे?''

मलिक साहब किंचित् शुष्क स्वर में बोले, ''कुछ-कुछ।''

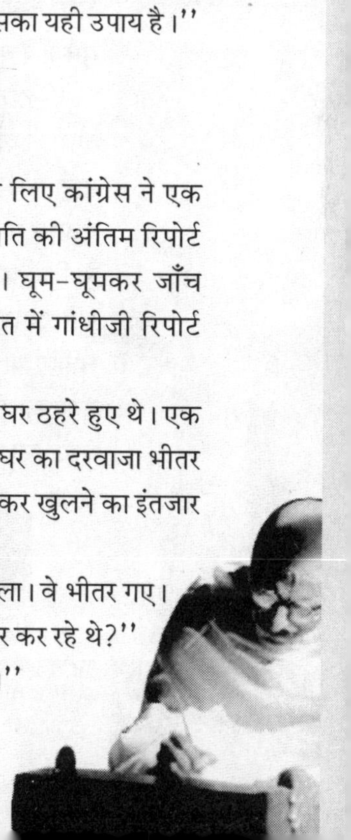

बापू बोले, ''मुझे खेद है। रिपोर्ट के विवरण में एक वाक्य की पूर्ति करने के लिए मैं उचित शब्द ढूँढ़ने में मगन था।''

भारी भूल

गांधीजी आश्रम में सूत कात रहे थे। अचानक एक जरूरी काम आ गया और उन्हें जाना पड़ गया। उन्होंने अपने स्टेनो-टाइपिस्ट श्री सुबैया से कहा, ''सूत के तार गिनकर एक ओर रख देना और प्रार्थना के समय से पहले मुझे बता देना।''

सुबैया ने स्वीकृति में सिर हिला दिया।

शाम की प्रार्थना में सभी आश्रमवासी एकत्र होते थे। यहाँ सभी की हाजिरी ली जाती थी। सभी 'ओ३म्' कहकर अपने काते गए सूत की संख्या बताते थे।

उस दिन भी सब लोग प्रार्थना में एकत्र हुए। हाजिरी आरंभ हुई। पहला नाम गांधीजी का पुकारा गया। उन्होंने 'ओ३म्' कहा और सुबैया की तरफ देखकर चुप हो गए। उन्हें तारों की संख्या तो मालूम नहीं थी, न सुबैया ने बताया।

थोड़ी देर बाद प्रार्थना समाप्त हो गई। प्रार्थना की समाप्ति पर गांधीजी लोगों से वार्तालाप करते थे। लेकिन उस दिन वे बहुत गंभीर थे, मानो कोई अंतर्द्वंद्व चल रहा हो। फिर वे गहरे एवं वेदनापूर्ण स्वर में बोले, ''आज मैंने सुबैया भाई को सूत उतारने और उसके तारों की संख्या गिनने के लिए कहा था। मैंने सोचा, वे मेरा काम कर लेंगे, लेकिन मैं मोह में था। मुझे अपना काम स्वयं करना चाहिए था, किसी और पर नहीं छोड़ना चाहिए था। मुझसे यह आलस्य क्यों हुआ? सत्य के साधक को सदा अपना काम स्वयं करना चाहिए। मुझे बड़ा पाठ सीखने को मिला है। भविष्य में मैं ऐसी भूल कभी नहीं करूँगा।''

कानून के अनुसार काम करें

गांधीजी रेल द्वारा दिल्ली से कलकत्ता जा रहे थे। मार्ग में पटना स्टेशन पर मंत्रिमंडल के कई मंत्री उनसे मिलने आए। जनता भी काफी

संख्या में इकट्ठी थी। 'गांधीजी की जय' का उद्घोष हो रहा था। गांधीजी और मंत्रियों में बातचीत हो रही थी, इधर ट्रेन छूटने का समय हो गया था। स्टेशन मास्टर बेचारा झंडी लिये असमंजस में था कि गाड़ी कैसे चलवाए? फिर साहस करके वह गांधीजी के निकट आया और बोला, ''गाड़ी छूटने का समय हो गया है, अगर आपको जरूरत हो तो और रोकूँ?''

कोई जवाब दे, उसके पहले ही गांधीजी बोल पड़े, ''आपको शिक्षा ही ऐसी मिली है कि आप यह पूछने यहाँ आए। इसमें आपका कोई दोष नहीं है। लेकिन क्या इसी प्रकार आप एक-एक डिब्बे में पूछने जाएँगे? आपका कर्तव्य है कि आप कानून के अनुसार काम करें। मंत्रियों को देखकर आपको घबराना नहीं चाहिए। ये तो जन-सेवक हैं। आप इनके सामने निडर बनें और ये भी आपको नौकर नहीं, छोटा भाई समझें। तभी हम सच्चे प्रजातंत्र का सुख लूट सकते हैं। चलिए, अब आप अपनी सुविधा से गाड़ी को रवाना कीजिए।''

स्टेशन मास्टर बापू को प्रणाम करके अपने कर्तव्य-पालन में लग गए।

उस्तरे का डर

कृष्णदास गांधीजी के भतीजे छगनलाल का छोटा पुत्र था। दक्षिण अफ्रीका प्रवास के दौरान एक बार उसकी गरदन में एक फोड़ा हो गया। बहुत दर्द होता था। उससे बोला भी नहीं जाता था। वहाँ डॉक्टर भी नहीं था। अत: गांधीजी ने स्वयं उसका चीरा लगाने का निश्चय किया। देखा तो फोड़ा अभी पका नहीं था। उन्होंने छगनलाल से कहा, ''रात को इस पर आटे की पुलटिस बाँध दो। सुबह उस्तरा, गरम पानी आदि तैयार करके मुझे बुलवा लेना।''

सुबह गांधीजी एक खेत में घुटने तक ऊँची घास को फावड़े से साफ करने में जुटे थे कि तभी छगनलालजी के घर से बुलावा आ गया। उन्होंने फावड़ा एक ओर रखा, पतलून पर लगी मिट्टी झाड़ी और हाथ धोकर चल पड़े।

छगनलाल के घर पहुँचकर कृष्णदास की पट्टी खोली तो देखा कि फोड़ा पिचककर बैठ गया है। सब आश्चर्य-मिश्रित खुशी से भर उठे।

गांधीजी विनोद करते हुए बोले, ''वाह रे बहादुर! उस्तरे से डरकर फोड़े को ही छिपा लिया। यह कोई बहादुरी की बात नहीं है।''

फिर कुछ देर वहाँ रुककर गांधीजी पुन: खेत में जाकर घास काटने लगे। वहीं कालांतर में फिनिक्स आश्रम बसा।

इकन्नी में चरण-स्पर्श

हरिजन फंड एकत्रित करने के लिए गांधीजी देहरादून में थे। एक दिन भाषण के बाद वे लोगों की भीड़ में घूम-घूमकर चंदा एकत्रित कर रहे थे। कई बार तो भीड़ के ऐसे धक्के पड़ते थे कि उनके बूढ़े पैर अधीर हो थक जाते थे, लेकिन दरिद्र नारायण की सेवा का प्रण ऐसा था कि वे प्राणपण से उसमें डूबे हुए थे।

भीड़ में कोई रुपया दे रहा था, कोई जेवर। एक स्त्री एक इकन्नी हाथ की उँगलियों में फँसाए चिल्ला रही थी, ''ओ महात्मा! मेरी यह इकन्नी लेता जा।''

महात्मा ने हाथ आगे बढ़ाते हुए कहा, ''ला, दे।''

इकन्नी लपककर महात्माजी बोले, ''पैर नहीं छुएगी? अभी तो पैर भी छुएगी न?''

स्त्री बोली, ''हाँ, छुऊँगी।''

''पैर छूने की भी इकन्नी लूँगा।''

उस ग्रामीण स्त्री ने ताना-सा देते हुए कहा, ''किराए पै छुवावे क्या पैर भी तू?''

गांधीजी ने उत्तर दिया, ''हाँ।''

फिर स्त्री ने इकन्नी दी और गांधीजी ने पैर आगे बढ़ा दिए।

केवल पढ़ाई पर ध्यान दो

दक्षिण अफ्रीका प्रवास में गांधीजी ने अनेक प्रयोग किए। बच्चों को शिक्षा भी आश्रम के स्कूल में दी जाती थी। इसमें आश्रम के बड़े-बुजुर्ग अध्यापक होते थे। उन्हीं दिनों की बात है। स्कूल के विद्यार्थी गणित के अध्यापक छगनलालभाई की चर्चा कर रहे थे। एक विद्यार्थी बोला, ''गणित तो बापूजी पढ़ाते तो ही अच्छा। वे पढ़ाते हैं तो एक ही बार में समझ में आ जाता है। छगनलालभाई उतनी अच्छी तरह नहीं समझा पाते।''

संयोग से गांधीजी वहाँ से गुजर रहे थे। उन्होंने छात्रों की यह बात सुन ली। वे कक्षा में आए तो सब विद्यार्थी सहम गए। उस दिन गांधीजी ने

अपनी कक्षा नहीं ली और गंभीरतापूर्वक बोले, "शिक्षकों की निंदा करनेवाला विद्यार्थी चाहे जितना होशियार हो, उसकी असल शिक्षा शून्य रह जाएगी। आज तुम्हें छगनलालभाई से योग्य मैं लगता हूँ, कल को गोखले महाराज मुझसे योग्य लगेंगे। तुम्हारा ध्यान केवल पढ़ाई में होना चाहिए, शिक्षकों की योग्यता-अयोग्यता आँकने में नहीं। विनम्रता से ही ज्ञान ग्रहण किया जा सकता है। विनम्र शिक्षार्थी थोड़े को भी बहुत बड़ा कर सकता है। केवल अपने दोष देखो, शिक्षकों में दोष ढूँढ़ना असहनीय होगा। मैं जो पढ़ाता था, वही पढ़ाऊँगा। गणित छगनलालभाई ही पढ़ाएँगे। जो समझ में नहीं आता, उसे बार-बार पूछो और उनके प्रति मन में आदर व श्रद्धा रखो।"

सफाई की प्रतीक झाड़ू

गांधीजी की हरिजन-यात्रा उड़ीसा में चल रही थी। इसमें रोज ही नित-नए लोग शामिल होते थे और कुछ हटते जाते थे। एक दिन यात्रा आरंभ हुई तो एक कांग्रेस नेता कांग्रेस का झंडा लेकर चलने लगे। गांधीजी ने उन्हें रोककर कहा, "यह हरिजन-यात्रा है। इसमें कोई दूसरा झंडा हमारे साथ चलना चाहिए।"

यात्रा में साथ चल रहे वियोगी हरि, एन.आर. मलकानी आदि लोग कुछ कहें, उससे पहले ही गांधीजी ने कहा, "यह सारा आंदोलन बाहरी और भीतरी सफाई का आंदोलन है। इसलिए तुम दोनों एक-एक झाड़ू ले लो। वही हमारा झंडा भी होगी और स्वच्छता की प्रतीक भी।"

फौरन गांधीजी के आदेश का पालन किया गया और वियोगी हरि तथा एन.आर. मलकानी एक-एक झाड़ू लेकर आगे चलने लगे।

हम सब पापी हैं

एक दंपती ने ब्रह्मचर्य व्रत ले रखा था। दोनों अलग-अलग रहते थे। संयोग से भी मिलते तो व्रत भंग न हो, इसका ध्यान रखते थे। एक बार उन्हें गांधी सेवा संघ में शामिल होने का अवसर मिला। दोनों मिले, लेकिन इस भय के साथ कि कहीं व्रत भंग न हो जाए। और वही हुआ, उस दिन उनका ब्रह्मचर्य व्रत भंग हो गया। दोनों ने इसे ईश्वरीय लीला समझकर स्वीकार कर लिया।

उसी दिन सुबह संयोग से गांधीजी ने ब्रह्मचर्य और संयम का मार्मिक विवेचन किया। वह दंपती भी उस सभा में थे। उस विवेचन को सुनकर

उनकी आत्मा उन्हें धिक्कार रही थी। अंत में जब उनसे नहीं रहा गया तो वे हाथ जोड़कर सिसकते हुए बोले, ''बापूजी ! हम पापी हैं । हमने पाप किया है ।''

बापू को उनके ब्रह्मचर्य व्रत के बारे में पता था। जो हुआ था, वे समझ गए। उन्होंने उन्हें बैठने का इशारा करते हुए कहा, ''हम सब पापी हैं ।''

दूसरों को कष्ट क्यों

बापू ट्रेन में सफर कर रहे थे। मार्ग में बरसात होने लगी। वे तीसरी श्रेणी के जिस डिब्बे में बैठे थे, वह चूने लगा और थोड़ी ही देर में चारों ओर पानी-ही-पानी हो गया। एक स्टेशन पर गाड़ी रुकी तो गार्ड अंदर आया और बोला, ''आप दूसरे डिब्बे में चलें। एक डिब्बा खाली करवाया है। वहाँ के यात्री यहाँ आ जाएँगे।''

बापू बोले, ''नहीं। मेरे सुख के लिए दूसरों को कष्ट क्यों दिया जाए? वे यहाँ बैठ सकते हैं तो मैं क्यों नहीं बैठ सकता?''

गार्ड से आगे कुछ बोलते नहीं बन पड़ा। कुछ देर मौन रहकर बोला, ''मेरे योग्य और सेवा बताइए।''

''लोगों की सुविधा का ध्यान रखें। उन्हें परेशान न करें। रिश्वत न लें। आपके लिए बहुत सी सेवाएँ हैं।'' गांधीजी बोले, ''अगर आप इतना कर सकें तो मेरी बहुत बड़ी सेवा होगी।''

सेवक बनकर रहें

गांधीजी इंग्लैंड की यात्रा पर थे। एक बार उनकी सभा में तरह-तरह के विषयों पर चर्चा हो रही थी। बातों-बातों में जलियाँवाला बाग हत्याकांड की चर्चा होने लगी। प्रसंगवश गांधीजी ने बताया कि जनरल डायर ने किस बेरहमी से लोगों को पेट के बल घिसटने के लिए मजबूर कर दिया था और सैकड़ों बेगुनाहों को मौत के घाट उतरवा दिया था। यह मार्मिक वर्णन सुनकर सभा में सन्नाटा छा गया। कई स्त्रियों की तो आँखें छलछला आई थीं।

इतने में एक स्त्री उठकर गांधीजी के पास आई और विनम्रता से बोली, ''अगर आप इसे उपयुक्त प्रायश्चित्त समझें तो हम पचास बार पेट के बल चलने को तैयार हैं।''

''नहीं, यह करने की आवश्यकता नहीं है।'' गांधीजी बोले, ''कोई ऐसा करे, मुझे बिलकुल स्वीकार नहीं होगा। अपनी इच्छा से कोई पेट के बल चले तो कोई हर्ज नहीं है, लेकिन यदि मैं किसी अंग्रेज युवती को ऐसा करने के लिए विवश करूँ तो वह अनुचित होगा। मैं तो भयंकरता का केवल एक उदाहरण भर देना चाहता था। अंग्रेज भारत में सेवक बनकर रहें, मालिक बनकर नहीं—यदि प्रायश्चित्त करना हो तो इसी प्रकार हो सकता है।''

उज्ज्वल भविष्य

दक्षिण अफ्रीका में गांधीजी सत्याग्रह चला रहे थे। अभी वे महात्मा नहीं बने थे, लेकिन प्रसिद्ध बहुत हो गए थे। इसी दौरान एक शिष्टमंडल के साथ वे इंग्लैंड गए। इन दिनों इंग्लैंड में बहुत से भारतीय नवयुवक शिक्षा ग्रहण कर रहे थे। उनके मन में आजादी पाने की ज्वाला भी सुलग रही थी। इन नवयुवकों के नेता वीर सावरकर थे। गांधीजी को अपने बीच पाकर उन्होंने इसका लाभ उठाने की सोची और एक सभा का आयोजन किया। सभा की अध्यक्षता गांधीजी के जिम्मे आ पड़ी। उन्होंने कहा कि यदि सभा में भारतीय रीति-रिवाज से शाकाहारी भोजन बनाया जाए तो वे सभा की अध्यक्षता करेंगे। उनकी बात मान ली गई और किराए के एक स्थान पर नियत दिन इंग्लैंड भर में फैले नवयुवक एकत्र हुए और अपने हाथों से भोजन तैयार करने लगे। वे एक-दूसरे से अपरिचित थे, लेकिन उद्देश्य सबका एक था—आजादी पाना।

दोपहर में एक नाटा सा, कमजोर व्यक्ति वहाँ आया और उनके काम में हाथ बँटाने लगा। बरतन माँजना, सब्जियाँ छीलना आदि कामों में दोपहर से शाम तक जुटा रहा।

शाम को सभा के उपप्रधान श्री अय्यर वहाँ आए। उस नाटे आदमी को देखकर उनकी आँखें फटी-की-फटी रह गईं, जो तन्मयता से बरतन माँज रहा था। एक नवयुवक ने कारण पूछा तो वे बोले, ''इन्हें पहचानते हो?''

नवयुवक बोला, ''नहीं। कौन हैं ये?''

''श्री गांधी।''

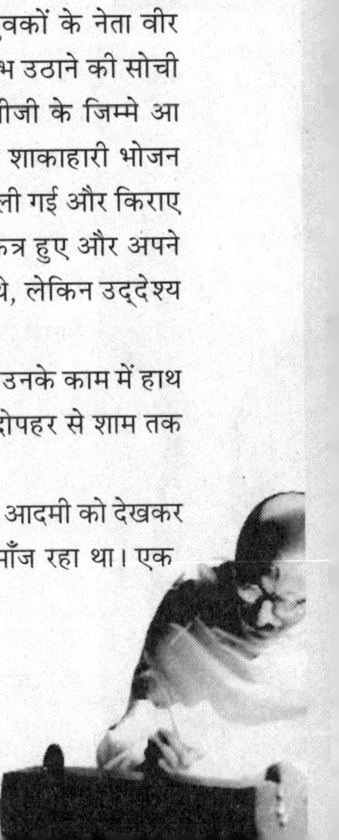

यह सुनकर सभी नवयुवक हतप्रभ रह गए। दक्षिण अफ्रीका के प्रसिद्ध गांधी यहाँ उन्हें इस रूप में मिलेंगे! उन्हें अपनी आँखों पर विश्वास नहीं हुआ। उनकी विनम्रता और निरभिमान ने उनके दिल जीत लिये।

बाद में गांधीजी को रोकने की बहुत कोशिश की गई, लेकिन सब लोगों के खाना खाने के बाद तक वे काम में जुटे रहे। अंत में उन्होंने सभा की अध्यक्षता भी की और बोले, ''इन संपन्न नवयुवकों को इस प्रकार काम करते देखकर मुझे बहुत प्रसन्नता हुई। इनमें मुझे अपने देश का उज्ज्वल भविष्य नजर आता है।''

अपना मैल पड़ोसी को नहीं

इन दिनों स्थान-स्थान पर विदेशी कपड़ों की होली जलाई जा रही थी। गांधीजी बंबई में सांताक्रूज से इस कार्यक्रम की शुरुआत करना चाहते थे। इसकी सूचना उन्होंने कांग्रेसजन को दे दी थी।

विट्ठलभाई पटेल और जयसुखलाल मेहता जैसे कुछ कांग्रेसी नेता विदेशी कपड़ों की होली जलाने के स्थान पर उन्हें टर्की जैसे जरूरतमंद देशों को भेजने के पक्षधर थे। लेकिन वे जानते थे कि गांधीजी ने जो इरादा कर लिया, फिर उसे बदलना कठिन है। इस पर भी विट्ठलभाई के आग्रह पर मेहता गांधीजी से मिलने आए। दो घंटे से अधिक समय तक दोनों नेतागण मंत्रणा करते रहे। अंत में गांधीजी बोले, ''अपना मैल छुड़ाकर पड़ोसी को नहीं दिया जा सकता। अपना कार्यक्रम हम सांताक्रूज से ही आरंभ करेंगे।''

और निश्चित दिन व समय पर गांधीजी ने विलायती कपड़ों को स्वयं अपने हाथों से जलाकर उस कार्यक्रम की शुरुआत की।

मेरा नाम चमत्कारी नहीं

खादी प्रचार कार्यक्रम के अंतर्गत गांधीजी ढाका में थे। एक दिन पचहत्तर वर्ष का एक बूढ़ा आकर उनके सामने सिर झुकाकर खड़ा हो गया और बोला, ''मेरे सिर पर हाथ रखकर आशीर्वाद दीजिए।''

गांधीजी ने उसके सिर पर हाथ रख दिया। सोचा, जल्दी चला जाएगा। लेकिन वह भावों में बहकर उनके चरणों में लोट-पोट होने लगा। उसके गले में बा और बापू की तसवीर लटकी थी। सभी विस्मित-से उसे देख रहे थे। जब उसके दिल का गुबार निकल गया तो वह बोला, ''दस साल पहले मेरे दोनों पैर अपंग हो गए थे। बहुत दवा-दारू की, भगवान् से मौत माँगता था। फिर आपका नाम रटने लगा तो ठीक हो गया। अब अपने पैर पर चल लेता हूँ। आप भगवान् हैं मेरे।''

इतना कहकर उसने फिर बापू के पैर पकड़ लिये। तब उसे मना करते हुए वे बोले, ''भाई, तुम्हें भगवान् ने ठीक किया है। मेरे नाम में कोई चमत्कार नहीं है, इसलिए भगवान् का नाम ही भजो।''

कुएँ में दाँत

गांधीजी का एक दाँत बहुत दर्द कर रहा था। वे डॉक्टर के पास गए और दाँत निकलवा दिया। उनके साथ प्रसिद्ध लेखक जैनेंद्र कुमार तथा कुछ अन्य लोग भी थे।

जैनेंद्र कुमार गांधीजी के दाँत का महत्त्व समझते थे, इसलिए जैसे ही डॉक्टर ने दाँत निकाला, उन्होंने उसे रूई में लपेटकर अपनी जेब के हवाले कर लिया। अन्य मित्र भी उस दाँत की अहमियत समझते थे। वे जब भी जैनेंद्र से पूछते कि दाँत कहाँ है, तो वे कहते कि चिंता की कोई बात नहीं, वह सुरक्षित है।

हर कोई गांधीजी के उस दाँत को अपने कब्जे में लेने को उतावला था, लेकिन जैनेंद्र कुमार उन्हें टालते रहते थे।

एक दिन गांधीजी ने जैनेंद्र से पूछ लिया, ''वह दाँत कहाँ है?''

''मेरे पास।''

''अभी है?''

''जी, है तो।''

''मुझे दो।''

जैनेंद्र ने अनमने ढंग से दाँत जेब से निकालकर दे दिया।

गांधीजी ने अपने एक विश्वस्त सहयोगी से उसे कुएँ में फिंकवा दिया।

सामूहिक मृत्यु का आनंद

सन् 1923 की बात है। उस वर्ष अहमदाबाद में इतनी वर्षा हुई कि साबरमती नदी पूरे उफान पर आ गई। गांधीजी के साबरमती आश्रम का निचला इलाका पूरा बाढ़ में डूब गया था। पशुओं को ऊपरी इलाके में ले जाना पड़ा था।

नदी का जल-स्तर लगातार बढ़ता गया तो सरदार पटेल ने संदेश भिजवाया कि आश्रम खाली करके सब आश्रमवासी शहर में आ जाएँ।

यह संदेश सुनकर बापू चिंतित हो उठे। उन्होंने सभी को पूजा-स्थल पर एकत्र होने का आदेश दिया। पानी अब भी बढ़ रहा था, मानो सबको अपने अंदर समाहित करना चाहता हो। इस जल-लीला को देखकर बापू बोले, "ईश्वर काल का रूप रखकर हमें दर्शन देने आए हैं। मैं एक पल की भी देरी किए बिना इनमें समा जाने को तत्पर हूँ। शहर से पटेल का संदेश आया है। क्या कोई वहाँ जाना चाहता है? मैं तो इन निरीह पशुओं को यहाँ अकेले छोड़कर कदापि नहीं जाना चाहूँगा।"

अब तक पानी प्रार्थना-स्थल तक आ पहुँचा था। यह देखकर किसी ने कहा, "मृत्यु के सामने यह कैसा आनंद है?"

"यह सामूहिक मृत्यु का आनंद है।" गांधीजी ने फौरन उत्तर दिया।

रेगमाल विरासत में

एक भारतीय उच्चाधिकारी अपने परिवार के साथ गांधीजी से मिलने जा रहे थे। गांधीजी उन दिनों सेवाग्राम में रहते थे। मार्ग में अधिकारी महोदय की मोटरकार खराब हो गई। वहाँ से सेवाग्राम अधिक दूर नहीं था, इसलिए मोटरकार को वहीं छोड़कर वे पैदल ही सेवाग्राम की ओर चल दिए।

वहाँ पहुँचकर गांधीजी से क्षमा माँगते हुए बोले, "क्षमा कीजिएगा, मोटर खराब होने के कारण तय समय पर नहीं पहुँच सका।"

"मोटर को क्या हुआ?" गांधीजी ने पूछा।

"मशीन में जंग लगी है। रेगमाल की जरूरत है। यहाँ जंगल में कहाँ मिलेगा। इसलिए हम पैदल ही आ गए।"

गांधीजी ने अपनी मेज की दराज खींची और उसमें से रेगमाल का एक छोटा सा टुकड़ा निकालकर अधिकारी महोदय को दे दिया।

अधिकारी आश्चर्य से उछल पड़े, ''यह आपके किस काम आता है?''

''मैं इससे तकुआ घिसता हूँ।'' गांधीजी ने हँसते हुए जवाब दिया।

भेंट के बाद जब वे अधिकारी लौटने लगे तो अपने मित्र से बोले, ''मैं इस रेगमाल का इस्तेमाल नहीं करूँगा। इसे महात्माजी की भेंट-स्वरूप सदा सँभालकर रखूँगा और अपने वंश के लिए विरासत के रूप में छोड़कर जाऊँगा।''

अवैध दस्तावेज नहीं खोलूँगा

गांधीजी चंपारण में नील बागान के मालिकों के खिलाफ किसानों की शिकायतों की जाँच कर रहे थे। गांधीजी को अपने बीच पाकर किसानों के साथ-साथ सरकारी कर्मचारी भी जोश में आ गए थे। कुछ कर्मचारी चाहते थे कि वे किसी भी तरह गांधीजी की सहायता करें।

एक बार कुछ कर्मचारियों को नील बागान मालिकों के विरुद्ध एक दस्तावेज हाथ लगा, जिसे उन्होंने ले जाकर गांधीजी को सौंप दिया। लेकिन गांधीजी ने उसे लेने से इनकार करते हुए कहा, ''जब तक मुझे यह भरोसा नहीं दिला दिया जाता कि यह अवैध तरीके से हासिल नहीं किया गया है, मैं इसे नहीं खोलूँगा।''

धमकी देना हिंसा है

दक्षिण अफ्रीका में गांधीजी वकालत करते थे। श्री पोलाक वहाँ उनका हिसाब-किताब रखते थे और परिजन की तरह उनके साथ ही रहते थे।

एक मुवक्किल समय पर फीस नहीं चुकाता था। धीरे-धीरे उस पर गांधीजी का बहुत बकाया चढ़ गया। पोलाक के बार-बार कहने पर भी उसने फीस चुकाने में कोई रुचि नहीं दिखाई। हारकर उन्होंने उस पर मुकदमा करने की ठान ली। उन्होंने पेपर बनाए और गांधीजी से कहा कि उन पर हस्ताक्षर कर दें।

पेपर देखकर गांधीजी बोले, ''इस प्रकार के मामलों को अदालत में चुनौती देने में मुझे जरा भी रुचि नहीं है। इस प्रकार धमकी देने को मैं हिंसा ही कहूँगा। गलती मैंने ही की कि समय से उससे फीस नहीं ली और ढील देता रहा। इस प्रकार हिंसा से किसी को ईमानदार नहीं बनाया जा सकता।''

सत्य की परख

दक्षिण अफ्रीका के फिनिक्स आश्रम में एक दिन कुछ नवयुवक आए। उन्होंने प्रतिज्ञा की कि वे एक महीने तक अलूणा (बिना नमक) भोजन करेंगे। लेकिन जल्दी ही वे सादे भोजन से उकता गए और एक दिन डरबन से चटपटे स्वादिष्ट व्यंजन मँगवाए और चुपचाप खा लिये।

एक दिन ग्लानिवश उनमें से एक नवयुवक ने गांधीजी को सबकुछ बता दिया।

शाम की प्रार्थना सभा में गांधीजी ने एक-एक कर उन नवयुवकों को बुलाया और पूछा कि उन्होंने अपनी प्रतिज्ञा का उल्लंघन क्यों किया? इस पर सभी ने इनकार कर दिया। यही नहीं, उन्होंने शिकायत करनेवाले को झूठा ठहरा दिया।

इस पर गांधीजी अपने गालों पर जोर-जोर से तमाचे लगाने लगे और कहने लगे, "तुम्हारा इसमें कोई दोष नहीं है, मुझे ही सत्य की परख नहीं है। सत्य मुझसे दूर भागता है।"

गांधीजी स्वयं को ही प्रताड़ित कर रहे थे। यह स्थिति देखकर वे नवयुवक स्वयं को रोक नहीं सके। एक-एक कर सब सामने आए और अपना अपराध स्वीकार कर लिया।

मैं पढ़ाऊँगा तुम्हें

दक्षिण अफ्रीका में प्रवास के दौरान एक दिन एक मुसलमान बटलर गांधीजी की शरण में आया और बोला, "गांधीभाई! मुझे अंग्रेजी नहीं आती। बीवी-बच्चे साथ में रहते हैं। खर्च मुश्किल से चलता है। अगर थोड़ी-बहुत अंग्रेजी आ जाए तो ज्यादा तनख्वाह मिल सकती है।"

गांधीजी उन दिनों वकालत के काम में बहुत व्यस्त रहते थे, फिर भी कुछ सोचकर बोले, "ठीक है, मैं पढ़ाऊँगा तुम्हें अंग्रेजी।"

बटलर ने चकित होकर उनकी तरफ देखा, मानो उन्होंने मजाक किया हो। लेकिन उनके चेहरे के भाव देखकर वह आश्वस्त हो गया। उसकी एक और समस्या थी, वह भी उसने गांधीजी के सामने रख दी।

बोला, ''आप पढ़ाएँगे, यहाँ तक तो सब ठीक है; लेकिन नौकरी से समय निकालकर मैं इतनी दूर कैसे आऊँगा?''

गांधीजी ने उसके कंधे पर हाथ रखते हुए कहा, ''तुम चिंता मत करो। मैं खुद तुम्हारे घर आकर तुम्हें पढ़ाऊँगा।''

बटलर की आँखों में खुशी और कृतज्ञता के आँसू तैरने लगे।

अगले दिन से गांधीजी सात कि.मी. दूर पैदल जाकर उसे पढ़ाते और उसी प्रकार पैदल वापस लौटते। यह सिलसिला आठ महीने तक बराबर चलता रहा।

देश-सेवा

साबरमती आश्रम में एक बार एक सज्जन आए। वे बहुत अच्छी अंग्रेजी जानते थे। अंग्रेजी में लेख लिखना वे देश-सेवा मानते थे। गांधीजी से मिले और अपने योग्य कोई सेवा पूछी। उन्होंने सोचा, उनकी अंग्रेजी से प्रभावित होकर बापू उन्हें अंग्रेजी में लिखने का कोई काम सौंपेंगे। लेकिन बापू उस समय गेहूँ बीन रहे थे, बोले, ''इस समय तो योग्य सेवा यही है कि आप भी हमारे साथ गेहूँ बीनें। बीनेंगे?''

सज्जन बेचारे मन मसोसकर गेहूँ बीनने लगे।

घंटे भर बाद उकताकर बोले, ''अब चलूँगा, घर पर जरूरी काम है''

''क्या जरूरी काम है भाई, मैं भी तो सुनूँ?''

''वो शाम के नाश्ते का समय हो रहा था।''

''नाश्ते के लिए घर जाओगे। यहाँ भी खाने का वक्त हो गया है। एक दिन हमारे साथ खाना खाएँ। खाते समय बातें भी हो जाएँगी।''

खाना आया। उसे देखकर माल उड़ानेवाले वे सज्जन बड़े मायूस हुए। रूखी रोटी, चावल और पतली दाल—मिर्च-मसालों से रहित खाना। जैसे-तैसे पानी के घूँट भर-भरकर उन्होंने एक रोटी खाई। इतने पर ही मुक्ति नहीं मिली। यहाँ तो खाने के बाद अपने बरतन भी खुद माँजने पड़ते थे। वह भी करना पड़ा।

जब घर जाने लगे तो गांधीजी बोले, ''आप देश-सेवा करना चाहते हैं, यह अच्छी बात है; लेकिन उसके लिए शरीर का मजबूत और नीरोगी रहना आवश्यक है। आप आज और अभी से उसकी तैयारी करें, यही देश-सेवा की ओर आपका पहला कदम होगा।''

बरबादी का अधिकार नहीं

गांधीजी यरवदा जेल में कैद थे। काका कालेलकर भी उनके साथ थे। नीम की दातुन उनके लिए जेल के बाहर से आती थीं। लेकिन थोड़े दिनों बाद वे आनी बंद हो गईं। काका बोले, ''कोई बात नहीं, यहाँ बहुत से नीम के पेड़ हैं। दातुन की कोई कमी नहीं होगी। रोज ताजा दातुन मिल सकती है।''

पहले दिन काका कालेलकर ने गांधीजी को एक दातुन लाकर दी। उससे दाँत साफ करके गांधीजी ने कहा, ''इसका अगला भाग काटकर अलग कर दो। कल फिर इसका उपयोग हो सकता है।''

काका बोले, ''यहाँ तो बहुत नीम हैं। रोज ताजा दातुन मिल सकती है।''

गांधीजी बोले, ''वह तो मैं भी जानता हूँ, लेकिन हमें इस बरबादी का अधिकार नहीं है। जब तक एक दातुन बिलकुल सूख न जाए, उसे फेंका नहीं जा सकता।''

काका कालेलकर ने स्वीकृति में सिर हिला दिया और वे भी वैसा ही करने लगे।

दूसरों पर आश्रित न हों

गांधीजी बारदोली के दौरे पर थे। रोज सैकड़ों लोग उनसे मिलने आते थे। एक दिन एक संभ्रांत महिला उनके दर्शन को आई। उसके हाथ में एक थाली थी, जिसमें नोट भरे थे। उसने थाली गांधीजी के चरणों में रखकर उन्हें श्रद्धापूर्वक प्रणाम किया।

गांधीजी कुछ क्षण उसकी ओर देखते रहे, फिर गंभीरता से बोले, ''तुम मेरे सामने इस प्रकार नग्न कैसे आईं?''

उपस्थित सभी लोग यह सुनकर हतप्रभ हो उठे। वह महिला घबराकर अपने वस्त्रों पर दृष्टि डालने लगी, कहीं फटे तो नहीं हैं। लेकिन उसने नए और कीमती वस्त्र पहन रखे थे। कोई गांधीजी की बात का मर्म नहीं समझ सका।

तब गांधीजी बोले, ''तुम सबकी बुद्धि जड़ हो गई है, जो मेरी बात समझ में नहीं आती है। इस बहन ने सभी कपड़े विलायती पहन रखे हैं। कल को विलायत से कपड़ा आना बंद हो गया तो यह अपनी लाज कैसे ढकेगी? जो दूसरों पर आश्रित होते हैं, वे नग्न ही होते हैं। अपनी लाज को अपने हाथों से ढकना चाहिए। अपने हाथ से खादी कातकर पहननी चाहिए।''

नर सेवा, नारायण सेवा

गांधीजी चंपारण में थे। वे जहाँ भी जाते, लोग उन्हें घेर लेते थे। एक दिन लोगों की भीड़ में कुष्ठ रोग से पीड़ित एक मजदूर भी उनके दर्शन करने आया। उसके पैर सूजे हुए थे और घावों से खून रिस रहा था। दिन भर वह वहीं रहा। शाम को गांधीजी अपने आवास की ओर रवाना हुए तो लोगों की भीड़ के साथ वह भी चल पड़ा। पैरो में भयानक पीड़ा के कारण वह घिसटता रहा और अंत में भीड़ से काफी पीछे छूट गया।

गांधीजी अपने आवास पर पहुँचकर प्रार्थना करने बैठे तो देखा कि वह मजदूर वहाँ नहीं था। उन्होंने लोगों से पूछा तो पता चला कि पीड़ा के कारण वह पीछे कहीं छूट गया था। गांधीजी फौरन अपने स्थान से उठे। उन्होंने एक दीया लिया और उसकी टिमटिमाती लौ में मजदूर को ढूँढ़ने चल पड़े।

वह मजदूर एक पेड़ के नीचे बैठा राम-नाम जप रहा था। गांधीजी को अपने सामने पाकर उसकी आँखों में चमक आ गई। गांधीजी ने उसे सहारा देकर उठाया और बोले, ''भाई, चला नहीं जा रहा था तो मुझसे कहा क्यों नहीं?''

फिर उसे सहारा देते हुए अपने आवास पर ले आए। उन्होंने उसके घाव धोए, मरहम-पट्टी की। उसके बाद उस दिन की सांध्य-प्रार्थना की।

सत्य-अहिंसा के पुजारी

बारदोली दौरे के दौरान जहाँ गांधीजी ठहरे हुए थे, वहाँ पास ही एक मसजिद थी। एक दिन उसमें एक भीमकाय काबुली आकर ठहरा। वह जब-तब गांधीजी के समीप जाने की कोशिश करता और उनकी गतिविधियों पर नजर रखता था। लोगों को उसकी हलचल संदिग्ध मालूम होती थी, अतः कुछ लोग गुप्त रूप से गांधीजी की पहरेदारी करने लगे थे।

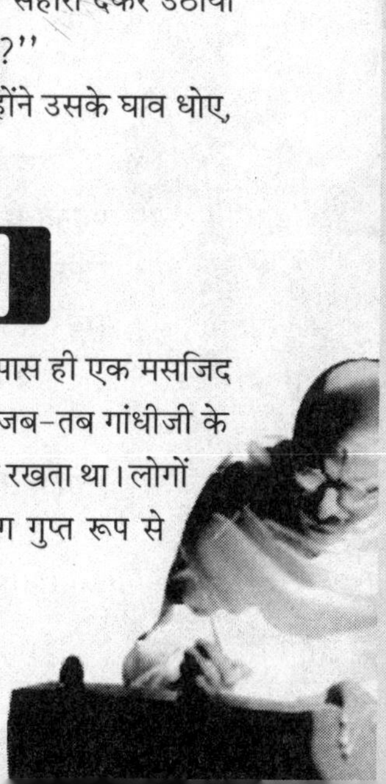

एक रात गांधीजी हमेशा की तरह खुले आसमान के नीचे सोने लगे तो उन्होंने देखा कि उनके चारों ओर बिस्तरों पर कई लोग सोने का उपक्रम कर रहे थे। उन्होंने कहा कि वे तो हमेशा अंदर सोते थे, आज बाहर क्यों? तब लोगों ने उस काबुली के बारे में बताया।

सुनकर गांधीजी हँसने लगे और बोले, ''वह यदि मारने के लिए ईश्वर द्वारा भेजा गया है तो फिर मुझे कोई नहीं बचा सकेगा, इसलिए आप लोग जाकर अपने-अपने स्थान पर सोइए।''

गांधीजी के आदेश का कोई उल्लंघन नहीं कर सकता था, इसलिए सब अंदर सोने चले गए। रात शांति से कट गई।

अगले दिन वह काबुली दूर खड़ा बापू को घूर रहा था। बापू ने कहा, ''उसे आने दिया जाए।''

बापू के निकट आकर वह बोला, ''आप अहिंसा का उपदेश देते फिरते हैं। मैं आपकी नाक काटकर देखना चाहता हूँ कि उस समय आप कितने अहिंसक रह सकते हैं।''

बापू हँसकर बोले, ''केवल नाक ही क्यों, मैं अपना सिर और धड़ भी तुम्हें सौंपता हूँ। इस पर तुम जो चाहे प्रयोग कर सकते हो।''

ऐसा निर्भीक उत्तर सुनकर वह व्यक्ति चकित रह गया। बोला, ''मैं समझ गया, आप सत्य और अहिंसा के सच्चे पुजारी हैं। मुझे माफ कर दीजिए।''

चालीस करोड़ भाई-बहन

एक बार गांधीजी एक स्कूल में गए। उन दिनों वे केवल लँगोटी पहनते थे। एक बच्चे ने उन्हें देखा तो कुछ कहने के लिए मुँह खोला, लेकिन आगे बढ़कर एक शिक्षक ने उसे चुप करा दिया। गांधीजी ने यह सब देख लिया। वे उस लड़के के पास पहुँचे

और बोले, ''तुम कुछ कहना चाहते हो?''

''हाँ। आपने कुरता क्यों नहीं पहना? मैं अपनी मम्मी से आपके लिए कुरता सिलवा दूँगा। आप पहनेंगे न?''

''जरूर पहनूँगा बेटे, लेकिन मैं अकेला नहीं हूँ।''

''फिर मैं दो कुरते सिलवा दूँगा।''

"दो नहीं, मेरे चालीस करोड़ भाई-बहन हैं। इतने कुरते सिल सकती है तुम्हारी माँ?"

फिर गांधीजी उसकी पीठ थपथपाकर आगे बढ़ गए। बच्चा कुछ नहीं समझ सका, लेकिन अध्यापक सब समझ गए।

भरोसे का आदमी

देहरादून की एक सभा में भाषण के बाद मंच पर रुपए-पैसों और जेवरों की बरसात हो गई। गांधीजी ने श्री महावीर त्यागी से कहा कि सारा चंदा ठीक से बटोरकर ठहरनेवाली जगह पर ले आएँ।

संध्या रात में बदल गई थी, इसलिए पंडाल खाली होने पर हंडे की रोशनी में रुपए-पैसे एवं जेवर आदि बटोरे गए और उन्हें गांधीजी के पास पहुँचा दिया गया।

देर रात त्यागीजी को बापू ने बुलवा भेजा। त्यागीजी खुश हुए कि बापू ने अच्छे काम के लिए शाबाशी देने हेतु बुलवाया होगा। लेकिन वहाँ पहुँचे तो उलटे झिड़की खाने को मिली। बापू बोले, "तुम्हें जो काम सौंपा गया था, वह तुमने किसी और को सौंप दिया।"

"नहीं बापू, यह आपसे किसने कह दिया?" अधीरता से त्यागीजी बोले, "मैंने एक-एक पैसा बटोरा था।"

"यह एक बाली तुम्हारी चुगली कर रही है। कोई बहन मुझे केवल एक बाली नहीं दे सकती।"

त्यागीजी को काटो तो खून नहीं।

गांधीजी अपनी रौ में कहे जा रहे थे, "अगर तुम आँखें खोलकर देखते तो यह नहीं होता। जो व्यक्ति जनता के पैसों के साथ लापरवाही करता है, वह भरोसे का आदमी नहीं होता। मेरे पास अपनी कोई संपत्ति नहीं है, मैं कहाँ से इस नुकसान की भरपाई करूँगा? जाओ, जब तक दूसरी बाली नहीं मिल जाती, वहाँ ढूँढ़ते रहो।"

महावीर त्यागी पंडाल में पहुँचे। टॉर्च, गैस के हंडों और कुछ मित्रों के साथ खोजबीन करने लगे। उनका भाग्य अच्छा था, थोड़े से श्रम के बाद दूसरी बाली, कुछ सिक्के, नोट और मिले। सब मिलाकर ढाई सौ रुपए और मिले थे। उन्हें गांधीजी के पास पहुँचा दिया गया।

ऐसे काम नहीं होते

उड़ीसा यात्रा के दौरान भद्रक में गांधीजी की एक सभा थी, लेकिन किसी कारणवश वे वहाँ नहीं जा सके। काका साहब कालेलकर भी उनके साथ थे। गांधीजी ने काका साहब से कहा कि उनके स्थान पर वे भद्रक चले जाएँ और उनका संदेश लोगों को दे दें।

कालेलकर जाने के लिए तैयार हो गए। एक घंटे बाद गांधीजी ने उन्हें वहीं देखा तो किंचित् रोष के साथ बोले, ''गए नहीं अब तक?''

''मैं तो तैयार बैठा हूँ। कोई ले जानेवाला तो आए।'' काका साहब ने जवाब दिया।

यह सुनकर गांधीजी का रोष और बढ़ गया। बोले, ''ऐसे काम नहीं होते। कोई लेने नहीं आया था तो पैदल चल पड़ते। दो दिन लग जाते पहुँचने में। और क्या होता? हमें समय पर रवाना होना चाहिए, गंतव्य स्थान पर चाहे जब पहुँचें।''

काका साहब फिर एक पल भी नहीं रुके, उसी समय रवाना हो गए।

दो डिब्बों पर कब्जा

गांधीजी पटना से दिल्ली जा रहे थे। मनु उनके साथ थी। उसने दो कूपों का एक डिब्बा ले लिया था। एक गांधीजी के आराम के लिए और दूसरा भोजन आदि बनाने के लिए।

मनु दूसरे कूपे में भोजन तैयार करने लगी। कुछ देर बाद गांधीजी के पास आई तो देखा कि वे कुछ लिख रहे थे। उसे वहाँ देख गांधीजी ने कहा, ''देख, वह क्या है?''

मनु ने देखा, बाहर यात्रीगण खिड़कियों से लटके हुए यात्रा कर रहे थे।

गांधीजी बोले, ''लोग ऐसे लटककर यात्रा करें और हम दो-दो डिब्बों पर कब्जा जमाए बैठे रहें, यह ठीक बात नहीं है।''

मनु की आँखों से आँसू बहने लगे। उसने गांधीजी के आराम को ध्यान में रखकर यह सब किया था। लेकिन गांधीजी इस प्रकार के कामों को भी हिंसा मानते थे। बोले,

"अगले स्टेशन पर स्टेशन मास्टर को बुलवाकर यह दूसरा डिब्बा उन्हें सौंप देना और अपना सामान लाकर इसी डिब्बे में रख लो।" मनु ने वैसा ही किया।

बड़प्पन

कड़ाके की सर्दी पड़ रही थी। सुबह 4.00 बजे गांधीजी दिल्ली पहुँचे तो घनश्याम दास बिड़ला उन्हें लेने स्टेशन पर आए हुए थे। बातों-बातों में बिड़लाजी को ज्ञात हुआ कि गांधीजी को अगली ही गाड़ी से अहमदाबाद जाना था। उन्होंने रुआँसे होकर पूछा, "एक दिन रुक नहीं सकते?"

गांधीजी बोले, "नहीं, आवश्यक काम है, जाना पड़ेगा। लेकिन बात क्या है?"

"घर पर कोई मृत्यु-शय्या पर है।" बिड़लाजी बोले, "आपके अंतिम दर्शन करना चाहती है।"

"तो मैं अभी चलता हूँ।" गांधीजी तपाक से बोले।

"इतनी सर्दी में मैं आपको कष्ट नहीं देना चाहता।" बिड़लाजी बोले।

उन दिनों खुली मोटरकारें होती थीं। हवा खूब ठंडी थी। लेकिन गांधीजी नहीं माने। तब बिड़लाजी उन्हें मोटर में लेकर चल पड़े। उनका घर स्टेशन से लगभग पंद्रह मील दूर था।

घर पहुँचकर गांधीजी ने रोगी को सांत्वना दी, फिर दिल्ली छावनी से ट्रेन पकड़कर अहमदाबाद रवाना हो गए।

बिड़लाजी गांधीजी के इस बड़प्पन को देखकर विमुग्ध थे। यह गांधीजी की महानता थी कि उनके जरा से कहने पर वे कड़ाके की सर्दी में इतना कष्ट उठाने को तैयार हो गए।

मृत्यु-शय्या पर और कोई नहीं, घनश्याम दास बिड़ला की धर्मपत्नी थीं।

गुरु-शिष्य की जोड़ी

गांधीजी पूना में ठहरे हुए थे। उनकी चप्पलें टूट गई थीं। मनु ने उनसे पूछे बिना ठीक करने के लिए वे मोची को दे दीं। जब वह वापस लौटी तो देखा कि बापू अपनी चप्पलें ढूँढ़ रहे थे। मनु ने बताया कि वे तो मोची को दे दी हैं।

सुनकर बापू बोले, "पैसे ठहराए हैं या गांधीजी की जय?"

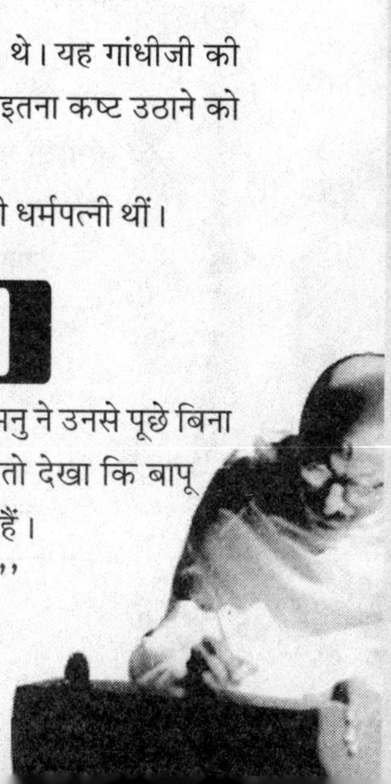

"आठ आने ठहराए हैं।" मनु बोली।

"ये पैसे आएँगे कहाँ से? न तू कमाती है, न मैं!" बापू ने पूछा।

सुनकर मनु सकपका उठी। अंत में चप्पलें वापस लाना तय हुआ। लेकिन मोची अड़ गया। बोला, "बोहनी का समय है, चप्पलें वापस नहीं दूँगा।"

मनु ने बताया कि चप्पलें गांधीजी की हैं, तो वह गर्व से और फूल गया। बोला, "फिर सिल तो दूँगा मुफ्त में, पर वापस नहीं दूँगा। अपने पास रखूँगा, निशानी के तौर पर।"

मनु मोची को लेकर गांधीजी के पास आई। गांधीजी बोले, "तुम्हें तुम्हारा हिस्सा चाहिए न, तो तुम मुझे अपना चेला बनाओ और मैं तुम्हें अपना गुरु। और तुम मुझे चप्पलें गाँठना सिखाओ।"

और गुरु ने शिक्षा देनी शुरू कर दी। गांधीजी से मिलने आनेवाले गुरु-शिष्य की इस जोड़ी को देखकर अचरज से भर जाते थे।

सेवा का अवसर

गांधीजी जब भी दिल्ली-प्रवास पर होते थे तो मौलाना अबुल कलाम आजाद प्रतिदिन उनसे मिलने आते थे। उन्हें सिगरेट पीने की आदत थी। मनु उनकी आदत जानती थी, इसलिए उनके आते ही सिगरेट झाड़ने के लिए एक प्याली उनके पास रख देती थी।

एक दिन जब मौलाना आए तो मनु प्याली रखना भूल गई। गांधीजी और मौलाना दोनों बातों में मशगूल हो गए। अचानक बातों के बीच गांधीजी उठे और खिड़की पर रखी प्याली को लाकर मौलाना के सामने रख दिया।

यह देखकर वे बहुत लज्जित हुए। बापू हँसते हुए बोले, "मुझे आपकी सेवा का अवसर मिले तो मैं भला क्यों चूकूँ!"

दुगुनी कीमत

चंदा इकट्ठा करने के लिए गांधीजी अपने हस्ताक्षर लेनेवाले से पाँच रुपए वसूलते थे। एक दिन एक तमिल भाई उनसे तमिल लिपि में

हस्ताक्षर देने की प्रार्थना करने लगे।

गांधीजी बोले, ''मैं कोशिश करता हूँ, कुछ गलती हो तो सुधार देना; लेकिन इसके लिए तुम्हें दुगुनी कीमत—दस रुपए देनी होगी।''

तमिल भाई ने उनकी माँग स्वीकार कर ली।

गांधीजी ने धीरे-धीरे करके अपने नाम के सही-सही हस्ताक्षर करके उसे दे दिए।

उन्हें देखकर वह ख़ुश हो उठा। बोला, ''आपने बिलकुल सही नाम लिखा है।''

गांधीजी बोले, ''तब तो तुम्हें दस रुपए अतिरिक्त देने चाहिए।''

तमिल भाई ने जेब में हाथ डाला, लेकिन कुछ नहीं निकला। उसकी परेशानी देखकर गांधीजी बोले, ''आज नहीं हैं तो कोई बात नहीं, मैं कल तक यहाँ ठहरा हूँ। तुम्हारा भरोसा है मुझे। कल दे जाना।''

यह सुनकर उस तमिल भाई ने अपनी अँगूठी उतारी और प्रणाम करके गांधीजी के हाथ पर रख दी।

चिंदी का नाड़ा

नोआखाली-यात्रा में एक दिन गांधीजी नियमपूर्वक सुबह 3.00 बजे उठे तो पानी गरम होने में देर हो गई। मनु ने रात को लकड़ियाँ भूल से बाहर छोड़ दी थीं, इसलिए वे सील गई थीं। सुबह उसने अपनी ओढ़नी में से कपड़ा फाड़ा और उसे तेल में डुबोकर चूल्हे में रख दिया। लेकिन उसमें आग लगाने से पहले ही गांधीजी ने उसे टोका, ''वह चिंदी यहाँ लाना।''

मनु कपड़ा लेकर आई। बापू बोले, ''इसका नाड़ा अच्छा बनेगा, थोड़ा तेल ही बेकार जाएगा, लेकिन नाड़ा उससे अधिक कीमती और लंबे समय तक चलेगा। गरम पानी थोड़ी देर में मिल जाएगा, कोई बात नहीं। मैं ठहरा लोभी बनिया।''

मनु के बहुत कहने पर भी चिंदी का नाड़ा बना, तब जाकर गांधीजी को संतोष मिला।

प्रवचन का असर

गांधीजी एक बार एक बड़े जमींदार के यहाँ ठहरे। एक दिन शाम की प्रार्थना के समय वे बरामदे में बैठे तो कुछ ही दूर बैठे जमींदार से बोले कि वे

बत्तियाँ बुझा दें। गांधीजी अँधेरे में ही प्रार्थना किया करते थे। लाइट का बटन उनके सिर के ऊपर ही था। लेकिन वे तो बड़े जमींदार थे। हाथ से काम क्यों करें? उन्होंने नौकरों को आवाज दी।

यह देखकर गांधीजी फुरती से उठे और बटन ऑफ कर दिए। फिर प्रार्थना आरंभ हो गई।

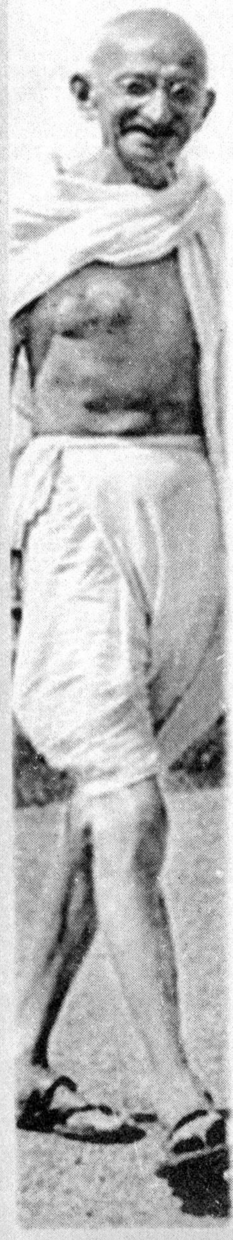

प्रार्थना के बाद प्रवचन के समय गांधीजी ने कहा, "आजकल पढ़े-लिखे और धनवान् लोगों को शारीरिक श्रम करना अच्छा नहीं लगता, शर्म आती है। लेकिन यह ठीक बात नहीं है। गीता में कहा गया है—जो शारीरिक श्रम किए बिना अन्न ग्रहण करता है, वह चोर होता है।"

तभी एकाएक भीड़ में किसी के धक्के से मेज पर रखा चीनी मिट्टी का एक प्याला फर्श पर गिरकर टुकड़े-टुकड़े हो गया। यह देखकर जमींदार साहब अपने ऊँचे आसन से फुरती से उतरे और टुकड़ों को एकत्रित करने लगे। आवाज सुनकर नौकर-चाकर भी दौड़े आए। अपने मालिक को काम करते देख वे अचरज से भर उठे।

सच्चे भारत का स्पर्श

स्वतंत्रता से ठीक पहले की बात है। वायसराय ने शिमला में विभिन्न राजनीतिक दलों के नेताओं का एक सम्मेलन आयोजित किया। नेतागण हवाई जहाज, वातानुकूलित रेलगाड़ियों और मोटरकारों आदि से शिमला जा रहे थे; लेकिन गांधीजी अपने चिर-परिचित तीसरी श्रेणी के डिब्बे में यात्रा कर रहे थे।

मई की गरमी पड़ रही थी। उसी गाड़ी में एक अमेरिकी पत्रकार प्रेस्टन ग्रोवर यात्रा कर रहे थे। उन्हें गांधीजी के स्वास्थ्य की बहुत चिंता थी। रास्ते में एक स्टेशन पर गाड़ी रुकी तो उन्होंने एक पुरजे पर कुछ लिखकर गांधीजी को दिया।

उसमें लिखा था—"दिन के तीसरे पहर में यदि आप वातानुकूलित डिब्बे में यात्रा करें तो यह अधिक बुद्धिमानी की बात नहीं होगी; इस प्रकार लेटकर थोड़ी देर आप आराम भी कर सकेंगे। पिछले 24 घंटे से आप जरा भी नहीं सोए हैं। थके-हारे शिमला पहुँचेंगे तो आप वहाँ सक्रिय नहीं रह सकेंगे।"

गांधीजी ने उत्तर दिया, ''आपके प्रेम भरे पत्र के लिए धन्यवाद। लेकिन मुझे इस स्वाभाविक गरमी में पिघल जाने दीजिए। भाग्य की तरह यह भी तय है कि इस तपन के बाद ताजगी लानेवाली ठंडक आएगी और मैं उसका आनंद लूँगा। अभी मुझे सच्चे भारत का थोड़ा स्पर्श अनुभव करने दीजिए।''

हर्ज क्या है

गांधीजी बंबई में श्री जहाँगीर के यहाँ ठहरे हुए थे। मीराबेन भी उनके साथ थीं। उनके लिए फल मँगाकर फ्रिज में रख दिए जाते थे। एक दिन मीराबेन ने देखा कि फलों के साथ ही मांस और शराब रखी है।

वे फौरन जहाँगीर के पास गईं और शिकायती लहजे में बोलीं, ''आज बापू को बिना फलों के रहना पड़ेगा। फ्रिज में फलों के पास मांस और शराब रखे हैं।''

जहाँगीर को बहुत अफसोस हुआ। वे गांधीजी के पास जाकर क्षमा माँगते हुए बोले, ''आज आपको फलों के बिना नाश्ता करना पड़ेगा। मुझे नहीं मालूम था कि नौकर ने मांस भी फ्रिज में रख दिया है।''

गांधीजी ने मीराबेन को बुलाया और बोले, ''मांस और फल एक तश्तरी में तो नहीं रखे हैं न! फिर हर्ज क्या है? ले आओ, मैं फल खा लूँगा।''

मैं खुश हूँ

असहयोग आंदोलन की शुरुआत में चौरीचौरा की घटना के बाद गांधीजी ने अपना सत्याग्रह आंदोलन वापस ले लिया। उनके इस कदम का दिल्ली में हुई कांग्रेस कमेटी की बैठक में बहुत विरोध हुआ। खूब शोर-शराबा मचा।

भारत में अपने ही लोगों के आंतरिक विरोध का गांधीजी का यह पहला अनुभव था। गांधीजी के अनन्य हरिभाऊ उपाध्याय इस घटनाक्रम से बहुत व्यथित थे। अवसर देखकर अपनी व्यथा प्रकट करते हुए बोले, ''बापू, कांग्रेस के लोग इस बार आपका लिहाज करना भी भूल गए। यह सब मुझे बहुत बुरा लगा।''

''लेकिन मैं इससे बिलकुल निराश नहीं हूँ।'' गांधीजी बोले, ''उनका विरोध और निर्भयता देखकर मैं कह सकता हूँ कि जब वे मुझ जैसे का खुले तौर पर विरोध कर सकते हैं तो फिर दुनिया में किसी से नहीं डर सकते। उनके विरोध से मैं खुश हूँ।''

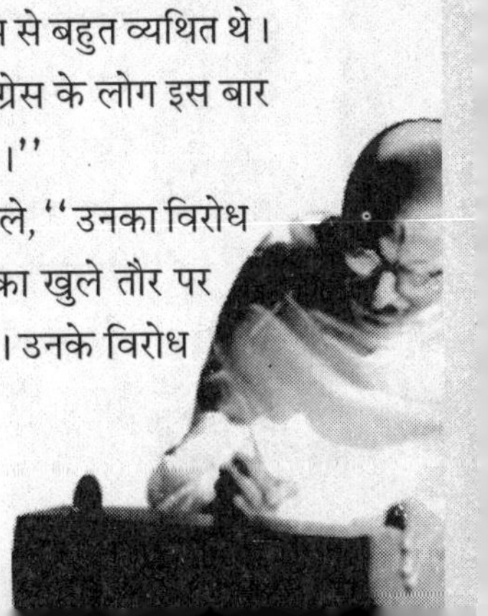

दमे का उपचार

गांधीजी के पास देश-विदेश से बहुत से पत्र रोज आते थे। जब वे यरवदा जेल में थे तो दमे के सत्तर वर्षीय एक रोगी का पत्र आया। उसने लिखा था—"आपने प्राकृतिक उपचार के अनेक प्रयोग किए हैं और लोगों को ठीक किया है। कुछ उपाय मुझे भी बताइए।"

महादेवभाई देसाई ने वह पत्र पढ़ा और बोले, "ऐसे पत्रों का कब तक जवाब देते रहें?"

गांधीजी बोले, "अच्छा।" यह कहकर उन्होंने पत्र फाड़ दिया।

सरदार वल्लभभाई पटेल पास ही बैठे थे, बोले, "अरे, लिखो न कि उपवास कर, काशीफल खा, भाजी खा, सोडा पी।"

गांधीजी मुक्त रूप से हँस पड़े और महादेव देसाई से बोले, "हम उस पत्र का जवाब देंगे।"

फिर उन्होंने जवाब लिखवाया कि वे सज्जन तीन दिन उपवास करें, फिर दूध और संतरे के रस से उपवास तोड़ें। इस तरह उनके रोग में अवश्य लाभ होगा।

पत्र लिखवाकर गांधीजी दक्षिण अफ्रीका के अपने संस्मरण सुनाने लगे कि उन्होंने किस प्रकार प्राकृतिक उपचार से बहुत से लोगों का दमा ठीक किया था।

तृतीय श्रेणी

वह गांधीजी से मिलने इंग्लैंड से बंबई पहुँची। नाम था—जिराल्डा फॉरबिस। वहाँ पता चला कि गांधीजी तो फलाँ ट्रेन से लाहौर जा रहे हैं। वह दौड़ी-दौड़ी स्टेशन पहुँची। प्रथम श्रेणी और द्वितीय श्रेणी के सभी डिब्बे भर चुके थे। उसने तृतीय श्रेणी का टिकट लिया और जगह ढूँढ़ने के लिए एक डिब्बे से दूसरे डिब्बे की ओर दौड़ने लगी। तभी प्रथम श्रेणी के डिब्बे के निकट एक व्यक्ति ने उसे रोका। साधारण कद के उस आदमी के मुँह में दाँत नहीं थे, इसलिए हँसने पर उसका चेहरा कुछ डरावना-सा लगता था।

उसने रोका तो जिराल्डा सहमकर ठिठक गई। वह आदमी बोला, ''मैं आपकी कोई सहायता कर सकता हूँ?''

तभी गाड़ी ने चलने की सीटी दे दी। गार्ड झंडी दिखाने ही वाला था कि उस व्यक्ति ने अधिकारपूर्वक गार्ड को रुकने का इशारा किया। गार्ड ने झंडी दिखाने की बजाय सीटी बजाई।

इसी बीच उस आदमी ने अपनी कमर से प्रथम श्रेणी का टिकट निकालकर उस महिला को दे दिया और स्वयं तृतीय श्रेणी का टिकट ले लिया। फिर बोला, ''दरअसल मुझे तृतीय श्रेणी में यात्रा करनी है। मेरे साथियों ने मुझे बताए बिना प्रथम श्रेणी में मेरा आरक्षण करवा दिया। मैं भी लाहौर जा रहा हूँ। आपसे टिकट बदलने में मुझे खुशी होगी।''

विस्मित जिराल्डा कोई उत्तर देती, उससे पहले ही उसका टिकट लेकर वह व्यक्ति ट्रेन के पिछले हिस्से की ओर चल पड़ा और तृतीय श्रेणी के एक भीड़ भरे कूपे में जा बैठा।

ट्रेन चल पड़ी।

वह व्यक्ति और कोई नहीं, स्वयं महात्मा गांधी थे।

सत्य संदेश

गांधीजी ने अपनी सुप्रसिद्ध दांडी-यात्रा आरंभ की तो कुछ लोगों ने विचार किया कि यात्रा के अंत में गांधीजी जो भाषण दें, उसे रिकॉर्ड करके सारे देश में सुनाया जाए, उसे प्रचारित किया जाए।

इसकी अनुमति लेने के लिए एक शिष्टमंडल गांधीजी से मिला। उसमें डॉ. राजेंद्र प्रसाद भी शामिल थे। लेकिन गांधीजी ने उनके प्रस्ताव को दृढ़ता से अस्वीकार कर दिया।

बार-बार आग्रह करने पर भी गांधीजी नहीं पसीजे और बोले, ''मुझे अपने संदेश को रिकॉर्ड करके प्रचारित-प्रसारित नहीं करवाना। यदि मेरे संदेश में सत्य होगा तो वह वैसे ही घर-घर पहुँच जाएगा और यदि सत्य नहीं होगा तो उसे प्रचारित करना व्यर्थ है।''

जैसा हूँ, वैसा हूँ

गांधीजी के अनेक विरोधी थे तो अनेक प्रशंसक भी। विरोधी उनके विरोध में प्रचार करते थे, जिससे उनके प्रशंसक बहुत दु:खी होते थे। ऐसे ही एक प्रशंसक ने अपना दु:ख व्यक्त करते हुए गांधीजी को पत्र लिखा—"आपके विरोध में पत्र-पत्रिकाओं में झूठा और विषैला प्रचार हो रहा है, लेकिन आप बिलकुल मौन हैं। न कुछ लिखते हैं, न बोलते हैं। मुझमें यह सब पढ़ने-सुनने की शक्ति अब नहीं बची है। आप ही कोई उपाय सुझाइए।"

गांधीजी ने उसका उत्तर देते हुए लिखा—"मेरे विषय में जो विरोधी प्रचार हो रहा है, उससे मैं बेखबर नहीं हूँ; लेकिन मैं क्या करूँ? जिस तरह कुछ मित्र मेरी घोर निंदा करते हैं, उस तरह कुछ मित्र बढ़ा-चढ़ाकर प्रशंसा करते हैं। निंदा करनेवालों की निंदा से मैं क्यों मुरझाऊँ और प्रशंसकों की प्रशंसा से क्यों फूलूँ? मैं निंदकों की निंदा से न घटता हूँ और न प्रशंसकों की प्रशंसा से बढ़ता हूँ। जैसा भी हूँ, वैसा हूँ। न कण भर छोटा, न कण भर बड़ा। ईश्वर के सामने आदमी सच्चा रहे तो फिर उसे कहीं डरने की जरूरत नहीं।

सार्वजनिक पैसा

हरिजन-यात्रा में गांधीजी देश भर की यात्रा पर थे। दिन भर की यात्रा में जो चंदा मिलता था, रात को उनके सचिव महादेव देसाई उसका हिसाब-किताब करते थे। एक दिन हिसाब मिलाने बैठे तो 1002 रुपए कम निकले। 501 रुपयों की दो थैलियाँ न जाने कौन लेकर चंपत हो गया था। महादेव बहुत परेशान थे।

यह खबर गांधीजी तक पहुँची। सुनकर वे मौन हो गए।

किसी ने पूछा, "अब उन रुपयों का क्या होगा, बापू?"

"होगा क्या, महादेव को अपनी जेब से भरने होंगे वे रुपए।" बापू बोले, "यह तो सार्वजनिक पैसा है।"

और सचमुच 1002 रुपए महादेव देसाई को अपनी निजी आय से भरने पड़े।

छिपाने को कुछ नहीं

गांधीजी कुछ भी छिपाने में विश्वास नहीं रखते थे। इसलिए उनके सभी कार्य सार्वजनिक होते थे।

साबरमती आश्रम की बात है। कुमारी म्यूरियल लेस्टर आश्रम में रहने के लिए इंग्लैंड से आईं। उन्हें गांधीजी के कमरे के आगे का बरामदा रहने को मिला। वे वहीं भोजन करती थीं, वहीं अपने सारे दैनिक काम। वहीं से होकर गांधीजी के पास आने-जानेवाले गुजरते थे। गांधीजी से जो भी बात होती, वह सब लेस्टर सुनती थीं। इससे उन्हें बहुत संकोच होता था।

एक दिन किसी ने गांधीजी से कहा, "आश्रम में एक जासूस घुस रहा है।"

गांधीजी ने शांत स्वर में उत्तर दिया, "जासूस को आने दो। सत्य के पास छिपाने को कुछ नहीं होता।"

लेस्टर ने जब यह सुना तो उनका सारा संकोच दूर हो गया। गांधीजी ने स्वयं उनकी समस्या दूर कर दी।

पैसा नहीं मिल सकता

गांधीजी के पौत्र कांति गांधी को सेवाग्राम का सेवामय जीवन जरा भी नहीं रुचता था। वह बंबई जाकर कॉलेज में पढ़ना और बड़ा आदमी बनना चाहता था। एक दिन उसने अपनी समस्या गांधीजी के सामने रखी।

वे बोले, "तुझे देश-सेवा करनी है, व्यक्तिगत मौज-मस्ती की बात नहीं सोचनी।"

लेकिन कांति को खादीमय जीवन पसंद नहीं था। वह बोला, "मुझे बंबई जाना है। कॉलेज में पढ़कर बड़ा आदमी बनना है।"

गांधीजी समझ गए कि यह लड़का अब यहाँ नहीं रहेगा। अतः बोले, "अच्छा, जाना चाहते हो तो जाओ।"

कांति ने जाने की तैयारी की और गांधीजी के पास आकर बोला, "बापूजी, जाने के लिए थोड़ा रुपया दिलवा दीजिए।"

"कहाँ से दिलवा दूँ?" गांधीजी बोले, "आश्रम का पैसा तो सार्वजनिक उपयोग के लिए है। जब तू यहाँ काम करता था तो रसोई से तुझे भोजन मिलता था। अब तू व्यक्तिगत जीवन के लिए जा रहा है तो यहाँ से पैसा नहीं मिल सकता।"

''फिर मैं बंबई कैसे जाऊँगा?'' कांति परेशान हो गया, ''वहाँ पहुँचकर तो मैं अपनी व्यवस्था कर लूँगा, लेकिन रेल का किराया तो चाहिए न। वही दिलवा दीजिए।''

''नहीं, आश्रम के धन से एक पाई नहीं दी जा सकती।'' गांधीजी अपनी बात पर अड़े रहे।

अंत में महादेव देसाई ने अपनी जेब से रेल-किराए के 20 रुपए दिए और कांति बंबई जा सका।

बेचारा पत्रकार

सन् 1937 के आस-पास की बात है। नए केंद्रीय मंत्रिमंडल का गठन हो रहा था। लेकिन अभी कांग्रेस यह तय नहीं कर पाई थी कि सरकार में शामिल हो या उससे असहयोग करे। इसी विषय पर एक दिन एक पत्रकार ने गांधीजी से प्रश्न किया, ''महात्माजी, क्या कांग्रेस मंत्रिमंडल बनाना स्वीकार कर लेगी?''

गांधीजी ने विनोदपूर्वक उसी से प्रतिप्रश्न किया, ''क्यों? क्या तुम मंत्री बनना चाहते हो?''

बेचारा पत्रकार! झेंपकर पीछे हटने लगा। लेकिन गांधीजी ने उसे फिर जा थामा। बोले, ''भीख माँगने के लिए कृपा कर तुम अपना टोप मुझे नहीं दोगे?''

पत्रकार ने फौरन अपना टोप उतारा और गांधीजी को दे दिया।

गांधीजी फिर उस पर पिल पड़े। बोले, ''हरिजनों के लिए कुछ चंदा दीजिए।''

बेचारे पत्रकार ने जेब से चाँदी के कुछ सिक्के निकालकर अपने ही टोप में डाल दिए।

कैसा अद्‍भुत व्यक्तित्व था गांधीजी का!

सेवा ही धर्म

गांधीजी फैजपुर में आयोजित कांग्रेस के अधिवेशन में भाग लेने गए थे। एक दिन एक युवा पादरी उनसे मिलने आया। इधर-उधर की बातों के

बाद उसने पूछा, ''आप किस धर्म को मानते हैं? और भविष्य में भारत में धर्म की स्थिति क्या होगी? वह कौन से धर्म को स्वीकार करेगा?''

उस समय बापू की कुरिया में दो रोगी लेटे हुए थे। वे उनकी ओर इशारा करके बोले, ''सेवा करना मेरा धर्म है और भविष्य की मैं चिंता नहीं करता।''

पादरी बेचारा अपना-सा मुँह लेकर लौट गया।

छुरी भोंक दो

एक बार कुछ छात्राएँ किशोरीलाल भाई के पास आईं और बोलीं, ''कभी-कभी लड़के हमें छेड़ते हैं। हम क्या करें? कैसे उनका प्रतिकार करें?''

''पैरों से चप्पल निकालकर मारो उन्हें।'' किशोरीलाल भाई ने सहज स्वर में उत्तर दिया।

छात्राएँ चौंक उठीं। अहिंसा-प्रेमी से उन्हें ऐसे उत्तर की आशा नहीं थी। वे तो कोई अहिंसक उपाय जानने की आशा लेकर आई थीं।

जब वे संतुष्ट नहीं हुईं तो किशोरीलाल भाई ने उन्हें गांधीजी के पास भेज दिया।

गांधीजी उनकी बात सुनकर बोले, ''मैं तो यहाँ तक कहूँगा कि यदि कोई तुमसे बलात्कार करने की कोशिश करे और तुम्हारे पास छुरी हो तो तुम उसे भोंक दो। इसे मैं तुम्हारे लिए अहिंसा ही कहूँगा।''

प्रायश्चित्त

हरिजन-यात्रा के दौरान एक बार गांधीजी का रुमाल पिछले पड़ाव पर छूट गया। किसी ने धोकर सुखाया था, फिर चलते समय उठाना भूल गया।

गांधीजी को जरूरत पड़ी तो उन्होंने महादेव से कहा, ''मेरा रुमाल लाओ।''

महादेव बोले, ''अभी लाया।''

बहुत ढूँढ़ा गया, लेकिन रुमाल नहीं मिला। मिलता भी कहाँ से?

महादेव खाली हाथ पहुँचे और बोले, ''लगता है, पीछे कहीं छूट गया है।''

गांधीजी गंभीर होकर बोले, ''अभी कितने दिन चल सकता था?''

''लगभग चार महीने।'' महादेव ने उत्तर दिया।

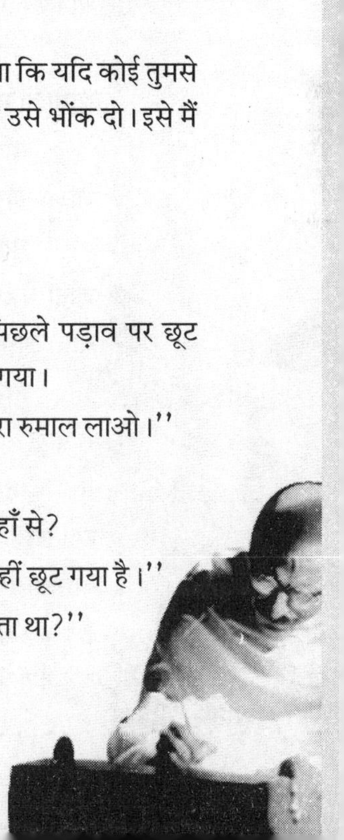

"फिर ठीक है। अगले चार महीने रुमाल का उपयोग नहीं करूँगा। इस गलती का यही उचित प्रायश्चित्त हो सकता है!"

सबसे प्यारे

एक बार महात्मा गांधी किसी शहर में गए। लोग उन्हें तरह-तरह के गहने, जेवर और धन आदि देश-सेवा के लिए देते थे। एक औरत ने चार आने दिए। तब महात्मा गांधी ने कहा, "ये चार आने मुझे चार हजार से अधिक प्यारे हैं, क्योंकि गरीब औरत की वह पूरी जायदाद थी। किसी ने करोड़ में से दस हजार दिए, बड़ी बात नहीं; पर अपना पूरा धन इसने दे दिया।"

लापरवाही नहीं चलती

गांधीजी नोआखाली के दौरे पर थे। उनकी पोती मनु उनके साथ थी। एक गाँव में पहुँचकर बापू स्नान करने बैठे तो उन्होंने झामा माँगा।

मनु ने सामान में झामा ढूँढ़ा तो वह नहीं मिला। वह बोली, "बापू, झामा तो मुझसे शायद उसी जगह छूट गया, जहाँ हम कल ठहरे थे।"

बापू ने कहा, "तब तो तुम ही जाओ और उसे लेकर आओ। अभी जाओ और अकेली ही जाओ।"

बापू की आज्ञा टाली तो नहीं जा सकती थी। मनु को अकेले ही जाना पड़ा। रास्ता जंगली था और गाँव कुछ मील दूर था। सौभाग्य की बात, झामा वहीं मिल गया।

हारी-थकी मनु वापस पहुँची तो गांधीजी की गोद में झामा फेंककर रो पड़ी।

गांधीजी ने मनु को पुचकारते हुए कहा, "बेटी! एक बात सदा याद रखना कि जीवन में लापरवाही नहीं चलती। सदा सावधान रहना पड़ता है। और अब तो तुम्हें एवं तुम्हारे जैसे नौजवानों को इतने बड़े देश को सँभालना है। जब तू झामे जैसी छोटी सी चीज को ही नहीं सँभाल सकती तो इतने बड़े देश को कैसे सँभालेगी?"

उदासी का कारण

गांधीजी छोटी-से-छोटी चीज को भी सँभालकर रखते थे। एक बार उनकी छोटी सी पेंसिल कहीं खो गई। बहुत खोजने पर भी नहीं मिली तो वे उदास हो गए। काका कालेलकर ने उदासी का कारण पूछा तो बोले, ''मेरी पेंसिल खो गई है। बहुत दिनों से उससे काम ले रहा था।''

काका कालेलकर ने आश्चर्य से कहा, ''इतनी छोटी सी चीज के लिए उदास क्यों होते हैं?''

गांधीजी ने कहा, ''बात छोटी या बड़ी चीज की नहीं है। वह पेंसिल मुझे नटेसन के लड़के ने दी थी। उसने मुझे वह पेंसिल बड़े प्रेम से दी थी। मुझे अफसोस है कि मैं उसे सँभालकर नहीं रख सका।'' तभी एक छोटा सा लड़का दौड़ा-दौड़ा आया। बोला, ''बापू, यह रही आपकी पेंसिल, कचरे में पड़ी थी।''

गांधीजी के चेहरे पर प्रसन्नता की लहर दौड़ गई। उन्होंने लपककर पेंसिल ले ली और बच्चे की पीठ थपथपा दी।

मन लगाकर काम करो

गांधीजी यरवदा जेल में थे। अपना काम स्वयं करते थे। उनके साथी शंकरलाल बैंकर भी उनके साथ ही थे। उन्हें यह अच्छा नहीं लगा कि गांधीजी काम करें, इसलिए उन्होंने प्रार्थना की कि उन्हें भी सेवा का अवसर दें।

गांधीजी ने कहा, ''तुम कमरे की सफाई कर लिया करो, मैं कपड़े साफ कर लूँगा।''

दो-तीन दिन बाद गांधीजी ने शंकरलालजी से कहा, ''बुरा न मानना, तुम ठीक तरह से सफाई नहीं करते। यह देखो, कोनों में कितना कचरा है! तुम कपड़े धो लिया करो, सफाई मैं कर लूँगा।''

बेचारे शंकरलाल क्या कहते, वे कपड़े धोने लगे।

कुछ दिनों बाद गांधीजी ने कहा, ''शंकरलालजी, तुम कपड़े ठीक तरह से नहीं धोते। साबुन ज्यादा खर्च होता है और कपड़े भी ठीक तरह से साफ नहीं होते। अब मैं सारा काम स्वयं किया करूँगा।'' शंकरलालजी ने एक बात गाँठ बाँध ली कि कोई भी काम करना हो, उसे मन लगाकर करना चाहिए।

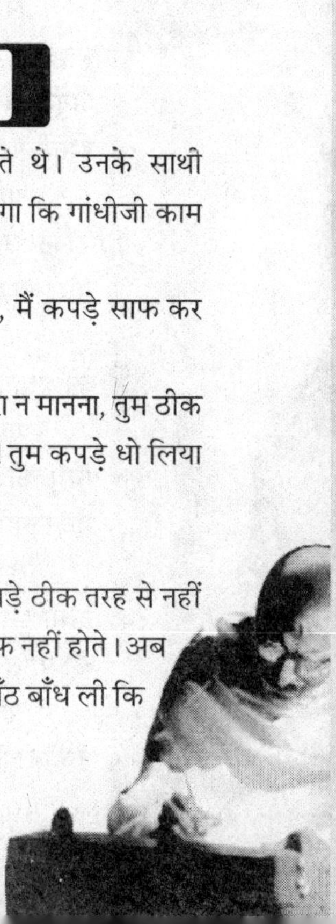

एक-दूजे के लिए

सत्याग्रह और उपवास के चलते बा उदर रोग से पीड़ित हो गई थीं। इससे एक बार उन्हें खूनी बवासीर भी हो गई थी।

यह घटना डरबन की है। खूनी बवासीर का ऑपरेशन किया जाना था। थोड़ा ना-नुकुर के बाद बा इसके लिए तैयार हुईं। उनके आग्रह पर बिना बेहोश किए उनका ऑपरेशन किया गया। इसमें खूब पीड़ा होती है; लेकिन बा ने एक आह तक नहीं भरी। उनकी इस दृढ़ता को देखकर डॉक्टर भी दंग रह गए थे।

ऑपरेशन के बाद बापू जोहानिसबर्ग लौट गए और बा डरबन के अस्पताल में रहकर ही स्वास्थ्य-लाभ प्राप्त कर रही थीं। लेकिन कुछ दिनों बाद बापू को खबर मिली कि बा की हालत सुधरने के स्थान पर बिगड़ती जा रही है। डॉक्टर ने गांधीजी से इजाजत माँगी कि बा को मांस का सूप देने दिया जाए, ताकि उन्हें शीघ्र स्वास्थ्य-लाभ प्राप्त हो सके।

लेकिन गांधीजी ने इसकी इजाजत नहीं दी। यह बात उन्होंने बा की इच्छा पर ही छोड़ दी। इस पर डॉक्टर ने कहा कि यदि आप हमारी इच्छा के अनुसार मरीज का इलाज नहीं करने देंगे तो मरीज की हालत की जिम्मेदारी हमारी नहीं होगी।

यह सुनकर गांधीजी फौरन ट्रेन पकड़कर डरबन पहुँचे। वहाँ डॉक्टर ने बताया कि उसने तो इलाज की आवश्यकता के अनुसार बा को मांस का सूप पिला दिया है, बल्कि उन्हें फोन ही उसके बाद किया था।

गांधीजी ने इसे 'दगा' की संज्ञा दी तो डॉक्टर ने दलील दी कि रोगी को बचाने के लिए वे पाप-पुण्य की आड़ नहीं लेते।

गांधीजी ने पुनः तीव्रता से विरोध करते हुए कहा कि वे पत्नी की मृत्यु की पीड़ा सह लेंगे, लेकिन उसकी इच्छा के विरुद्ध उसे मांस देना मंजूर नहीं करेंगे।

डॉक्टर ने भी उसी दृढ़ता से कहा कि इलाज की स्वतंत्रता के अभाव में वे यह हरगिज पसंद नहीं करेंगे कि कोई रोगी उनके यहाँ मौत को प्राप्त हो।

गांधीजी ने कृशकाय बा को थोड़े से शब्दों में सारी बात बताई तो उन्होंने भी मौत को गले लगाना मंजूर किया, लेकिन मांस-सेवन नहीं।

अंत में डॉक्टर की इच्छा के विरुद्ध बा को अस्पताल से ले जाया गया।

अस्पताल से डरबन स्टेशन तक हड्डियों का पिंजर बनी बा को गांधीजी रिक्शे से लेकर गए। डरबन से फिनिक्स आश्रम तक ट्रेन में और वहाँ से लगभग चार कि.मी. पैदल रास्ता था, जिस पर बा को पालने में ले जाया गया।

घर पहुँचकर बापू का अपना इलाज चला। उन्होंने बा की खूब सेवा की। वहाँ सिर्फ पानी के इलाज से बा पुन: स्वस्थ हो गईं।

खादी का मंत्र

भारत लौटकर बापू ने 25 मई, 1915 को अहमदाबाद में साबरमती नदी के किनारे अपना आश्रम बनाया। इसका नाम 'सत्याग्रह' रखा गया। यहाँ नरहरि पारीख, काका कालेलकर और महादेवभाई देसाई के परिवार उनके साथ रहने लगे।

महिलाओं में बा की ननद रलियातबेन, अवंतिबाई, प्रेमाबाई, दुर्गाबेन, गंगाबेन आदि स्त्रियाँ शामिल थीं।

गांधीजी अभी भारत लौटे ही थे कि बिहार में चंपारण के मजदूरों की दयनीय दशा का करुण क्रंदन उनके कानों में पड़ा तो वे बा सहित भागे-भागे वहाँ पहुँचे।

गोरे लोग बैठे-बैठे खाते थे और मजदूरों पर अत्याचार करते थे। कोई भी मजदूर गोरों के विरुद्ध बोलने का साहस नहीं करता था। गांधीजी ने उनकी कायरता को दूर करने का बीड़ा उठाया और मजदूरों को अपने हक के लिए लड़ने हेतु प्रोत्साहित किया।

बा अंवतिबाई के साथ मजदूरों की बस्तियों में घूमीं और स्त्रियों की व्यथा को समझने लगीं।

वहाँ दरिद्रता का जो भयानक मंजर उन्होंने देखा, उससे उनके नेत्र छलछला आए। मजदूर परिवारों में तीन-तीन, चार-चार स्त्रियों के बीच एक ही धोती हुआ करती थी, वह भी आधी-अधूरी, अत: अधिकतर स्त्रियाँ घर के भीतर ही कैद रहती थीं। कोई मिलने आता था तो दरवाजे से मुँह निकालकर बात की और अंदर चली गईं। जब कई बार कस्तूरबा गांधी के साथ भी यही हुआ तो एक वृद्धा से उन्हें उनकी दरिद्रता की व्यथा सुनने को मिली।

जब यह बात बापू को ज्ञात हुई तो उन्होंने घर-घर चरखा चलाकर अपने लिए स्वयं ही कपड़ा तैयार करने के लिए लोगों को प्रेरित किया। खादी का यह मंत्र बा सहित सभी लोगों ने शीघ्र ही अपना लिया। लेकिन कुछ महिलाएँ बापू

से शिकायत करती थीं कि खादी की साड़ी बहुत भारी (एक से सवा कि.ग्रा. तक) होती है। पहनने में बहुत परेशानी होती है।

उन्हें समझाने के लिए बापू कहते थे, ''बहनें नौ-नौ महीने तक शिशुओं को पेट में धारण करती हैं। उन्हें अपने देश और गरीब बहनों की इज्जत की खातिर यह साड़ी भारी नहीं लगनी चाहिए।''

कई बहनें शिकायत करती थीं कि खादी की साड़ियों को धोने में बहुत दिक्कत होती है। तब बापू हँसकर कहते थे कि उनकी साड़ियों को वे धो देंगे।

इस प्रकार धीरे-धीरे सभी ने खादी को अपना लिया और वस्त्रों की किल्लत भी दूर होने लगी।

बापू की घबराहट

एक दिन बा और बापू नियमित सैर को गए। एकाएक बापू का पैर एक पत्थर से टकरा गया और वहाँ से खून बहने लगा। बापू ने बा से कहा कि जल्दी से चोट पर पट्टी बाँध दें। बापू कुछ घबराए-से दिख रहे थे। इस पर बा ने पूछा, ''आप तो मृत्यु तक से नहीं डरते, लेकिन इस छोटी सी चोट से घबरा गए?''

''बा, यह शरीर लोगों की अमानत है।'' गांधीजी बोले, ''अतः अगर इस चोट में मवाद पड़ गया तो मैं कुछ दिनों के लिए काम नहीं कर सकूँगा और इससे मैंने लोगों का जो काम हाथ में लिया है, वह बाधित होगा।''

बा की यादें

बा के निधन के बाद एक दिन बापू के लिए एक बोतल में पानी भरकर रखा गया। बोतल पर एक पुराना कपड़ा भिगोकर लपेट दिया गया, ताकि पानी ठंडा रहे। उस कपड़े को देखकर बापू बोले, ''इसमें से थोड़ा कपड़ा फाड़कर अलग रख दो। इसे अकसर बा इस्तेमाल करती थीं, इसलिए यह मेरे लिए बहुत कीमती है।''

बापू अकसर प्राकृतिक उपचार के दौरान मिट्टी की पट्टियों का उपयोग करते थे। वह कपड़ा वे उसी उपयोग में लाना चाहते थे।

बा के बिना

बा के निधन के बाद मणिलाल गांधी की पत्नी और बापू की पुत्रवधू सुशीलाबेन दक्षिण अफ्रीका से उनसे मिलने भारत आईं। उनसे बात करते समय उन्होंने बिना सोचे-समझे कह दिया, ''बापू, लगता है, आप बहुत अकेलापन महसूस कर रहे हैं।''

यह सुनकर बापू एकाएक बहुत गंभीर नजर आने लगे और उन्होंने उत्तर दिया, ''बा मेरे जीवन में ताने-बाने की तरह समाई है। अत: उसके बिना वास्तव में मैं बहुत एकाकी महसूस करता हूँ।''

घी का दीया

एक बार सेवाग्राम में बापू के जन्मदिन के अवसर पर बा ने घी का एक दीया जला दिया। इस अवसर पर आश्रमवासियों के साथ-साथ बड़ी संख्या में आस-पास के ग्रामवासी वहाँ जुटे हुए थे। सभी लोग बापू से कुछ सुनने को उत्सुक थे। बापू चुप बैठे हुए जलते हुए दीये को बराबर देख रहे थे। बा उनके समीप ही बैठी थीं।

कुछ देर बाद बापू ने मुँह खोला और बोले, ''यह दीया यहाँ कौन लेकर आया?''

बा ने उत्तर दिया, ''मैं।''

बापू ने फिर पूछताछ की, ''कहाँ से?''

बा ने कहा, ''पास के गाँव से। आज आपका जन्मदिन है, उसके लिए।''

बापू कुछ देर शांत रहे कुछ फिर गंभीर स्वर में बोले, ''लेकिन घी से भरे इस दीये को आज यदि नहीं जलाया जाता तो बुरा नहीं हो जाता। अड़ोस-पड़ोस में मैं रोज अनगिनत निर्धन लोगों को देखता हूँ। उनके पास खाने का एक सूखा टुकड़ा तक नहीं होता और यहाँ आश्रम में घी से भरा दीया जलाया जाता है।''

इसके बाद बापू बा की ओर पलटे और बोले, ''इतने वर्ष मेरे साथ रहकर तुमने यही सीखा? आज अगर मेरा जन्मदिन है तो क्या हुआ? इस

दिन अच्छे कार्य करने चाहिए, आज जैसा पाप नहीं। हमें ऐसी किसी भी वस्तु का दुरुपयोग नहीं करना चाहिए, जिसका देश के गरीब किसान उपयोग नहीं कर सकते।''

बा का गुस्सा

एक बार बा और बापू मगनबाड़ी, वर्धा में ठहरे हुए थे। यहाँ सभी काम लोगों को बारी-बारी से करने पड़ते थे। एक दिन बापू और कुमारप्पाजी की बारी बरतन साफ करने की आई। एकाएक ढेर सारे बरतन गिरने की आवाज सुनकर बा रसोईघर में दौड़ीं और बोलीं, ''भद्रजनों, आप दोनों के पास और कोई काम नहीं है करने को? आपके पास और भी बहुत से महत्त्वपूर्ण काम हैं; फिर इस काम को दूसरों के लिए क्यों नहीं छोड़ देते?''

लेकिन बापू हँसते हुए अपने काम में लगे रहे। इससे बा और गुस्सा हो गईं। उन्होंने बापू के हाथ से बरतन छुड़ा लिया और केवल नारियल का झाबा रहने दिया।

बापू विनोदपूर्ण स्वर में बोले, ''कुमारप्पा, तुम बहुत भाग्यशाली हो। तुम्हारे ऊपर राज करनेवाली पत्नी नहीं है। लेकिन घर में शांति बनाए रखने के लिए मैं बा का यह आदेश मान लेता हूँ। मुझे माफ करना, इस काम में बा को मैं तुम्हारे साथी के रूप में छोड़े जा रहा हूँ।'' इसके बाद बापू ने हाथ-पैर धोए और बा व कुमारप्पा को काम खत्म करने के लिए छोड़कर वहाँ से चले गए।

बा की सरलता

बापू गांधी सेवा संघ की बैठक में भाग लेने कटक (उड़ीसा) गए हुए थे। बा, दुर्गाबेन, लीलावतीबेन आदि भी उनके साथ थीं। निकट ही जगन्नाथपुरी पड़ता है। कुछ लोगों ने वहाँ के दर्शन का कार्यक्रम बनाया तो बा वगैरह भी साथ हो लीं और श्रद्धा के साथ दर्शन करके लौटीं।

शाम को जब यह बात बापू को ज्ञात हुई तो उन्होंने बा से कहा, ''जिस मंदिर में हरिजनों को नहीं जाने दिया जाता, उसमें हम कैसे जा सकते हैं?''

बा ने सरलता से गलती के लिए क्षमा माँगी।

इस पर बापू बोले, ''इसमें तेरा कोई दोष नहीं है। मैं तेरा शिक्षक ठहरा, और मैंने तेरे शिक्षण को अधूरा रहने दिया। फिर तू क्या करे!''

बा का स्वभाव ही ऐसा है

बा के अवसान के डेढ़ महीने बाद बापू को मलेरिया हो गया। एक दिन उन्होंने डॉ. सुशीला नय्यर से कहा, ''बा के सामने बुखार नहीं हुआ, यह अच्छा ही हुआ। वरना वह तुम सब लोगों को मेरी सेवा में लगा देती।''

सुशीला ने उत्तर दिया, ''आप ठीक कहते हैं, बापू। लेकिन मेरी समझ से बा इससे भी एक कदम आगे बढ़ जातीं; वे अपनी बीमारी को भूलकर स्वयं भी आपकी सेवा में लग जातीं।''

बापू भावना से भीगे स्वर में बोले, ''हाँ, बा का स्वभाव ही ऐसा 'है'।'' फिर एकाएक वे अपने वाक्य को सुधारते हुए बोले, ''मेरे कहने का मतलब, बा का स्वभाव ही ऐसा 'था'।''

''लेकिन आपके लिए तो बा आज भी जीवित हैं, मरी नहीं हैं।'' सुशीला नय्यर ने जोड़ा।

''यह भी सही है।'' बापू ने जवाब दिया।

विवाह की याद

एक दिन बापू विवाह की वर्षगाँठ के एक कार्यक्रम में भाग लेकर साबरमती आश्रम लौटे तो एक बहन ने विनोदपूर्ण स्वर में पूछा, ''महात्माजी, इस कार्यक्रम में आपको अपने विवाह की याद नहीं आई?''

बापू जिनका विवाह तेरह वर्ष की उम्र में हो गया था, हँसकर बोले, ''अपने विवाह को कौन भूल सकता है? मुझे आज भी अच्छी तरह याद है, पंडितजी रस्म अदा करवा रहे थे और मैं एवं बा एक-दूसरे का हाथ दबा रहे थे।''

बा : बापू की माँ

एक बार बापू बा के साथ श्रीलंका गए। वहाँ कुछ लोगों ने भूल से बा को उनकी माँ समझ लिया। यहाँ तक कि एक जनसभा में उनका स्वागत भी जनता की ओर से उनकी माँ के रूप में किया गया। बाद में स्वागतकर्ता उनकी ओर पलटकर बोला, ''आप कस्तूरबा को साथ क्यों नहीं लाए?''

बाद में बापू ने अपने भाषण के दौरान कहा, ''अभी जिस सज्जन ने मेरा परिचय दिया, उन्होंने छोटी सी गलती कर दी। मेरे साथ जो महिला हैं, वे मेरी माँ नहीं हैं, जैसा कि उन्होंने आपको बताया, बल्कि मेरी पत्नी हैं। लेकिन एक संदर्भ में वे सही हैं। वर्षों पूर्व हमने परस्पर सहमति से पति-पत्नी के अपने संबंध समाप्त कर दिए हैं। उसी दिन से इन्हें मैं अपनी माँ के रूप में देखता हूँ।''

''आप मुझसे डरते हैं!''

साबरमती आश्रम में रसोईघर का जिम्मा बा के पास था। रोज आनेवाले मेहमानों की आवभगत भी वे ही करती थीं। उनके साथ उनके कुछ सहायक भी होते थे। एक बार दोपहर में रसोईघर का काम समाप्त कर बा लौटी ही थीं कि एकाएक पं. मोतीलाल नेहरू और कुछ अन्य मेहमान आश्रम में आ पहुँचे।

चूँकि बा अभी आराम करने गई ही थीं, इसलिए बापू ने उनके एक सहायक और कुसुमबेन से मेहमानों के लिए भोजन तैयार करने को कहा। उन्होंने यह कहा कि केवल जरूरत होने पर ही बा को बुलाना और काम के बाद सारा सामान यथावत् रख देना। लेकिन काम के समय एक प्लेट नीचे गिर गई। शोर सुनकर बा आराम छोड़कर दौड़ीं कि कहीं बिल्ली ने दूध में मुँह न मार दिया हो। लेकिन जब उन्होंने देखा कि फिर से भोजन पक रहा है तो पूछताछ की। उन्हें सारी कहानी मालूम हुई तो वे गुस्से से बोलीं, ''लेकिन तुमने मुझे खबर क्यों नहीं की?''

सहायक ने चतुराई से कहा, ''हम आपको बुलाने ही वाले थे, लेकिन आप आराम कर रही थीं, इसलिए हमने सोचा कि पहले सारी तैयारी कर लें, फिर आपको बुलाएँ।''

बा बोलीं, ''लेकिन तुम भी तो मेरी ही तरह थके हुए थे। जब तुम फिर से काम कर सकते हो तो मैं क्यों नहीं कर सकती?'' इसके बाद वे भी काम में जुट गईं। मेहमानों के जाने के बाद शाम को वे बापू से बोलीं, ''आप मेहमानों के लिए भोजन बनाने का काम युवाओं को क्यों सौंपते हैं? क्या मैं इतनी आलसी हूँ?''

बापू बोले, ''सच कहूँ तो उस समय तुम्हें कहने में मैं डर रहा था।''

''आप मुझसे डरते हैं!'' यह कहते हुए बा ने ठहाका लगाया।

बापू की अमर वाणी

अनुशासन

- अनुशासन के बिना न तो परिवार चल सकता है, न संस्था या राष्ट्र। वास्तव में अनुशासन ही संगठन की कुंजी और प्रगति की सीढ़ी है।
- अनुशासन का पालन तभी संभव है, जब मनुष्य का उस काम में अनुराग हो जिसमें वह लगा हुआ है। इसके बिना तो अनुशासन अनुकरण मात्र होगा।
- किसी भी राष्ट्र का परिचय उसके अनुशासनबद्ध नागरिकों से मिल जाता है।
- सारे अनुशासनों की जड़ व्यक्तिगत अनुशासन है। जब तक कोई भी व्यक्ति अपने आप अनुशासन और नियम-पालन में बँध नहीं जाता तब तक उसे दूसरे से वैसा कराने की आशा करना व्यर्थ है।

असहयोग

- असहयोग अनुशासन और उत्सर्ग का कार्य है और उसमें विरोधी विचारों के प्रति धैर्य व आदर रखने की आवश्यकता पड़ती है।
- मैं काम करने के तरीकों, पद्धतियों और प्रणालियों से असहयोग करता हूँ, मनुष्यों से कदापि नहीं।
- असहयोग के हथियार से व्यक्तिगत, घरेलू, सामाजिक और राष्ट्रगत समस्याएँ अचूक रूप से सफल हो सकती हैं, किंतु शर्त यह है कि उसका प्रयोग करने में गलती न हो।
- असहयोग में तो इतनी शक्ति है कि वह छोटी-से-छोटी इकाई—परिवार—को भंग कर देती है, फिर बड़ी इकाइयाँ जिनमें असंख्य छोटी इकाइयाँ अंतर्भुक्त होती हैं, उसके सामने कैसे कायम रह सकती हैं।

अस्पृश्यता

- अस्पृश्यता हमारे राष्ट्र का अभिशाप है।
- अस्पृश्यता हिंदुत्व का कलंक है।
- अगर आत्मा एक है और ईश्वर एक है तो फिर अछूत और अस्पृश्य कोई हो ही नहीं सकता।
- मेरी समझ में नहीं आता कि इनसान और इनसान के बीच अस्पृश्यता की भावना विवेक के सामने क्योंकर टिकी रह सकती है?
- जहाँ अस्पृश्यता की भावना आ गई मानवता वहाँ से विदा हो जाती है। कोई व्यक्ति मानवता का दंभ भी करे और अस्पृश्यता भी कायम रखना चाहे तो वह ढोंगी है।

अहिंसा

- जहाँ अहिंसा है वहाँ अपार धीरज, आंतरिक शांति, भले-बुरे का ज्ञान, आत्मत्याग और जानकारी भी है।
- संपूर्ण अहिंसा उच्चतम वीरता है।
- अहिंसा में इतनी ताकत है कि वह विरोधियों को मित्र बना लेती है, उनका प्रेम प्राप्त कर लेती है।
- जहाँ दया नहीं वहाँ अहिंसा नहीं। जिसमें जितनी दया है उतनी ही अहिंसा है।
- बिना अहिंसा के सत्य की खोज असंभव है।
- सत्य के बाद वास्तव में अहिंसा ही संसार में बड़ी-से-बड़ी सक्रिय शक्ति है।
- जो अहिंसा पर अंत तक डटा रहेगा, वह विजयी होकर रहेगा।
- अहिंसा का परिणाम देर से निकलता है, हिंसा का शीघ्र निकल आता है।

आहार

- आहार शरीर के लिए है, न कि शरीर आहार के लिए।
- संसार में भूख से पीड़ित होकर उतने व्यक्ति नहीं मरते जितने अधिक भोजन करने के कुपरिणाम से मरते हैं।

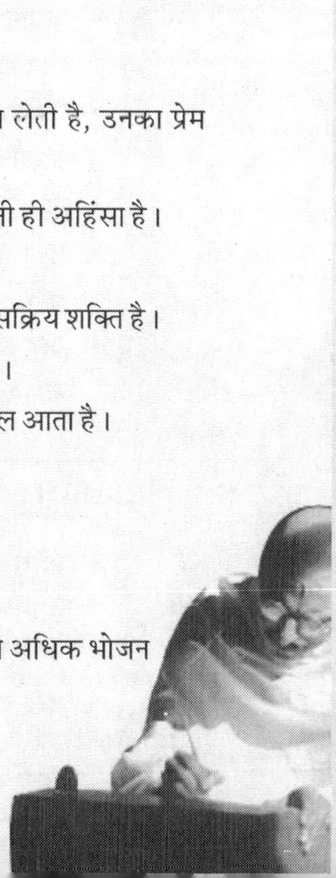

- हम लोग अधिक भोजन करने के थोड़े-बहुत अपराधी हैं, इसलिए धार्मिक दृष्टि से कभी-कभी व्रत रखने के नियम बनाए हैं। सचमुच स्वास्थ्य की दृष्टि से पक्ष में एक दिन व्रत-उपवास करना जरूरी है।
- आहार मानव-जीवन की दैनिक आवश्यकताओं में से है, पर उसका नियंत्रण अनिवार्य है।
- आहार संतुलित और विवेकपूर्ण हो तो शरीर में कोई रोग हो ही नहीं सकता।
- जब तक आहार में स्वाद की प्रधानता है तब तक उसमें सात्त्विकता आ ही नहीं सकती।

ईश्वर

- ईश्वर सभी अच्छी-बुरी बातों का हिसाब रखता है। दुनिया में उससे बड़ा हिसाबी दूसरा कोई नहीं है।
- पैसे में परमेश्वर को देखना परमेश्वर को भूलने जैसा है।
- जबान से ईश्वर, खुदा, सत्श्री अकाल कुछ भी नाम लो, वह झूठा है, यदि दिल में यह नाम नहीं है।
- जो ईश्वर के न्याय के बारे में शंका करते हैं, उनका हृदय कभी प्रफुल्लित नहीं रहता।
- जो ईश्वर को अपने पास समझता है, वह कभी नहीं हारता।
- पूजा की विधि या शब्दों की तरफ ईश्वर नहीं देखता, वह तो हमारे कृत्यों और वाणी के आर-पार भी देख सकता है।
- अशुद्ध मस्तिष्क और अशुद्ध शरीर से हम प्रभु का आशीर्वाद नहीं पा सकते।

क्रोध

- क्रोध से बदले की भावना बढ़ती है और उसके भयंकर परिणाम होते हैं।
- क्रोध ऐसा दावानल है, जो उस व्यक्ति को ही जलाता है जिसमें वह उत्पन्न होता है।

- क्रोध खुद को तो जलाता है, आस-पास के और संबद्ध लोगों को भी पीड़ित कर डालता है।
- क्रोध से मनुष्य उसकी ही बेइज्जती नहीं करता जिसपर क्रोध करता है, बल्कि स्वयं अपनी प्रतिष्ठा भी गँवाता है।
- क्रोधहीन मनुष्य देवता है।
- क्रोध एक तरह का रोग है, जिसे क्षणिक पागलपन भी कह सकते हैं।

गलती

- गलती मान लेना झाड़ू लगाने का-सा काम है। यह गंदगी को बुहारकर सतह को साफ कर देता है।
- हम यह सोचने की गलती न करें कि हम कभी भूल कर ही नहीं सकते।
- गलती मान लेने से हमको बहुत लाभ होता है। उसमें शुद्ध व्यवहार है।
- गलती हर इनसान से होती है। लेकिन जब इनसान अपनी गलती को छिपाता है या उस पर मुलम्मा चढ़ाने के लिए और झूठ बोलता है तो ये खतरनाक बन जाती है।
- भूल करके आदमी सीखता तो है, पर इसका यह मतलब नहीं कि जीवन भर भूल ही करता जाए और कहे कि हम सीख रहे हैं।
- सच्चा मनुष्य वही है, जो अपनी गलती को मान ले और फिर उसे त्यागकर अपने आप में सुधार कर ले।

गुरु

- अगर शुद्ध गुरुभक्ति न हो तो चरित्र-गठन नहीं हो सकता।
- गुरु ऐसा होना चाहिए जो शिष्य को सद्ज्ञान दे और उसका आध्यात्मिक कल्याण चाहे तथा उससे धन ऐंठने की वृत्ति न रखे।
- गुरु के बिना किसी भी क्षेत्र का समुचित ज्ञान प्राप्त करना कठिन होता है।
- गुरु से ज्ञान तभी मिल सकता है, जब शिष्य में गुरु के प्रति श्रद्धा हो और उसकी सेवा करने की भावना।
- मैं गुरु-परंपरा को माननेवाला हूँ; किंतु प्रत्येक शिक्षक गुरु नहीं होता—गुरु-शिष्य का संबंध आध्यात्मिक और स्वयं स्फुरित है।

- बुद्धिमान लोग गुरु का ऋण बहुत बड़ा मानते हैं, क्योंकि और ऋण तो आसानी से लौटाए जा सकते हैं—ज्ञानदान का ऋण सबके लिए लौटाना संभव ही नहीं है।

चरित्र-निर्माण

- व्यक्ति के चरित्र से ही राष्ट्र के चरित्र का अनुमान लगाया जाता है।
- चरित्र-निर्माण का काम कुछ कम महत्त्वपूर्ण नहीं। इसके बिना आजादी पाकर भी मनुष्य का मूल्य नहीं बढ़ सकता।
- चरित्र की संपत्ति दुनिया की तमाम संपत्तियों से बढ़कर है।
- चरित्र की रक्षा किसी भी मूल्य पर होनी चाहिए।
- शिक्षा का उद्‌देश्य चरित्र-निर्माण होना चाहिए। शिक्षा वही है जिसके द्वारा साहस का विकास हो, गुणों में वृद्धि हो और ऊँचे उद्‌देश्यों के प्रति लगन जागे।
- यदि चरित्र-निर्माण न हुआ तो सारे रचनात्मक कार्यक्रम व्यर्थ हैं।

धर्म

- जितने भी धर्म या मजहब हैं, सबके सब ऊँचे हैं। धर्म में कसर नहीं है। कसर है तो उनके आदमियों में।
- वह धर्म जो व्यावहारिक मामलों पर ध्यान नहीं देता और उन्हें सुलझाने में सहायक नहीं, धर्म नहीं।
- मैं धर्म से भिन्न राजनीति की कल्पना नहीं कर सकता। वास्तव में धर्म तो हमारे कार्य में व्यापक होना चाहिए। यहाँ धर्म का अर्थ कट्टरपंथ से नहीं है, उसका अर्थ है—विश्व की एक नैतिक सुव्यवस्था।
- समाज से धर्म को निकालकर फेंक देने का प्रयत्न बाँझ के घर पुत्र पैदा करने जितना ही निष्फल है और अगर यह कहीं सफल हो जाए तो समाज का उसमें नाश है।
- एक धर्म की विशेषता दूसरे धर्म की विशेषता के प्रतिकूल नहीं हो सकती; जगत् के सर्वमान्य सिद्धांतों की विरोधी नहीं हो सकती।

- जिनमें बचपन से धार्मिक संस्कार डाले जाते हैं उनमें श्रद्धा, विश्वास आदि सद्‌गुणों का विकास होता है।
- हमारा सबसे बड़ा धर्म है—आत्मा का ज्ञान प्राप्त करना। चाहे धन, मान, कुटुंब और प्राणों तक का त्याग करना पड़े, पर धर्म को कदापि न छोड़ा जाए।

पुस्तकें

- मेरे लिए तुलसी रामायण (रामचरितमानस) भक्तिरस का सर्वोत्तम ग्रंथ है।
- पुस्तकों का मूल्य रत्नों से भी अधिक है, क्योंकि रत्न बाहरी चमक-दमक दिखाते हैं, जबकि पुस्तकें अंत:करण को उज्ज्वल करती हैं।
- पुस्तकों की उपमा विचारों के रत्नकण से दी जा सकती है।
- पुस्तकें ज्ञान-प्रसार के लिए अमूल्य और सुगम साधन हैं। कोई गाँव बिना पुस्तकालय के नहीं होना चाहिए।

प्रार्थना

- प्रार्थना अपनी योग्यता और दुर्बलता को स्वीकार करना है।
- प्रार्थना ही आत्मा की खुराक है।
- ईश्वर को पत्र लिखने में न कागज चाहिए, न कलम-दवात, न शब्द। उस पत्र का नाम है—प्रार्थना, पूजा।
- प्रार्थना या भजन जीभ से नहीं, हृदय से होता है। इसी से गूँगे, तोतले और मूढ़ भी प्रार्थना कर सकते हैं।
- प्रार्थना तभी प्रार्थना है, जब वह अपने आप अंतर से निकलती है।
- प्रार्थना का आमंत्रण निश्चय ही आत्मा की व्याकुलता का द्योतक है।
- प्रार्थना वाणी से नहीं, हृदय से करने की चीज है।
- प्रार्थना धर्म का प्राण और सार है।
- प्रार्थना के लिए कोई जटिल या कठोर नियम नहीं बनाया जा सकता, न समय नियत किया जा सकता है। यह तो अपने-अपने स्वभाव पर निर्भर है।
- प्रार्थना द्वारा ईश्वर की कृपा और सहायता से हम अपनी कमजोरियों पर विजय प्राप्त कर सकते हैं।

प्रायश्चित्त

- प्रायश्चित्त से पिछले पाप के प्रति विरक्ति उत्पन्न होती है और आगे के लिए सावधानी।
- जो व्यक्ति हृदय से प्रायश्चित्त कर लेता है, वह सहानुभूति का अधिकारी होता है।
- प्रायश्चित्त वहीं होना चाहिए, जहाँ जान-बूझकर कोई भारी पाप हो गया हो।

प्रेम

- प्रेम जैसी पवित्र वस्तु संसार में और कोई नहीं है।
- हमें तो इतना देखना चाहिए कि जो बो रहे हैं वह प्रेम है या और कुछ।
- जहाँ प्रेम है वहाँ डर को स्थान कहाँ?
- प्रेम सत्य से खुश रहता है, सब सहन करता है, सब मान लेता है, आशामय है, कभी निष्फल नहीं होता।
- जहाँ प्रेम है वहाँ परमात्मा है।
- प्रेम का दर्शन हम पिता-पुत्र, भाई-बहन और मित्र-मित्र के बीच करते हैं। किंतु इसका उपयोग सभी जीवित प्राणियों के बीच होना चाहिए।
- हमें प्रेम का क्षेत्र घर से गाँव भर में, गाँव से जिले भर में, जिले से प्रांत और प्रांत से देश भर में फैलाकर तब उसे सारे विश्व के लिए विस्तृत बना देना चाहिए।

बुद्धि

- जिसमें बुद्धि नहीं उसमें बल नहीं।
- बुद्धि की कुछ-न-कुछ मात्रा प्राणिमात्र में होती है; पर जब तक उसका विकास न किया जाए तब तक मानवता नहीं प्राप्त होती।
- बुद्धि के बिना मनुष्य अपंग के समान है।
- बुद्धि का दुरुपयोग हुआ तो वह संसार में बड़े-से-बड़ा अनर्थ करने का कारण बन जाती है।

- संसार में बुद्धि-बल बहुत बड़ा बल है।

ब्रह्मचर्य

- ब्रह्मचर्य-व्रत पालन के चार उपाय हैं—पहला है उसकी आवश्यकता को अच्छी तरह समझना, दूसरा है इंद्रियों को धीरे-धीरे वश में करना, तीसरा है शुद्ध साथी, शुद्ध मित्र और शुद्ध पुस्तकें रखना और चौथा है नित्य नियमपूर्वक राम नाम मन से लेना और ईश्वर की कृपा की याचना।
- ब्रह्मचर्य भी अन्य व्रतों के समान ही सत्य से निकलता है और उसी के लिए है।
- ब्रह्मचर्य का पालन मन, वचन और कर्म से करना चाहिए।
- ब्रह्मचारी को जीने के लिए ही खाना चाहिए।
- ब्रह्मचारी आँखों का उपयोग देव-दर्शन के लिए करता है और कानों का हरिकथा-श्रवण के लिए; जबकि अब्रह्मचारी भोग-विलास एवं अश्लीलता देखने और श्रृंगार-रस के गीत सुनने का प्रेमी होता है।
- ब्रह्मचर्य जीवन की पहली सीढ़ी है। बिना इसको नियमपूर्वक चढ़े आदमी ऊपर नहीं पहुँच पकता।

माता-पिता

- माता-पिता की सेवा पुत्र का प्रथम कर्तव्य है।
- माता के समान पूजनीय विभूति संसार में दूसरी नहीं होती।
- माता-पिता का ऋण संतान जन्म भर नहीं चुका सकती।
- माता-पिता को अपनी संतान को योग्य बनाने के लिए अपनी पूरी शक्ति लगा देनी चाहिए।
- संतान के लिए तो माता-पिता ही प्रथम गुरु और सर्वथा पूज्य हैं।

विद्यार्थी

- विद्यार्थियों को दलबंदीवाली राजनीति में कभी भाग नहीं लेना चाहिए।
- विद्यार्थी राजनीतिक हड़तालें न करें।
- विद्यार्थी कोई काम लुक-छिपकर न करें।

- विद्यार्थी अपने साथ पढ़नेवाली बहनों के साथ सभ्यता, शिष्टाचार और शालीनता का व्यवहार करें।
- विद्यार्थी यदि अपनी छुट्टी के दिनों में देहातों में जाकर लोक-सेवा करें तो उनके लिए इससे अच्छी और कोई बात नहीं होगी।
- मौज-शौक से पैसे बहाते हुए विद्यार्थी अपने माँ-बाप का भी नुकसान करते हैं और अपना भी।
- विद्यार्थी भोग-विलास में पड़े कि उनका विद्यार्थी-जीवन समाप्त हुआ।
- विद्यार्थी-जीवन में पान, सिगरेट या शराब की आदत डालना आत्मघात के समान है।
- विद्यार्थी अपने किसी भी पड़ोसी की निस्संकोच सेवा करने के लिए तैयार रहें।
- विद्यार्थी को तो आलस्य छू ही नहीं जाना चाहिए।

शिक्षा

- शिक्षा एक योग है।
- जिस शिक्षा या विद्या से त्रिविध—आर्थिक, सामाजिक और आध्यात्मिक—मुक्ति मिलती है, वही वास्तविक शिक्षा या विद्या है।
- शिक्षा का विषय है चरित्र गढ़ना।
- शिक्षा का उद्‍देश्य है विद्यार्थी को मनुष्य बनाना।
- शिक्षा के बिना मानव-मस्तिष्क का विकास हो ही नहीं सकता।
- शिक्षा ऊँचा गुण है, पर चरित्र से ऊँचा नहीं।

श्रद्धा

- यदि श्रद्धा और विश्वास न रहे तो क्षण भर में प्रलय हो जाए।
- जिनमें श्रद्धा होती है, उनके कंधों से सभी चिंताओं का भार उतर जाता है।
- श्रद्धा का अर्थ है—आत्मविश्वास और आत्मविश्वास का अर्थ है—ईश्वर पर विश्वास।

- जहाँ बड़े-बड़े बुद्धिमानों की बुद्धि काम नहीं करती, वहाँ एक श्रद्धा काम कर जाती है।
- श्रद्धा की कसौटी यह है कि अपना कर्तव्य निभाने के बाद जो कुछ भी भला या बुरा नतीजा हो, इनसान उसे मान ले।

सत्य

- कठोर सत्य भले ही शिष्ट और विनम्र ढंग से कहा जाए, लेकिन उसे कहने के लिए प्रयुक्त शब्द संबंधित व्यक्ति को कटु ही लगेंगे। यदि हम सत्यवादी बनना चाहते हैं तो झूठे को झूठा कहना पड़ेगा। 'झूठा' शब्द शायद कठोर है, लेकिन उसका प्रयोग इस प्रसंग में अनिवार्य है।
- कर्तव्य का बोध सदा दीपक के प्रकाश की भाँति स्पष्ट नहीं होता। सत्य के पुजारी को बहुत बार गोते खाने पड़ते हैं।
- व्यक्ति जब सत्य को जीता है तब उसकी बोलने की, शाब्दिक अभिव्यक्ति की इच्छा नहीं होती। सत्य कम-से-कम शब्दों की अपेक्षा रखता है। इसलिए जीवन में सत्य से अधिक सच्चा या दूसरा कोई धर्म-प्रचार का रास्ता है ही नहीं।
- सत्य ईश्वर है।
- जो व्यक्ति पूर्ण सत्यमय होता है, उसके लिए निराशा जैसी कोई चीज नहीं।
- यदि हमारे जीवन में सच्चाई है तो उसका असर अपने आप लोगों पर पड़ेगा।
- बहुमत या तलवार के जोर से मिली हुई ताकत वास्तविक ताकत नहीं है। दरअसल सच्चाई ही वास्तविक ताकत है।
- सत्य और अहिंसा के बीच चुनाव करना पड़े तो मैं अहिंसा को छोड़कर सत्य रखने में आगा-पीछा नहीं करूँगा।
- पृथ्वी सत्य पर टिकी हुई है।
- सत्य एक विशाल वृक्ष है। ज्यों-ज्यों उसकी सेवा की जाती है त्यों-त्यों उसमें अनेक फल आते हुए दिखाई देते हैं।
- जहाँ सत्य नहीं है वहाँ शुद्ध ज्ञान नहीं हो सकता।
- सत्य के सिवा और किसी चीज की हस्ती है ही नहीं।
- अपने आपको जान लेना सत्य को पहचानना है।

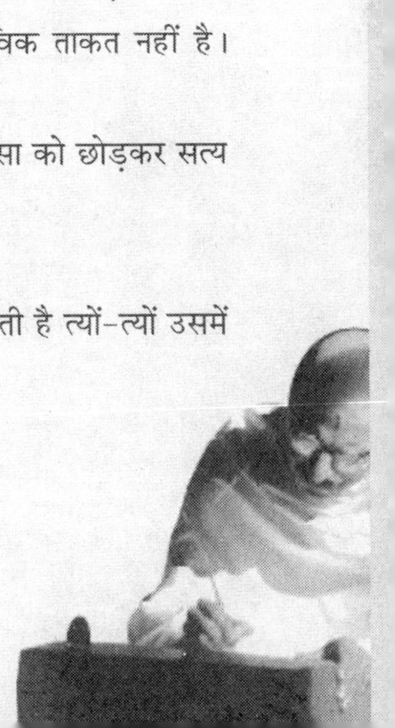

सेवा

- त्याग के लिए त्याग करना मुश्किल होता है; परंतु सेवा के निमित्त आसान हो जाता है।
- अपंग की सेवा एक धर्म है। भगवान् हमें अपंग के रूप में हमेशा दर्शन देते हैं।
- मानव-सेवा के काम में राजनीतिक मतभेदों और संघर्षों के बावजूद सबको एक होना चाहिए।
- शून्यवत् होकर रहने का मतलब है—सबकी सेवा करना और दुःख में दूसरों की टहल करना।
- सेवा का भी मोह हो सकता है। मोह-भाव छोड़ने से ही सच्ची सेवा हो सकती है।
- सेवा मानव-वृत्तियों में सबसे ऊँची और महान् वृत्ति है।
- सेवा से बढ़कर व्यक्ति को द्रवित करनेवाली और कोई चीज संसार में नहीं है।
- सेवा द्वारा ईसाई धर्म का विस्तार सारे भूमंडल में हो गया है।
- सेवा तो मूक ही होनी चाहिए; जिसने अपनी सेवा का ढिंढोरा पीटा वह मानो अपने आपको समाप्त कर चुका।

संयम

- सब संयमी बनकर सेवा-भाव से अपने-अपने काम करने लग जाएँ तो वर्णाश्रम का पुनरुद्धार अशक्य नहीं है।
- अधिक-से-अधिक कर्मशील मनुष्य ज्यादा-से-ज्यादा संयमी होगा।
- संयमहीन स्त्री या पुरुष को तो गया-बीता समझिए। इंद्रियों को निरंकुश छोड़ देनेवाले का जीवन कर्णधारहीन नाव के समान है, जो निश्चय ही पहली ही चट्टान से टकराकर चूर-चूर हो जाएगी।
- संयम की कोई मर्यादा नहीं, इसलिए अहिंसा की भी कोई मर्यादा नहीं।
- संयम जीवन का स्वर्णिम सूत्र है।
- संयमशील का जीवन सदा सुखी रहता है।

स्वावलंबन

- स्वावलंबन सफलता की पहली सीढ़ी है।
- स्वावलंबन व्यक्ति के लिए भी उतना ही वांछनीय है जितना समाज और राष्ट्र के लिए।
- देश के हर बालक को पहले स्वावलंबी बनने का पाठ पढ़ाना चाहिए। हमें यह गुण पाश्चात्य देशवासियों से सीखना चाहिए।
- संसार के बहुतेरे महान् पुरुष स्वावलंबी और अध्यवसायी रहे हैं।

समाजवाद

- समाजवाद सुंदर शब्द है, क्योंकि इसके अनुसार समाज के सभी सदस्य बराबर हैं—न कोई ऊँच है, न नीच।
- समाजवाद के सिद्धांतानुसार राजा और किसान, धनाढ्य और गरीब, मालिक और नौकर—सब समान स्तर के हैं।
- सच्चा समाजवाद वही हो जिसमें वाद न हो।
- मैं तो अपने आपको समाजवादी ही कहता हूँ। मुझे यह शब्द ही पसंद है। पर मेरा समाजवाद वही नहीं है, जिसके समाजवादी उपदेश करते फिरते हैं।
- समाजवाद के बारे में मेरा यह विचार है कि हम सब बराबर या समान रूप में पैदा हुए हैं और हमें समान अवसर प्राप्त होने का अवसर मिलना चाहिए, परंतु मैं इतना तो कहूँगा कि सभी व्यक्तियों में समान क्षमता नहीं होती।
- समाजवाद राजनीतिक जगत् में एक प्रगतिपूर्ण सुधार का कदम है।
- यदि वाद के चक्कर में न पड़कर केवल समाज के हित के लिए काम किया जाए तो वह सर्वोत्तम समाजवाद है।

स्वास्थ्य

- शरीर में ही सबकुछ है। जो इसमें नहीं है, वह जगत् में भी नहीं है।
- केवल वही मनुष्य स्वस्थ है जिसका स्वस्थ मस्तिष्क स्वस्थ शरीर में है।
- शरीर के स्वस्थ होने का यह भी मतलब है कि मनुष्य की इंद्रियाँ और मन भी स्वस्थ हैं।

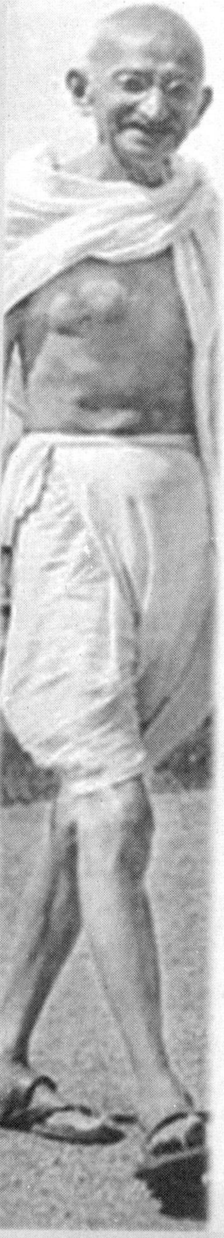

- शरीर को हवा, पानी, खुराक नियमित रूप से मिलती रहे और वह बिना आलस्य के ठीक प्रकार से काम करता रहे तो अस्वस्थ होने का कोई कारण नहीं हो सकता।
- स्वास्थ्य अच्छा रखने के लिए ब्रह्मचर्य का पालन बहुत ही जरूरी है।
- केवल शारीरिक या मानसिक स्वास्थ्य को ही स्वास्थ्य नहीं कहते; जब तक दोनों का संतुलन न हो, मनुष्य स्वस्थ नहीं कहा जा सकता।
- शरीर और मन के बीच इतना घनिष्ठ संबंध है कि दो में से किसी को क्षति पहुँचे तो सारे शरीर को कष्ट सहन करना पड़ता है। इससे यह सिद्ध होता है कि शुद्ध चरित्र ही स्वास्थ्य की कुंजी है, और हम कह सकते हैं कि इससे भिन्न विचार और बुरी वासनाएँ तरह-तरह की बीमारियाँ हैं।
- यदि तन और मन दोनों स्वस्थ हुए, तभी मनुष्य स्वस्थ कहा जा सकता है।

हरिजन

- केवल जन्म के कारण कोई मनुष्य अछूत नहीं माना जा सकता।
- अछूतपन को दूर किए बिना अस्पृश्यों में सुधार या प्रचार नहीं हो सकता।
- मनुष्य के प्राथमिक अधिकारों के बारे में कानून की नजरों में तो वही होना चाहिए जिस तरह कि जात-पाँत और वर्ण का लिहाज रखे बिना हम लोगों में भूख-प्यास इत्यादि सर्वमान्य हैं।
- इस सीधे-सादे सिद्धांत को मानने में कि जन्म के कारण कोई मनुष्य अछूत नहीं माना जा सकता, कोई उच्च दार्शनिक सिद्धांत बीच में नहीं आता।
- मैं स्वेच्छा से 'हरिजन' बन गया हूँ और मेरा विश्वास है कि यदि मैंने निस्स्वार्थ भाव से हरिजनों की सेवा की होगी तो अंत में वे उसे स्वीकार करेंगे।
- उन्नति के मार्ग में बाधक अस्पृश्यता का कृत्रिम अड़ंगा दूर होते ही उसी क्षण हरिजनों की आर्थिक, नैतिक, सामाजिक तथा राजनीतिक अवस्था उन्नत हो जाएगी।

- मैं हरिजनों के लिए भीख माँगना अपना कर्तव्य समझता हूँ।

हिंदुत्व

- मैं हिंदुत्व के प्रति वही भावना रखता हूँ जो अपनी पत्नी के प्रति। उसके दोष जानकर भी मैं उससे अलग नहीं हो सकता। हिंदुत्व एक विशाल वृक्ष के समान है, जिसने अपनी अगणित शाखाएँ फैला रखी हैं।
- मैं पूरा सुधारक हूँ, पर मैं हिंदुत्व की महत्त्वपूर्ण बातों को मानने से इनकार नहीं कर सकता।
- मैं 'हिंदू' शब्द को, चाहे उसका कुछ भी अर्थ हो, बदलने के खिलाफ हूँ।

धर्म

- कौन किस धर्म में रहे, यह निश्चय करना तो हर एक व्यक्ति का अपना ही काम है। धर्म को किसी रूप में खरीदा नहीं जा सकता। और आध्यात्मिक बातों के लिए अगर इस तरह की कोई बात कही जा सकती हो तो हम यही कह सकते हैं कि धर्म का सौदा तो अपने रक्त से किया जा सकता है।
- जैसे अनेक नाम होने पर भी ईश्वर एक ही है वैसे ही अनेक नाम होते हुए धर्म एक ही है, क्योंकि सारे धर्म ईश्वर से आए हैं। अगर वे ईश्वर से नहीं आए हैं तो वे निकम्मे हैं। जो धर्म ईश्वर का नहीं है वह शैतान का है और वह किसी का नहीं हो सकता।

स्त्री

- यदि स्त्रियों में आत्मविश्वास आ जाए, उनकी श्रद्धा दृढ़ हो जाए तो स्त्रियाँ खुद ही जान जाएँगी कि उनके मन में जो भय था वैसा भय रखने का कोई कारण ही नहीं है। मनुष्यमात्र में राम और रावण रहते हैं। यदि स्त्रियाँ अपने हृदय में निवास करनेवाले राम की सहायता से काम करें तो मनुष्यों में रहनेवाला रावण सिर नहीं उठा सकता। स्त्रियों की अपेक्षा पुरुषों में राम देर से जागता है। जिसे राम राखे, उसे कौन चाखे? और जिससे राम रूठे, उसे कौन राखे?

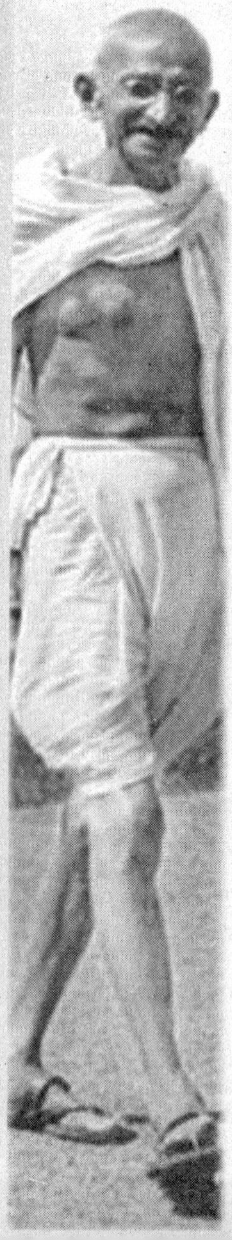

- स्त्रियाँ तो त्याग, दया और अहिंसा की मूर्ति हैं। जहाँ अहिंसा-धर्म को केवल बुद्धि से ही समझते हैं, वहाँ स्त्रियों के लिए वह एक ऐसी वस्तु है जिसे वे जन्म से ही जानती हैं। पुरुष तो बहुत थोड़ी जिम्मेदारी उठाकर ही अपने को कृतकार्य मान लेता है, किंतु बहनों को तो पति की, बालकों की तथा परिवार के अन्य सदस्यों की सेवा करनी पड़ती है।
- स्त्रियों को अबला जाति कहना उसका अपमान है। ऐसा कहकर पुरुष स्त्रियों के प्रति अन्याय ही करते हैं। बल का अर्थ पशुबल किया जाए तो सचमुच स्त्री पुरुष की अपेक्षा कम पशु है; परंतु बल का अर्थ नैतिक बल हो तो उसमें पुरुष से स्त्री कहीं श्रेष्ठ है।
- स्त्री में यदि विनाश की शक्ति है तो कल्याण की भी शक्ति उसके अंदर छिपी हुई है। मेरी यही कामना है कि वह अपनी उस कल्याणकारी शक्ति को पहचाने। यदि वह ऐसा सोचना बंद कर दे कि वह कमजोर और पुरुषों के खेलने की गुड़िया बनने के ही योग्य है तो वह अपने लिए और पुरुष के लिए भी—चाहे पुरुष उसका पिता हो या पुत्र अथवा पति—संसार को अधिक सुखमय बना सकती है।

नीति

- जातियाँ न पैसे के बल पर टिकती हैं और न सेना के बल पर; वे केवल नीति के आधार पर ही टिकती हैं। यह विचार सदा मन में रखकर परमार्थ रूपी परम नीति का आचरण करना मनुष्यमात्र का कर्तव्य है।
- नीति का वास हमारे हृदय में है।
- नीति के नियम अचल हैं। मत बदलते रहते हैं, परंतु नीति नहीं बदलती। हमारी आँखें खुली होने पर हमें सूर्य दिखाई देता है और बंद रहने पर नहीं। यह परिवर्तन हमारी दृष्टि में हुआ, न कि सूर्य के अस्तित्व में। यही बात नीति के नियमों के संबंध में भी समझनी चाहिए। संभव है, अज्ञान की दशा में हम नीति को न समझ पाएँ, पर ज्ञान-चक्षु खुलने पर उसे समझने में हमें कठिनाई नहीं होती।

- नीति के बिना धर्म टिक नहीं सकता। सच्ची नीति में धर्म का बहुत कुछ समावेश हो जाता है। जो लोग अपने स्वार्थ के लिए नहीं बल्कि नीति के लिए ही नीति-नियमों का पालन करते हैं, उन्हें धार्मिक कहा जा सकता है।
- नीति के समस्त नियमों का दोहन किया जाए तो हम देखेंगे कि मानव जाति के कल्याण के लिए प्रयास करना ही उत्कृष्ट नीति है। इस कुंजी से नीति रूपी मंजूषा को खोलकर देखने पर नैतिकता के अन्य नियम हमें उसमें मिल जाएँगे।

मंदिर

- मंदिरों में मेरा विश्वास है—यह सिद्ध करने के लिए कोई जरूरी नहीं कि मैं मंदिरों में जाऊँ ही। इतना काफी है कि ईश्वर में मेरा विश्वास है और मैं प्रतिदिन उसकी पूजा करता हूँ। और यह पूजा मात्र एक आडंबर नहीं होती, बल्कि मेरे आध्यात्मिक आहार का एक अनिवार्य अंग होती है। हाँ, मैं प्रतिदिन खुले मैदान में होनेवाली प्रार्थना में शामिल होने के लिए हरिजनों को विशेष रूप से जरूर आमंत्रित करता हूँ। लेकिन ऐसा उन्हें सनातनी मंदिरों में जाने की इच्छा से विमुख करने के लिए नहीं करता।

मजदूर

- पैसा जगत् में बहुत कुछ कर सकता है; किंतु मजदूर का यह मानना घोर अंधविश्वास है कि वह पैसेवालों का दास है। यह अज्ञान का लक्षण है।
- मिल-मालिकों के साथ हमें लड़ना पड़े तो भी उनसे द्वेष नहीं करना है। उनके साथ लड़ना ही हो तो इस तरह लड़ें, जैसे कि आप माँ या अपनी स्त्री या बच्चों के साथ लड़ते-झगड़ते हैं। एक ही रक्त-मांस के मनुष्यों के साथ जिस तरह और जैसे प्रसंग के लिए जितने प्रेम और वेदना से तथा आदर और विनय से हम लड़ते हैं, उसी तरह मिल-मालिकों के साथ लड़ें।
- यदि मजदूर स्वाधीन रहना चाहते हों, स्वाभिमान की रक्षा करना चाहते हों और आजीविका के बारे में निर्भय रहना चाहते हों तो उन्हें आजीविका के अनेक साधन अपनाने चाहिए। मेरी राय में, विविध धंधों को कर सकने की शक्ति मजदूर वर्ग के लिए वैसी ही वस्तु है जैसी पूँजीपति के लिए उसकी पूँजी। जैसे पूँजीपति अपनी पूँजी को मजदूर के सहयोग के बिना सफल नहीं

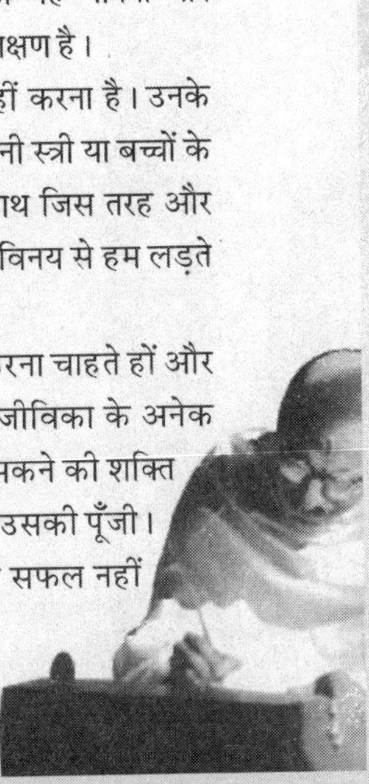

बना सकता वैसे ही मजदूर अपने श्रम को पूँजी के सहयोग के बिना सफल नहीं बना सकता। यदि मजदूर एवं पूँजीपति दोनों में बुद्धि हो और दोनों को सामान्यतया एक-दूसरे की शक्ति के सहयोग का भरोसा रहे तो वे एक-दूसरे के प्रति सम्मानपूर्ण व्यवहार की आवश्यकता को समझने लगें।

विचार

- मन में बुरे विचार आने से ही नहीं बल्कि असंगत, अव्यवस्थित और अवांछित विचार आने से भी इस जीवनी शक्ति का न केवल सतत क्षय होता रहता है, बल्कि इस रीति से क्षय होता रहता है कि हमें उसका पता भी नहीं चलता और चूँकि विचार सारे वचनों एवं कार्यों का प्रेरणा-स्रोत है, इसलिए जैसा विचार होगा वैसा ही वचन और कार्य भी होगा। इसलिए पूर्ण मनोनिग्रहपूर्वक किया गया विचार अपने आप में अधिक-से-अधिक समर्थ शक्ति है; और यह भी हो सकता है कि बिना किसी बाहरी साधन-उपक्रम के यह विचार ही वांछित कार्य भी करने लग जाए।
- विकारी विचार भी बीमारी की निशानी है। इसलिए हम सब विकार से बचते रहें।
- शुद्ध विचारों में बहुत बड़ी शक्ति है, ऐसा आज के वैज्ञानिक स्वीकार करते हैं; और इसी से यह कहा जाता है कि मनुष्य जैसे विचार करता है वैसा हो जाता है। हत्या का नित्य चिंतन करनेवाला हत्यारा हो जाएगा। व्यभिचार का चिंतन करनेवाला व्यभिचारी हो जाएगा, सत्य का चिंतन करनेवाला सत्यमय, अहिंसा का चिंतन करनेवाला अहिंसामय और भगवान् का चिंतन करनेवाला भगवानस्वरूप हो जाएगा।
- हम बात को समझते ही नहीं कि कर्म या वचन के मुकाबले विचार कहीं अधिक शक्तिशाली होता है। जब विचार, वचन और कर्म—इन तीनों में सामंजस्य होता है, तब विचार को वचन और कर्म दोनों मर्यादित करते हैं; इतना ही नहीं, स्वयं वचन को कर्म मर्यादित करता है। कहने की जरूरत नहीं कि विचार से मेरा आशय उस जीवंत विचार से ही है, जिसका वचन और कर्म में रूपांतरण संभव है। सामर्थ्य से

रहित विचार हवाई किले से अधिक अर्थ नहीं रखते—और वे हवा में ही विलीन हो जाते हैं।

शराब

- अगर मद्य-निषेध का मतलब भारत में महान् नैतिक जागृति है तब तो शराब की दुकानों के बंद होने का अर्थ उस महान् आंदोलन का अनिवार्य प्रारंभ मात्र होना चाहिए, जिसके अंत में उन तमाम गरीबों और कुछ अमीरों को भी—जिनके शरीर और आत्मा दोनों को इन नशीली चीजों की लत ने तबाह कर दिया है—इससे पूरी तरह विमुख कर देना है। यह कार्य केवल राज्य के प्रयत्न से संपन्न नहीं हो सकता।
- चाय-कॉफी और शराब की परस्पर कोई तुलना नहीं हो सकती। यदि चाय और कॉफी बहुत अधिक मात्रा में ली जाए तो उससे स्वास्थ्य पर बुरा असर होता है। लेकिन शराब तो दवा के सिवा किसी के रूप में नपी-तुली मात्रा में भी नहीं ली जा सकती। वह शरीर, मन तथा आत्मा—सबका नाश करती है।
- मद्यपान एक अत्यंत पतनकारी वस्तु है, जो मनुष्य को पशु बना देती है। यह शरीर और आत्मा दोनों को दूषित कर देती है। यह नैतिक और घरेलू जीवन दोनों को नष्ट कर देती है।
- शराब पीना एक दुर्गुण नहीं बल्कि रोग है। इसलिए एक रोगी को बचाने के लिए उस रोगी के विरुद्ध कार्य करना होगा।

शिक्षा

- जिस शिक्षा से न राष्ट्र को लाभ हो और न व्यक्ति को, उसका खर्चा भरना अपराध है। मेरी राय में, व्यक्तिगत लाभ नाम की वास्तव में ऐसी कोई चीज नहीं है, जो राष्ट्र के लिए भी लाभदायक सिद्ध न की जा सकती हो। और मेरे अधिकांश आलोचक भी इस बात को स्वीकार करते ही हैं कि वर्तमान उच्चतर शिक्षा का—और उच्चतर शिक्षा का ही क्यों, प्राथमिक और माध्यमिक शिक्षा का—वास्तविकता से कोई संबंध नहीं है। अगर बात ऐसी है तो स्पष्ट ही वह शिक्षा राज्य के लिए भी लाभदायक नहीं हो सकती।
- शिक्षा का उद्देश्य पैसा कमाना नहीं बल्कि अच्छा बनना और देश-सेवा

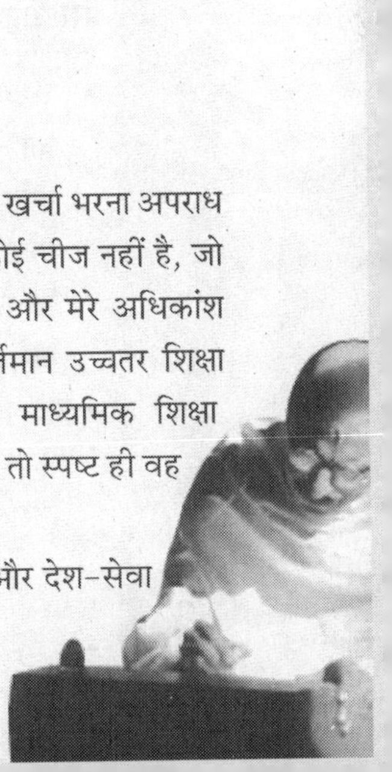

करना है। यदि यह उद्देश्य सफल न हो तो शिक्षा पर किए गए खर्च को बेकार समझ सकते हैं।

- शिक्षा से मेरा मतलब है—बच्चे या मनुष्य की तमाम शारीरिक, मानसिक और आत्मिक शक्तियों का सर्वतोमुखी विकास। अक्षर-ज्ञान एवं शिक्षा का न तो प्रारंभ है और न अंत। वह तो उन अनेक उपायों में से एक है, जिनके द्वारा स्त्री-पुरुषों को शिक्षित किया जा सकता है। केवल अक्षर-ज्ञान को शिक्षा कहना गलत है। इसलिए बच्चे की शिक्षा का प्रारंभ मैं किसी दस्तकारी की शिक्षा से ही करूँगा, और उसी क्षण से उसे कुछ निर्माण करना सिखा दूँगा। इस प्रकार हर पाठशाला स्वावलंबी हो सकती है।
- सच्ची शिक्षा तो वह है, जिसके द्वारा हम अपने को, आत्मा को, ईश्वर को, सत्य को पहचान सकें। इसके लिए किसी को साहित्य के ज्ञान की जरूरत होती है, किसी को भौतिक-शास्त्र की, किसी को कला की आदि-आदि। लेकिन शिक्षा-मात्र का उद्देश्य आत्मदर्शन होना चाहिए।
- हम लोग अधिकार प्राप्त करने के लिए कितनी ही लड़ाई लड़ते रहें—यदि शिक्षा में पिछड़े हुए रहे तो किसी भी हालत में हमारी स्थिति, जैसी होनी चाहिए वैसी नहीं हो पाएगी।

सत्याग्रह

- आजकल हथियारबंद या दूसरी तरह के किसी भी विरोध को सत्याग्रह का नाम देना एक फैशन-सा हो गया है। इससे समाज को नुकसान होता है। इसलिए यदि आप लोग सत्याग्रह के पूरे अर्थ को समझ लें और यह जान लें कि सत्य और प्रेम के रूप में जीता-जागता भगवान् सत्याग्रही के साथ रहता है तो आपको यह मानने में कोई हिचकिचाहट नहीं होगी कि सत्याग्रह पर कोई विजय नहीं पा सकता।
- सत्य का आग्रह रखने की कला हस्तगत होते ही अन्याय का सामना करने की शक्ति आ ही जाती है। किंतु सत्य का आग्रह तो प्रतिदिन निरालस भाव से कोई विशुद्ध पारमार्थिक कार्य—निस्स्वार्थ, मोह-रहित सेवा—अर्थात् विशुद्ध यज्ञ करने से ही उत्पन्न होता है।

- सत्याग्रह का अर्थ है—सत्य का आग्रह। यह आग्रह रखनेवाले मनुष्य में अतुल बल आ जाता है। इस बल को हम सत्याग्रह के नाम से पहचानते हैं। अगर सत्य का आग्रह सच्चा हो तो माता-पिता, स्त्री-पुरुष-पुत्रादि के विरुद्ध, राजा-प्रजा के विरुद्ध और आखिरकार सारे जगत् के विरुद्ध उसका प्रयोग किया जा सकता है।
- सत्याग्रह का अर्थ है—सत्य पर आग्रह रखना। जब कोई आदमी सत्य पर आग्रह करता है तो उसे उससे बल मिलता है। अगर उसके सही बोध के बिना कोई उसका प्रयोग करता है तो मानना चाहिए कि वह सत्याग्रह का नाम व्यर्थ ही ले रहा है।
- सत्याग्रह लोकमत को शिक्षा देने की एक ऐसी प्रक्रिया है, जो समाज के समस्त तत्त्वों को प्रभावित करके अंत में अजेय बन जाती है। हिंसा से उस प्रक्रिया में बाधा पड़ती है और सारे समाज की सच्ची क्रांति में विलंब होता है।
- सत्याग्रही अपने हर कर्म में कृत्रिमता से दूर हो हर कार्य स्वाभाविक रूप से करता है एवं स्वत: प्रेरित होकर करता है।
- सत्याग्रही का अविनयी होना तो दूध में जहर पड़ने के समान समझना चाहिए।

सदाचार

- मेरे लिए तो सदाचार, नैतिक नियम और धर्म एक ही बात है। आदमी यदि पूरी तरह से सदाचारी हो, परंतु धार्मिक न हो तो उसका जीवन बालू पर खड़ी की गई इमारत की तरह समझिए। इसी तरह सदाचारहीन धर्म भी दूसरों को दिखाने भर के लिए होता है और आपस में सिर-फुटौवल का कारण बनता है।

सर्वधर्म समभाव

- मुझे जितनी आस्था 'गीता' पर है उतनी ही 'बाइबिल' पर है। मैं मानता हूँ कि दुनिया के सारे महान् धर्म उतने ही सच्चे हैं जितना कि मेरा धर्म।
- सभी धर्म एक ही जगह पर ले जानेवाले अलग-अलग मार्गों की तरह हैं। अगर वे हमें अपने लक्ष्य पर पहुँचा देते हों तो फिर उनके अलग-अलग होने से अंतर क्या पड़ता है? वस्तुत: तो जितने व्यक्ति उतने ही धर्म भी हैं जब तक अलग-अलग धर्म विद्यमान हैं तब तक प्रत्येक धर्म के लिए किसी

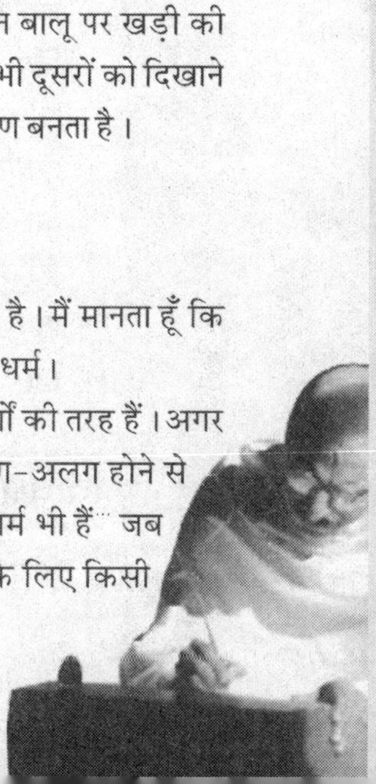

विशेष बाह्य प्रतीक की आवश्यकता भले ही हो, परंतु जब वह बाह्य प्रतीक आडंबर मात्र रह जाए और दूसरों के धर्म से अपने धर्म को श्रेष्ठ बताने के लिए उसका प्रयोग किया जाने लगे तो वह त्याज्य हो जाता है।

हिंदू धर्म

- जिस धर्म ने रामकृष्ण, चैतन्य, शंकर और विवेकानंद को पैदा किया है, वह धर्म केवल अंधविश्वासों का ढेर नहीं हो सकता। आप यह जानते होंगे, और न जानते हों तो आपको मैं बता देना चाहता हूँ कि मेरी अपनी मान्यता तो ऐसी है कि संसार के सभी धर्म न केवल सच्चे हैं, बल्कि वे सब समान भी हैं।
- बचपन से ही मैंने हिंदू धर्म का अभ्यास करने का प्रयत्न किया है। बचपन से मुझे जो शिक्षा मिली, उसके अनुसार आचरण करने की भी कोशिश की है और यथाशक्ति हिंदू शास्त्रों का अध्ययन किया है।
- सत्य से ही धर्म बढ़ता है, और यह बात तो मैंने हिंदू धर्म से ही सीखी है—'सत्यान्नास्ति परो धर्मः' और 'अहिंसा परमो धर्मः' भी हिंदू धर्म ने सिखाया है। भगवान् पतंजलि हैं, जिन्होंने अहिंसा, अपरिग्रह, अस्तेय, ब्रह्मचर्य आदि पाँच व्रतों को हिंदू धर्म में विज्ञान का स्थान दिया। और धर्मों में भी ये बातें हैं, लेकिन इनका विज्ञान हिंदू धर्म ने ही रचा है।
- हिंदू धर्म में एक बड़ी बात यह है कि उसकी सच्ची आस्था है कि समस्त जीव (मनुष्य ही नहीं, समस्त जीवधारी प्राणी) एक ही हैं, अर्थात् सारे जीवों की उत्पत्ति एक ही स्रोत से हुई है—चाहे आप उसे अल्लाह कहिए या गॉड या परमेश्वर। जीव की यह एकता हिंदू धर्म की अपनी विशेषता है। इसके अनुसार, मुक्ति प्राप्त करना मानव तक ही सीमित नहीं है, बल्कि ईश्वर के रचे सभी प्राणियों के लिए संभव है।

विविध

- तथ्य पर हमारा सच्चा कब्जा रहे तो कानून अपने आप हमारे पास आ

जाएगा।

- धन, शक्ति और मान मनुष्य से क्या-क्या पाप और अनर्थ नहीं कराते !
- नीयत अच्छी हो तो संकट के मुकाबले के लिए सेवक और साधन मिल ही जाते हैं।
- मनुष्य का मनुष्यत्व स्वेच्छा से अंकुश में रहने में है।
- मैला मन उपवास से शुद्ध नहीं होता।
- शारीरिक अंकुश से ब्रह्मचर्य का आरंभ होता है, पर शुद्ध ब्रह्मचर्य में तो विचारों की मलिनता भी नहीं होनी चाहिए। पूर्ण ब्रह्मचारी के मन में स्वप्न में भी विकार-युक्त विचार नहीं आते और जब तक ऐसे विकारी विचार स्वप्न में आते हों तब तक ब्रह्मचर्य को अति अपूर्ण मानना चाहिए।
- समाज का एक भी अंग अनुपयोगी रहे, यह मुझे सदा अखरा है। जनता के दोषों पर परदा डालकर उसका बचाव करना या दोष दूर किए बिना हक हासिल करना मुझे सदा अरुचिकर लगा है।

राष्ट्रभाषा हिंदी

- राष्ट्रभाषा की जगह मात्र हिंदी ही ले सकती है, कोई दूसरी भाषा नहीं।
- यदि हम भारत की राष्ट्रभाषा बनाना चाहते हैं तो हिंदी ही हमारी राष्ट्रभाषा हो सकती है।
- अगर हिंदुस्तान को हमें एक राष्ट्र बनाना है तो राष्ट्रभाषा हिंदी ही हो सकती है।
- राष्ट्रीय व्यवहार में हिंदी को काम में लाना देश की एकता और उन्नति के लिए आवश्यक है।
- आज की अंग्रेजी शिक्षा ने हमें निकम्मा और नकलची बना दिया है।
- ''दुनिया से कह दो—गांधी अंग्रेजी नहीं जानता।''
- कोई भी देश सच्चे अर्थों में तब तक स्वतंत्र नहीं है, जब तक वह अपनी भाषा में नहीं बोलता।
- विदेशी भाषा के माध्यम से शिक्षा की हिमायत करनेवाले जनता के दुश्मन हैं।
- जन्म और मृत्यु दो स्थितियाँ नहीं हैं, अपितु वे एक ही स्थिति के दो पहलू हैं।
- मैं विदेशी वस्तुओं का बहिष्कार करता हूँ, विदेशी योग्यता का नहीं।
- वीरता शरीर का गुण नहीं है, आत्मा का गुण है।

सार-संक्षेप

1882 – कस्तूरबाई के साथ मोहनदास का विवाह।

1885 – पिता मोहनदास गांधी का स्वर्गवास।

1887 – मैट्रिक परीक्षा उत्तीर्ण करके भावनगर के सांमलदास कॉलेज में प्रवेश।

1888 – 4 सितंबर को उच्च शिक्षा के लिए विदेश रवाना।

1889 – इंग्लैंड में निरामिषभोजियों की सभा में प्रथम सार्वजनिक भाषण।

1891 – 10 जून को बैरिस्टर बने; 7 जुलाई को बंबई लौटे; माताजी की मृत्यु का समाचार मिला।

1892 – राजकोट और बंबई में वकालत शुरू की।

1893 – अप्रैल में एक मुकदमे की पैरवी के लिए दक्षिण अफ्रीका गए।

1894 – जिस मुकदमे के लिए दक्षिण अफ्रीका गए थे, उसका पंच-फैसला हुआ।

1895 – नाटाल में सर्वोच्च न्यायालय के बैरिस्टर बने; वहीं पर 'नाटाल भारतीय कांग्रेस' का संगठन।

1896 – छह महीने के लिए भारत वापस लौटे; तिलक, गोखले आदि राष्ट्रीय नेताओं से भेंट; 30 नवंबर को पुनः दक्षिण अफ्रीका लौट गए।

1897 – डरबन लौटने पर विरोधी-प्रदर्शन; जीवन में महान् परिवर्तन आया।

1899 – बोअर-युद्ध में अंग्रेजों की मदद करने का निश्चय।

1901 – राजकोट में महामारी कमेटी द्वारा सेवा, भारत लौटे; कलकत्ता कांग्रेस के सहायक बने।

1902 – बर्मा की यात्रा पर गए; रेल के तीसरे दर्जे में भारत-प्रवास। तीन महीने बाद दक्षिण अफ्रीका के लिए पुनः रवाना हुए।

1903 – वहाँ 'ट्रांसवाल ब्रिटिश इंडिया एसोसिएशन' की स्थापना की। 'इंडियन ओपीनियन' का गठन।

1904 – गीताध्ययन, रस्किन के 'अंटू दिस लास्ट' (सर्वोदय) को पढ़कर जीवन में महान् बदलाव आया; वहीं फीनिक्स आश्रम की स्थापना की।

1906 – जुलू-विद्रोह में घायलों की सेवा; ब्रह्मचर्य से रहने की प्रतिज्ञा, 'सत्याग्रह' शब्द का आविष्कार। शिष्टमंडल के प्रतिनिधि के रूप में इंग्लैंड रवाना।

1907 – खूनी कानून के विरुद्ध सत्याग्रह का प्रयोग।

1908 – अंतरिम समझौता, पठान द्वारा आक्रमण, पुनः सत्याग्रह प्रारंभ और फिर गिरफ्तार हुए।

1909 – टॉल्सटॉय को प्रथम पत्र लिखा, दूसरी बार शिष्टमंडल के साथ इंग्लैंड रवाना; स्वदेश वापसी में जहाज पर 'हिंद स्वराज्य' पुस्तक लिखी।

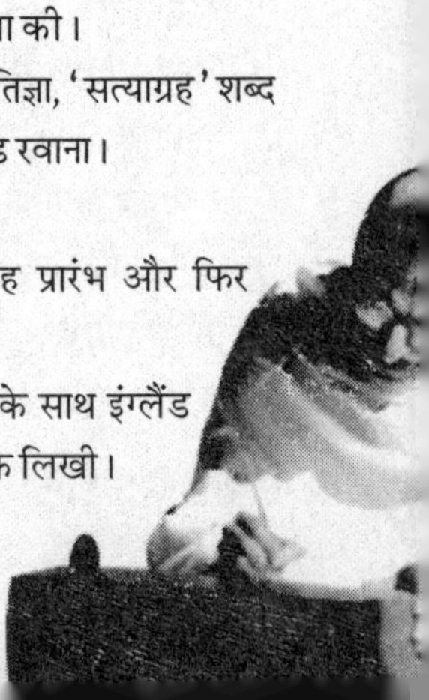

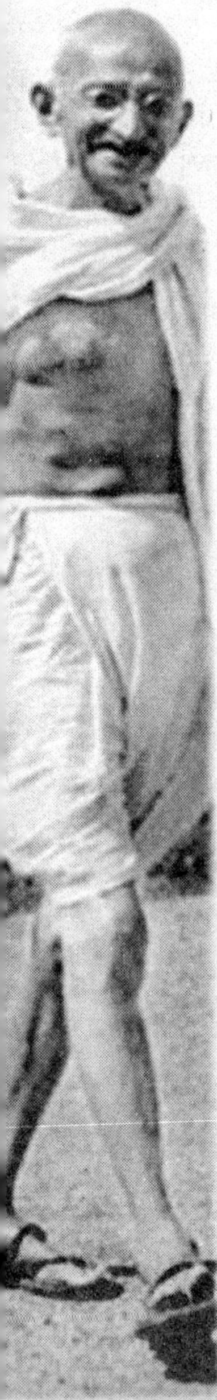

1910 – जोहांसबर्ग में टॉल्सटॉय फार्म की स्थापना की।

1912 – गोखले की दक्षिण अफ्रीका-यात्रा; 'नीति-धर्म' पुस्तक प्रकाशित, इसी वर्ष 'आरोग्य-विषयक सामान्य ज्ञान' पुस्तक लिखी।

1913 – सत्याग्रह पुनः आरंभ, गिरफ्तारी के बाद रिहाई, सप्ताह भर का उपवास तथा साढ़े चार महीने तक एक समय भोजन।

1914 – चौदह दिन का उपवास रखा, सत्याग्रह सफल रहा; 18 जुलाई को इंग्लैंड रवाना; 4 अगस्त से प्रथम महायुद्ध शुरू, सरोजनी नायडू से परिचय हुआ और महायुद्ध में सेवा।

1915 – भारत-आगमन और 'कैसरे-हिंद' की उपाधि प्राप्त; संपूर्ण भारत का दौरा किया; काका कालेलकर व आचार्य कृपलानी से परिचय; 19 फरवरी को गोखले की मृत्यु; 25 मई को आश्रम की स्थापना।

1916 – काशी हिंदू विश्वविद्यालय की स्थापना के पुनीत अवसर पर प्रसिद्ध उद्बोधन। लखनऊ-कांग्रेस में जवाहरलाल नेहरू से प्रथम मुलाकात।

1917 – राजेंद्र बाबू से भेंट; 10 अप्रैल को चंपारन में सत्याग्रह शुरू; 31 मई को गिरमिटिया कानून रद्द; 30 जून को दादाभाई नौरोजी की मृत्यु; महादेवभाई देसाई से संपर्क।

1918 – अहमदाबाद में मिल-मजदूरों की हड़ताल हुई और तीन दिन का उपवास रखा; खेड़ा-सत्याग्रह शुरू; चरखे का पुनरुद्धार।

1919 – रौलट ऐक्ट भारत आया; 6 अप्रैल को प्रार्थना और उपवास-दिवस; 13 अप्रैल को जलियाँवाला बाग में हत्याकांड; 'यंग इंडिया' व 'नवजीवन' का संपादन शुरू; खिलाफत असहयोग; अमृतसर-कांग्रेस आयोजित।

1920 – 1 अगस्त को लोकमान्य तिलक की मृत्यु; 2 अक्तूबर को 'तिलक स्वराज्य फंड' की स्थापना; गांधीजी द्वारा तैयार किया गया कांग्रेस का संविधान स्वीकृत, असहयोग आंदोलन शुरू, गुजरात विद्यापीठ की स्थापना की।

1921 – अन्य राष्ट्रीय विद्यापीठों की स्थापना; प्रिंस ऑफ वेल्स के आगमन के बहिष्कार के कारण दंगा; अशांति, पाँच दिन का उपवास; अहमदाबाद-कांग्रेस आयोजित।

1922 – 5 फरवरी को चौरी-चौरा कांड घटित और सत्याग्रह आंदोलन स्थगित; आत्मशुद्धि के लिए पाँच दिन का उपवास रखा; 10 मार्च को गिरफ्तारी और फिर छह वर्ष की सजा।

1924 – अपेंडिसाइटिस का ऑपरेशन, 5 फरवरी को रिहाई; 24 सितंबर को हिंदू-मुसलिम एकता के लिए इक्कीस दिन का उपवास; बेलगाँव कांग्रेस के अध्यक्ष बने।

1925 – 16 जून को देशबंधु चित्तरंजनदास की मृत्यु; एक सप्ताह का उपवास रखा; कानपुर-कांग्रेस आयोजित; चरखा संघ की स्थापना।

1926 – स्वामी श्रद्धानंद का बलिदान हुआ।

1927 – खादी-यात्रा निकाली; 16 सितंबर को हकीम अजमल खाँ की मृत्यु।

1928 – साइमन-कमीशन आया; बारडोली सत्याग्रह शुरू; मगनलाल गांधी की 22 अप्रैल को पटना में मृत्यु; 17 नवंबर को लाला लाजपत राय की मृत्यु; नेहरू रिपोर्ट सार्वजनिक; कलकत्ता-कांग्रेस में समझौता-प्रस्ताव पेश।

1929 – लाहौर-कांग्रेस में पूर्ण स्वाधीनता का प्रस्ताव रखा गया।

1930 – 26 जनवरी को पूर्ण स्वाधीनता की प्रतिज्ञा ली गई; 12 मार्च को नमक कानून तोड़ने के लिए दांडी मार्च किया, 5 मई को गिरफ्तार किए गए।

1931 – 4 जनवरी को इंग्लैंड में मुहम्मद अली की मृत्यु; 25 जनवरी को गांधी जेल से बाहर आए; 6 फरवरी को पं. मोतीलाल नेहरू की मृत्यु; 4 मार्च को गांधी-इर्विन-समझौता हुआ; 23 मार्च को भगतसिंह को फाँसी लगा दी गई; कराची कांग्रेस; 25 मार्च को गणेशशंकर विद्यार्थी का बलिदान; दूसरे गोलमेज-सम्मेलन में भारत के एकमात्र प्रतिनिधि के रूप में शामिल; दिसंबर में गोलमेज-सम्मेलन से बिना किसी नतीजे के लौटे।

1932 – कांग्रेस गैर-कानूनी घोषित; सत्याग्रह पुनः आरंभ हुआ; 4 जनवरी को गिरफ्तारी; 'नवजीवन', 'यंग इंडिया' समाचार-पत्र बंद; 20 सितंबर से सांप्रदायिक निर्णय के विरोध में आमरण अनशन किया; 24 सितंबर को यरवदा-पैक्ट; 26 सितंबर को उपवास तोड़ा।

1933 – 8 मई से 21 दिन का उपवास शुरू; 'हरिजन' पत्रों का प्रारंभ; जेल से रिहाई और फिर गिरफ्तारी तथा एक वर्ष की सजा; 16 अगस्त से आमरण उपवास, जो एक सप्ताह चला; 23 अगस्त को रिहाई; 20 सितंबर को ऐनी बेसेंट की मृत्यु; 22 सितंबर को बिट्ठलभाई पटेल की मृत्यु; साबरमती आश्रम का विसर्जन; वर्धा में रहने का निश्चय; 7 नवंबर से हरिजन-यात्रा शुरू।

1934 – बिहार-भूकंप की घटना; 7 मई को सत्याग्रह आंदोलन वापस लिया; 7 दिन का उपवास; 26 अक्तूबर को ग्रामोद्योग-संघ की स्थापना; बंबई-कांग्रेस आयोजित।

1935 – भारतीय राष्ट्रीय कांग्रेस की स्वर्ण-जयंती मनाई गई।

1936 – 10 मई को डॉ. अंसारी की मृत्यु; सेवाग्राम आश्रम स्थापित।

1937 – जुलाई में कांग्रेस पद-ग्रहण।

1939 – 4 जनवरी को मो. शौकत अली की मृत्यु; राजकोट में आमरण अनशन शुरू; वाइसराय के हस्तक्षेप से चार दिन बाद समाप्त; त्रिपुरी-कांग्रेस आयोजित; सुभाष बाबू का कांग्रेस के अध्यक्ष पद से त्यागपत्र; 3 सितंबर को द्वितीय महायुद्ध शुरू; 8 नवंबर को प्रांतों में कांग्रेस सरकारों ने त्यागपत्र दिए।

1940 – 11 अक्तूबर से व्यक्तिगत सत्याग्रह प्रारंभ; विनोबा प्रथम सत्याग्रही बने; 'हरिजन' समाचार-पत्र पर पाबंदी।

1941 – 7 अगस्त को रवींद्रनाथ टैगोर की मृत्यु; 30 सितंबर को 'गो-सेवा संघ' की स्थापना की गई।

1942 – पुनः कांग्रेस का नेतृत्व सँभाला; 11 फरवरी को सेठ जमनालाल बजाज की मृत्यु; क्रिप्स-मिशन का आगमन; हिंदुस्तानी प्रचार-सभा की स्थापना; 8 अगस्त को 'भारत छोड़ो' प्रस्ताव पारित, 9 अगस्त को संपूर्ण भारत में नेताओं की सामूहिक गिरफ्तारियाँ; 15 अगस्त को महादेवभाई की मृत्यु।

1943 – आगा खाँ महल (कारागृह) में 21 दिन का उपवास।

1944 – 22 फरवरी को कस्तूरबा गांधी का निधन; 6 मई को गांधी जेल से रिहा हुए; गांधी-जिन्ना वार्त्ता संपन्न।

1945 – सभी नेता जेल से रिहा; पहली शिमला-कॉन्फ्रेंस आयोजित।

1946 – कैबिनेट-मिशन आगमन; मुसलिम लीग द्वारा 16 अगस्त को 'सीधी काररवाई' का दिन; सांप्रदायिक दंगे भड़के; दंगों के बीच नोआखाली की पैदल यात्रा शुरू; 12 नवंबर को महामना मालवीय का स्वर्गवास।

1947 – 15 अगस्त को भारत स्वतंत्र हुआ; कलकत्ता में 73 घंटे का लंबा उपवास।

1948 – दिल्ली में शांति-स्थापना हेतु दौरे तथा आमरण-अनशन, जो पाँच दिन चला। 30 जनवरी को प्रार्थना-सभा में एक सिरफिरे की गोली का शिकार तथा महाप्रयाण।

गांधीजी के अंतिम शब्द—'हे राम!'

संदर्भ ग्रंथ-सूची

1. **मेरे सपनों का भारत,** मोहनदास करमचंद गांधी, नवजीवन प्रकाशन मंदिर, अहमदाबाद।
2. **दक्षिण अफ्रीका के सत्याग्रह का इतिहास,** मोहनदास करमचंद गांधी, नवजीवन प्रकाशन मंदिर, अहमदाबाद।
3. **मोहनदास : ए टू स्टोरी ऑफ ए मैन, हिज पीपल ऐंड एन एंपायर,** राजमोहन गांधी, पेंगुइन ग्रुप, पंचशील पार्क, नई दिल्ली।
4. **नमक का प्रताप,** काका कालेलकर, नवजीवन प्रकाशन मंदिर, अहमदाबाद।
5. **गांधीजी : जीवन और विचार,** डॉ. पराग चोलकर, श्री मंगेश प्रकाशन, नागपुर।
6. **गांधीजी की सूक्तियाँ,** ठाकुर राजबहादुर सिंह, हिंद पॉकेट बुक्स, नई दिल्ली।
7. **हिंदी : हम सबकी,** डॉ. श्याम सिंह शशि, प्रकाशन विभाग, सूचना एवं प्रसारण मंत्रालय, पटियाला हाउस, नई दिल्ली।
8. **अनमोल विरासत—भाग-1 व 2,** सुमित्रा कुलकर्णी, प्रभात प्रकाशन, दिल्ली।
9. **सत्य के प्रयोग,** मोहनदास करमचंद गांधी, नवजीवन प्रकाशन मंदिर, अहमदाबाद।
10. **हम सब एक पिता के बालक,** गांधीजी, नवजीवन प्रकाशन मंदिर, अहमदाबाद।
11. **नवभारत टाइम्स,** नई दिल्ली, 4 फरवरी, 2007।
12. **गांधी ने कहा था,** डॉ. गिरिराज शरण, प्रतिभा प्रतिष्ठान, नई दिल्ली।
13. **गांधी आख्यान माला—भाग-1 व 2,** सस्ता साहित्य मंडल प्रकाशन, नई दिल्ली।
14. **महात्मा गांधी, द मिसिंग लॉरिएट,** www.nobelprize.org।
15. **उद्धरण**, www.mkgandhi.org।
16. **स्वाधीनता संग्राम के सुनहरे प्रसंग,** रूपनारायण, सत्साहित्य प्रकाशन, दिल्ली।
17. **मनोरमा इयर बुक,** 1992, कोट्टयम, केरल।
18. **कस्तूरबा गांधी**, महेश शर्मा, प्रभात प्रकाशन, दिल्ली।
19. **अहिंसा की तलाश**, विनोबा भावे, ब्रह्म विद्या मंदिर, पवनार, वर्धा।
20. **गांधीजी के संस्मरण,** शांति कुमार मोरारजी, बालगोविंद प्रकाशन, अहमदाबाद।